遇見天籟
國語文創新教學設計

黃淑貞・著

遇見‧天籟──天籟‧遇見

──為黃淑貞博士《遇見天籟》文集作序

「遇見天籟」，這名聽來就好聽，有一種相遇的靈慧，有一種相見的體會，還有那天籟的自然，自然無為，風起生籟，籟生風起。作品就這樣開始了！

「我筆寫我口」是白話文提倡者的口號，他意圖讓中華語文老嫗皆解，這是正確的。但好的白話文就不只是一句「我筆寫我口」可以概括的了。因為「白話文」畢竟與「白話」不同。「白話」者，話其白也，只是平常之對白講話而已；「白話文」者，文此白話也，是對於原先的對白講話，還得加上一番「文飾」、「修飾」的工夫。

再說，語有語感，文有文韻，好的語文，便立基在美善的語感與文韻上；如此說來，在這「我筆寫我口」之後，該當進一步說「我口說我心」、「我心如我感」。感者，通乎寂也；必也即寂即感，有「寂然不動」者，有「感而遂通」者。就像樂章一樣，演奏之初，翕然為一，寧靜未宣；隨順著韻感，縱放了開來，悠揚宣亮，連綿不絕，終底於成。孔老夫子就這麼說的，「樂其可知也，始作，翕如也；從之，純如也，皦如也，繹如也，以成」。

文章，文章，「文」是修飾，是人文而化成的修飾，「章」是樂章，是即寂即感，終始以成的樂章。這文章要好，可要

「筆、口、心、感」自自然然，順順當當。「文章本天成，信手偶得之」，蓋如是之謂也。

「文章本天成」，這「天成」不是一切讓開，由天去處理；而是「謀事在人，成事在天」，是人盡了巧思，人盡了功力，才能「天工人其代之」的「天成」。這「偶得」不是毫不用心力，果真偶然就得了；而是在諸多「必然」的鍛鍊過程裡，逐漸的循規蹈矩，如理就法；習之、熟之，通之、達之，最終是：有了規矩，而忘了規矩，有了理法，而忘了理法，就在這「忘了」的狀況下，偶然而生，自然而現，果也就「信手偶得之」了。《遇見天籟》，就這樣，果真你也就「遇見」了「天籟」。

黃淑貞博士《遇見天籟》一書，可以說是「文章本天成，信手偶得之」的「信手天成」之作。這些作品是她在生活中鍛鍊來的智慧，是在教育中養成的創意；或起於課堂，或起於校園，或取之於社會，或證之於心靈，但總是還歸於天地，回歸於自然。儘管承繼著「天將以夫子為木鐸」，但卻也能「致虛守靜」，「萬物並作，吾以觀復」。讓那警世鐸音，轉成生活世界的具體行止，美妙樂章，任其悠揚，任其悅樂。

寫作要有天地，天地莫非生活，生活原在天地之間；情思載於語文，語文者，語言文學也，文學莫非語言也，語言就在文學之中。

寫作要有天地，天地有生活，生活有情思，情思起造化，最大造化就是文章，文章要好，得參造化。文章何始，造化何始！

文章要寫好，不能不講究章法。章法免不了要一套「綴字

成句」、「聯句成章」、「聯章成篇」的工夫，但說章法，「法本無法，章還於無章」。這些年來我嘗言中國本體詮釋學「道、意、象、構、言」五層次，以此來說，跨過了「言」（句子），入於「構」（結構）；跨過了「構」，進到「象」（圖像）；跨過了「象」，進到了「意」（意向）；跨過了「意」，終而底於「道」（根源）。

　　章法成於字句、篇章，但不限執於字句篇章，它還得上昇至一陰一陽之律動，終而到達章法之道，契於存有之根源。這或者即如陳滿銘教授所說的「多、二、一、０」的螺旋結構之昇進。由「言」而「構」、而「象」、而「意」，終而契乎「道」，既然下學而上達了，自然也就「道」顯而「意」順，「意」順而「象」明，「象」明而「構」立，「構」立而「言」通。章還於無章，無章而章；法還於無法，無法而法，上下迴向，清楚明白。

　　淑貞博士，從學於師大陳滿銘先生多年，章法學習，熟練通達，發為教學，作育英才，其用力厚醇、工夫精緻，果有其深造自得處也。多年來，我聽滿銘先生論章法之學，嘗證之以義理，情思入微，浹洽融通。章法義理者，章法不外義理也，義理不外章法也，雖兩行猶為一統也。淑貞博士，亦嘗從我習義理，今見其章法之學漸成，希其上契於道也，是為代序。

林安梧

慈濟大學宗教與與文化研究所　所長
己丑之夏　端午前兩日於　花蓮慈濟元亨居

自 序

當我在花蓮美崙溪畔重新校閱這批文稿時,中學教書生涯的聲影,已遠遠消褪在此山的另一頭了。

想要長久堅守在基層崗位,用心為百年教育這一棵大樹紮築基石,本就不是簡易之事;若還想要進一步結合校內外資源,和其他教師進行跨領域合作,則是更可貴而難能的嘗試了。但我一直深信,經由不同思維角度的撞擊,好的創意可以彼此激盪出更精彩的創意,形成互動、循環、提升的正向回饋網絡。尤其,在真實的教學生活裡,總是充滿了太多的困頓,惹人一路撞撞又跌跌。只有在和幾個心志相近的伙伴一塊兒喧騰笑鬧時,才勉強洗去徘徊在此心中的染著。

那些日子裡,曾一起合作過的伙伴,共有王昱玲、王萩惠、李佳倩、吳惠萍、周黎英、高慎敏、陳麗靜、莊馥禎、蔡金桂(依姓氏筆畫排序)等九位老師。我們一起參加了各項的競賽,也多次獲得創新教學活動設計的榮譽,受邀到各個學校分享。在這種風氣的帶動下,全校更一舉奪下了第八屆臺北市教育專業創新與行動研究競賽第二名的總成績。最重要的是,透過合作,我們對彼此有了更深的認識,成為可以傾談的朋友。

我很慶幸自己在那幾個年頭做了不少的事,帶起了一些風氣,也結交了不少的好友,為生命中的一段旅程留下可堪計數的事跡。

　　而今，雖蝸居於中央山脈前襟的這一端，持續前行；但也因為有了這一座山的相伴，在此之前的所有行旅中的笑、淚、悲、喜，都同等地擁有了一個安穩的收納的處所。每夜，他會馱負著背脊騰躍於萬墨的波浪裡，護送我和桓順單車行經達固湖灣大路，然後在國豐大橋附近絕了身影。每晨，當我們的單車從農舍小徑滑入墓園林道時，他又化而為獅，並在身上調染了凝綠、晴綠、慘綠、驚綠、嫩綠、蛾綠、澹綠、蒼綠、黛綠、肥綠這許許多多神奇的綠，對著我們昂首揚鬃。

　　一段沉寂的與山為伍的生活，也於此開展。

黃淑貞

2009.01.01.於美崙溪畔

目　錄

前　　言

　　「智慧」來自於「生活」，「創意」的智慧，必也在「生活」中積累。教育工作者應以「生活」為中心，從生活中汲取創作、教學的養分與智慧，引導學生運用感官、知覺與情感，探索生活中的一切人、事、景、物。《國民中小學九年一貫課程綱要》所揭示的，正是這一基本理念。

　　它明指國民教育階段的課程設計，應以「學生」為主體，以「生活經驗」為重心，培養學生「欣賞」、「表現」與「創新」的基本能力。其中，又以「創新」能力的培養最為首要。「創新」（Innovation），是落實「創意」的一種過程、行動和結果。這個概念，最早由美國經濟學家熊彼得《經濟發展理論》（*The Theory of Economic Develop-ment*, 1912）所提出。

　　「創新」是把各種已發明的生產要素，發展為社會可以接受並具商業價值的「新組合」（new combination），它是知識經濟體系極其重要的一部分。曾有學者對 1990 年以來國外的 480 項重大科技創新進行分析，結果發現「重組式創新」就佔了 65%。也就是說，「重組」，才是創造性思維的本質。

　　當不同的領域彼此激盪出新的「連結」時，就會產生突破性創新；而且，愈想像不到的結合，愈具革命性。也唯有不斷地從領域的變換中學習，創造「跨界」的動力，才能讓自己「永續經營」。《大師輕鬆讀・208》在探討「發明大王不必是

天才」這一個主題時就指出，愛迪生之所以能夠不斷創新，就因為他能隨心所欲地借用某個領域的概念，運用到完全不同的產業上；也因為他能連結「舊有」的領域，巧妙重組現有的各項技能，建立新的領域，所以總能創造出時效性更強的創新發明。

由此可知，所謂「創造力」，就是將可連結的要素加以聯合或結合成新的關係。現代管理學大師彼得・杜拉克也以為一個具有創新能力的人才的特性，就是具有籌畫系統的能力，能夠把原本不相關、各自獨立的要素，組成一個整合系統。這種見解，與《賴聲川的創意學》所說：「詩人的心、藝術家的心、創意的心，能看到事物之間的深層關係、連結、可能性，又能重新組合這些可能性，讓新的關係從新的可能性中生成」，兩者實是一致。而我所設計的每一個教學活動，也大都是在這些理念的影響之下觸發成形。

※

1983 年美國哈佛大學心理學家豪爾・迦納提出「多元智慧論」（簡稱 MI 理論），將人類的心智能力分為「語文」、「邏輯－數學」、「空間」、「肢體－動覺」、「音樂」、「人際」、「內省」與「自然觀察者」。教育最主要的目的，不只是知識的傳授，更要令學生的八種智慧得到適當的引導與啟發。「多元智慧論」運用於課程設計的最好方式，就是教師可以集中在某一個特定的主題上，建立日常授課計畫、星期單元、全月或全年主題與教學大綱的方法，結合寬廣及多樣的教學模式，讓所有學生的最強智慧都能在某段時間涉及。

　　緣於此，我試著以「辭章章法」為核心思維，以中學國文課文作為延伸與拓展的定點，架構各種單元，希望透過一系列有組織的教學活動，有效引導學生動用天生本具的「一般能力」，訓練國語文的「特殊能力」，進而增強整體的「綜合能力」，展現創造力；更「連結」了其他學科，讓不同領域之間因為彼此的激盪而產生突破性的創新，促進有效的教與學。

　　例如，「乒乒乓乓學風度」從羅家倫的〈運動家的風度〉一文出發，嘗試與健康與體育的王萩惠老師進行協同教學，以乒乓球為主題，藉由「上臺報告」、「競技場上秀風采」、「回饋與補強」、「類文賞析」等活動，令學生從書本中所學習的「君子之爭」、「服輸的精神」、「超越勝敗的心胸」、「言必信，行必果」等四大運動家風度，獲得在運動場上具體實踐的機會。

　　「蟲心‧我心」是以秦牧的〈昆蟲的讚美〉為圓心，和蔡金桂老師同畫一個圓。經由「〈李淳陽昆蟲記〉影片欣賞」、「蟲蟲大蒐祕」、「ㄈㄥ言ㄈㄥ語」、「課文欣賞」與「類文欣賞」等教學設計，多識蟲、魚、鳥、獸之名，體悟生物種種的美好特質與象徵意涵，了解、尊重、喜愛這片土地的自然與人文風采。

　　「看『煙』在說話」以亞榮隆‧撒可努的〈煙會說話〉為定點，透過「課文賞析」、「類文賞析」、「聯想的大樹」、「菸害知多少」、「寫作」、「美的形式原理」、「動手作海報」等活動及網路資源，欣賞文學之美；進而結合藝術與人文領域的李佳倩老師，引導學生製作以「拒菸」、「蓋菸」為主題的海報，形成一套首尾圓合的教案設計。

　　「遇見天籟」以梁實秋的〈鳥〉為起點，尋求臺北市野鳥

學會許財先生的幫忙，實地帶領學生至關渡自然公園聆賞鳥類，並透過「歡喜對對鳥」、「自然的音符」、「修辭大考驗」、「超級特蒐小組」、「類文欣賞」、「觀察與寫作」等單元，引領學生由外而內，對大自然進行觀察與記錄，擷取具象化和具有情感體驗的創作素材。

以羅貫中〈空城計〉為中心的「遊戲人生」，倚賴吳惠萍老師的熱情贊助，透過「課文析賞」、「類文析賞」、「角色大會串」、「相招來看戲」、「動手畫臉譜」、「作伙來扮戲」、「心得與寫作」等活動，統合國語文、藝術與人文、數位典藏等資源，令學生體驗文學與京劇之美。

爾後，我更把耕耘多年的教學成果整理出來，參加創新教學設計比賽，獲得多次肯定：

主 題 名 稱	競 賽 項 目	名 次
公共・供人玩藝術	第四屆臺北市中小學網界博覽會	第一名
看「煙」在說話	教育部菸害防制創意教學活動設計競賽	第二名
乒乒乓乓學風度	第七屆臺北市中小學教育專業創新與行動研究	特優
遇見天籟	第五屆臺北市中小學教育專業創新與行動研究	特優
校園空間自我發現	第四屆全國藝術教育創新教學設計	優選
公共藝術在明德	第三屆全國藝術教育創新教學設計	優選
蟲心・我心	第七屆臺北市中小學教育專業創新與行動研究	佳作
搭一把雲梯	第二屆全國藝術教育創新教學設計	佳作
觀察與思索	第四屆臺北市中小學教育專業創新與行動研究	佳作
遊戲人生	第四屆數位典藏融入中小學教學活動計比賽	入選
話唐詩・畫唐詩	第三屆數位典藏融入中小學教學活動計比賽	入選

　　同時，我也樂於接受各教學單位的邀請，經由演講的管道，與站在教育最前線的中小學教師分享。進出校園的次數多了，漸漸聽到期盼我能將這些教案整理出版的回音。如高雄縣福誠國小吳季真老師傾聽之後，不吝惜地寫下她的觀感：

> 結合不同領域，讓孩子們從畫作中、從影片中、從攝影中，讀語言、讀生活之美，也讀生命之美，真的很棒唷！
>
> 對語文領域的教學有了嶄新的體悟與認知。透過主題的加深加廣，真的可以提供孩子更多延伸學習的契機。結合有關的不同領域，孩子的學習有了完整的體驗，語文領域的學習似乎也跟著豐富多彩起來了！

　　台北市格致國中朱美燕老師也提供思索後的回饋：

> 我認為這堂課（〈運動家的風度〉），國語文和健體的結合真的很有趣，內容在認知、情意、技能上的涵括也很完整，尤其真正內化至學生的思想、情感裡，真的很好。

　　臺北市石牌國中呂毅明老師以為「遇見天籟」這一個教案：「能與小朋友的生活經驗結合，提升學生的觀察力，認識、體會自己的生活環境。」高雄縣阿蓮國中的鄭淑蘭老師直指：「對蘇軾的生平輔以美術的空間構圖，很棒！」「〈蜜蜂的讚美〉影片的播放，可給予學生視覺、聽覺感受；結合學生的

感受，再將之發抒為文，給了我教學的新方向。」這些真誠溫暖的肯定，為我帶來了莫大的鼓勵。

　　任教於臺北市龍山國中的視覺藝術科呂珮瑩老師，除了提出聽講後的心得：

> 結合數位典藏、生物及多面向頗有趣，尤其〈蜜蜂的讚美〉將蟲蟲分成「生物」、「文學」、「藝術」三大區塊，讓「生物性」→「文學性」→「藝術性」的層次更豐富多元。

更期盼我能「介紹完整教案，以了解國語文老師如何以自身為本位將其他領域融入進來」；例如，「和其他老師討論之困難……，或不可避免之突發狀況」，「以了解非本領域之國語文領域協同教學之合作模式，因本身為視覺藝術老師，可以另一種角度思考，當其他領域教師邀我協同合作時，就可以同樣方式或其他方式進行」。

　　服務於台北市石牌國中的呂靜娟老師，也道出了同樣的心情：

> （〈運動家的風度〉）透過學生上臺報告、實踐「運動家精神」的體育活動，讓學生有很多實作機會。創新的教學活動設計，也是能在教學現場實際教學。
>
> 想進一步了解類似活動的前置作業，例如，如何對學生解說，學生需多少準備時間……等。

　　於是，我開始回頭審視這些得獎教案，發現除了〈校園空間自我發現〉、〈公共藝術在明德〉、〈公共‧供人玩藝術〉屬於「公共藝術」、「裝置藝術」的範疇，需另以專書呈現外（已集結為《校園空間自我發現——文學、視覺藝術之融合與對話》，由台北市文化局、國家文化藝術基金會、帝門藝術教育基金會贊助出版）；其餘的，稍加調整修改，再增添一些已實施過但尚未發表的作品，即可成一本教育性、學理性、實踐性與創新性兼具的參考書籍，呈獻在許多有緣者面前。

※

　　亞里斯多德《詩學》在討論戲劇結構時，曾替「完整」一詞下了一個貌似平凡、實而精深的定義。所謂「完整」，就是指一件事物有頭、有中段、有尾。「頭」無須有任何事物籠蓋在前，其後卻須有事物承接；「中段」之前既要有事物籠蓋，其後又要有事物承接；其「尾」則須有事物在前籠蓋，卻不須有事物在後承接。朱光潛《談文學》以為這與講求「擊首則尾應，擊尾則首應，擊腹則首尾俱應」的「常山蛇陣」，其理一致。「完整」的教學設計，也理當如此。

　　一套教學設計，本身，就是一個有機整體。它可大分為「摘要」、「設計理念」、「教學架構」、「教學流程」、「教學設計」、「教學剪影」、「學生作品」、「教學省思」、「參考文獻」等部分。

　　「摘要」雖只有短短的三五百字，但要能見出整體的「結構」與「安排」。「設計理念」，宜包含動機、相關文獻、主題及單元、如何進行、期望達成的效果（目的）等。「教學架

構」，宜明列所需的教學時間、教學子題、教學資源、能力指標等項目。「教學流程」，可採用導入活動（引起動機）、發展活動（時間分配、活動單元、教學內容、施行大要、評量方式等）、綜合活動等方式來呈現。

「教學設計」的單元與單元之間，宜具連續性與系統性（縱向）。教師可挑選一課或多課做為主軸（也可以一個主題，串起幾課課文），然後鎖定欲訓練的語文能力，再試想可以和哪一些領域（最好是學生已學過或當下正在進行的課程）做橫向連結（但不宜貪多）；若能和任教同一班級的其他科教師共同討論，不僅有利於課程的統整，也更具教育價值與教學樂趣。

凡走過，一定會留下痕跡。活動時一定要記得拍照或攝影，然後選擇適當的時機，重點播放給學生觀賞，學生一定會很開心，印象也變得特別深刻。

有經驗的教師在施教時，一定會依據教學現場的實際需求做適當的調整。有時，可以一氣呵成；有時，一個單元需分割成數次進行，較能展現出理想的效果。但不管如何，教師的心中，必有一套完整的架構與體系在運行。

教案在設計之初，必有其理想性，但理想與現實之間往往留有一段「空白」。因此，教師宜隨時記錄學生在學習過程中的反應，事後再針對教材內容做適度的修改。偶而，也會發生一些有意味的插曲，這些可是日後津津樂數的細節，也宜記錄下來。

由於出版的緣故，本書僅保留了「設計理念」、「教學架構表」、「教學活動設計」、「作品欣賞」、「引導與省思」等部分；

其餘，則略而不用了。

※

　　溫世仁先生在《孔子說》一書的序文裡，曾重新詮釋了「多元創新」一詞的定義。他認為所謂的「多元創新」，並不是要取代原來的傳統形式，而是在傳統的基礎上多元化，在原來的脈絡裡加深加廣，創造出更豐富多彩的教學內容。也就是說，只要教師在教學過程中，能夠構想、設計多元活潑的教學方式和豐富多樣的教學內容；並善用教學方法、教具或視訊媒體，激發學生內在的學習動機，產生有意義的學習，更有效地達成教學或教育目標，全都屬於「創新教學」可以展現的空間。

　　「創新」的教學，是指在教學前的準備、教學過程中、或教學評量時，教師能發揮個人創意，省思、設計並運用新的多元化的教學方法或活動；並懂得因時、因地、因人而調整或轉化教學策略，採用適當的教具或教學媒體，激發學生主動學習、創意思考，以達成教學目標，提升教學效能。

　　教師的創新教學行為，可以表現在教學目標、教學歷程、課程設計、學習評量、教室環境佈置、班級氣氛、人際互動等各個層面上。甚而可以把它簡化為「課程」、「教學」和「學生」三大層面：若從「課程」的層面來看，創新教學在尋求轉換學生課堂上的經驗；若從「教學」的層面來看，創新教學必須有助於技能、知識的取得與了解，不僅要創新，更要有效能；若從「學生」的層面來看，學生所學習的並不只限定於課堂上或書本上的知識。

　　簡言之，教師的「創新教學」行為，實是包含了「教學理念和思維上的創新」、「課程與教材內容上的創新」、「教具和教學媒體設備上的創新」、「教學方法或策略上的創新」、「評量方式及技術上的創新」等層面。作為一位稱職的教師，也應「具備前瞻思維」、「擁有知識創新」、「運用資訊科技」、「靈活變換教學方法」、「善用多元評量」等能力，真正激發學生的學習成效和潛能。

　　「創新」必來自「創意」，「創意」才是構成「創新」的主要成分。然而，「創意」若連結不到更大或更深的觀點，留給讀者的，終究只是短暫而缺乏深度的印象。這也是我選擇以「辭章章法」理論作為思維核心，連結不同領域，架構各種教學單元，以增強國語文三大能力的原由。

　　「章法」所探求的主要是「情意」（內容）的深層結構，也就是篇章的「條理」，歷來評論家對它的注意也極早。如劉熙載《藝概》說：「詞以鍊章法為隱，煉字句為秀。秀而不隱是猶百琲明珠而無一線穿也。」一篇文章若只懂得精修「表現於外」的「字句」，卻不懂得鍛鍊「蘊藏於內」的「章法」以貫穿情意，它必定就像是沒有「一線穿」的「百琲明珠」，雜亂而無章。

　　大體來說，目前可以掌握的章法，約有：今昔、遠近、大小、高低、本末、淺深、貴賤、親疏、插補、賓主、虛實（時、空、真、假）、正反、抑揚、立破、問答、平側、凡目、縱收、因果、久暫、內外、左右、視角變換、時空交錯、感覺轉換、狀態變化、眾寡、並列、情景、論敘、泛具、詳略、張弛、點染、底圖、偏全、天人等近四十種。作者在創作

之際，常自覺或不自覺地受它支配，以組合「情」、「理」、「景」、「事」、「物」。

《國民中小學九年一貫課程綱要》也明白指出，國語文教學旨在培養學生具備良好的「聽」、「說」、「讀」、「寫」、「作」等基本能力，以表「情」達「意」。由於「讀」、「寫」、「作」等書面語言能力，大都是在學校作最有計畫的培養；如何有效地提升學生的「閱讀」與「寫作」能力，也就成為教師著力的課題了。

章法，正是研究綴「字」成「句」、聯「句」成「章」、聯「章」成「篇」的一種組織形式，著重於邏輯思維、形象思維與綜合思維的訓練。教師在進行範文教學時，若能掌握這個人心之「理」，若能注意作者在組織思想材料時的篇章結構，不僅可以深入文學作品的底蘊，「鑑賞」作者的創造力（「讀」）；學生在進行創作時，更可以一再地順向揣摩，並經由一己主觀的設計與調整，構思新穎的形象，增強文章的感染力與說服力（「寫」）。

據陳滿銘〈語文能力與辭章研究——以「多」、「二」、「一（０）」的螺旋結構作考察〉的研究指出，國語文能力可以概分為「一般」、「特殊」及「綜合」等三大能力。

「一般能力」，是指在不同種類的活動中表現出來的能力，它包括了觀察、記憶、聯想、想像和思維。

「特殊能力」，是指在某種專業活動中表現出來的能力；若落實到國語文來說，它直承「思維力」（含聯想力與想像力）而開展，形成運用「意象」（取材）、「詞彙」（運用詞彙）、「修辭」（措辭）、「文（語）法」（構詞與組句）、「章法」

（運材與布局）與確立「主旨（綱領）」、「文體」、「風格」等各種特殊能力。

「綜合能力」，就是統合「一般能力」、「特殊能力」所形成的整體能力、創造力。若就「寫作」活動而言，它是構思新的人物形象、尋找不同的表達方式，創造完整的新作品，也就是一種創造力的整體展現。若就「閱讀」活動而言，它是透過文中的各種材料、各種表現手法，以欣賞作者的創造力，屬於一種「再創造」的完整過程。由此可見，「閱讀」與「寫作」，實是一體之兩面。

沒有方法，任何理論都是空談；缺乏理論，任何實踐方法也將缺乏方向。高雄縣橋頭國中周正義老師也認為唯有「堅穩的基礎，方能在教學上較流暢」；而「創新教學的案例呈現，連結他科，尤其是藝術與人文方向的結合令人印象深刻，又不失國語文教學之內涵」。實習於石牌國中的吳淑絹老師聽完演講後，歸結她的看法：

> 謝謝老師的分享，讓我們在教學的過程中，學習如何思索、補充自身的教案，創造更豐富學生及自我的內容，並且與生活經驗相結合。
>
> 國語文三大能力對我的幫助最大，因為理論是最基本；有了理論，教案的內容及教學更為真。

服務於臺北市桃源國中的陳泓秀老師也說：「創新必須在既有的基礎上去發展，這是我今天最大的收穫。」凡此種種，都再再彰顯了以「章法」、以「國語文三大能力」作為教學核

心的意義與價值。

※

寫作，是心智綜合能力的展現。《商業周刊‧1012‧越寫越聰明》的研究指出，人的大腦神經元本是「用進廢退」，而「讀寫」訓練至少牽動了「觀察感受力」、「想像創造力」、「邏輯思考力」等三項能力；因此，「寫作」最能活化大腦，促進神經迴路的高度連結。愈寫，思考力和整合能力愈好。

它分從「寫作」能「發展結構的能力」、「增進領袖的邏輯力」、「提升職場競爭力」等面向來探討寫作力的影響。如李安就曾動用了 4 名中外好手修改《臥虎藏龍》的劇本達 10 次以上，因為有了文字架構的世界，他才能在影像上展現細膩的藝術化本領。哈佛大學也在對 402 位新鮮人進行長達 4 年的寫作追蹤報告後，歸納出「好的思考，得自於好的寫作」這一個簡單卻有力的結論；於是規定大一新生必須參加「新鮮人寫作輔導」，以訓練未來領袖的思考、組織和邏輯表達能力。全世界許多知名企業也都看重寫作力，認為寫作技巧是升遷的重要因素。連巴菲特也直言：「沒有什麼比提筆寫下來，更能強迫自己思考、釐清思緒了。」（瑪麗‧巴菲特、大衛‧克拉克《看見價值》）

寫作，這一個曾被視為「過時」的能力，如今竟被驗證為 21 世紀的「新競爭力」。念及此，怎能不令人舞之蹈之、歡之又鼓之呢？

遇見天籟

一、設計理念

　　梁實秋〈鳥〉以有情的眼光，分從鳥的「聲音」與「形體」這兩條線索，描述鳥的俊俏可愛。豐富的想像力，加上生動精確的取譬，使得作者筆下的鳥兒，栩栩如生，宛若就飛翔鳴唱在讀者的眼前。

　　為了適應多變的棲息環境，鳥類的趾、爪、蹼，常會形成不同的形狀，以產生不同的功能；在長期的演化下，鳥類的嘴形也變化多端，以適合捕食各種食物。若能經由細心觀察，自可一一體悟其中的奧秘。因此，「歡喜對對鳥」，主要是以駝鳥、鷺鷀、鷹、啄木鳥、雀、琵鷺為例，觀察鳥類的形體。

　　無數的小精靈是森林裡躍動的音符，是自然界的演奏家，在這一塊土地上盡情地悠遊鳴唱。「自然的音符」，就是要引導學生動用聽覺能力，培養細膩精敏、善於體察的心，體察大自然的天籟之美，進而以文字捕捉心中種種美好的感受。

　　老舍曾說：「如果不隨時觀察、隨時記錄下來，那怕你走遍天下，還是什麼也記不真確、記不詳略，什麼東西也寫不出來。」由此可見，「觀察」與「記憶」的重要性。藉助於觀察，藉助於比較，可以發現此物與彼物的異同。大自然的奧秘，正可經由親身實地的觀察而獲得。例如，不同種類的鳥

兒，無論是在喙子、眼睛、腳、爪、羽毛、尾巴等外形，或是
在食源、巢居、喜好、生育、遷徙等內在習性，都存在著千差
與萬殊，深具精微的差異之美。也唯有注重觀察的工夫，引領
學生由外而內、由有形而無形，對大自然進行觀察與記錄，大
量擷取具象化和具有情感體驗的創作素材，對於學生的寫作能
力，才能有真切的助益。

　　透過「修辭大考驗」、「超級特蒐小組」的練習，可以進一
步探訪視覺、聽覺、嗅覺、味覺、觸覺、心覺等「摹況」法，
渲染氣氛，增強效果；善用「轉化」，又可使形象生動，增強
文章的感染力。然後再把修辭的觸角，由內而外，擴及日常生
活隨處可得的「廣告修辭」。配合課文篇章結構的分析與講
解，引導學生試作範文，深入探析文章之美，增強寫作能力，
令整個活動課程的設計，緊密回扣國語文領域。

二、教學架構表

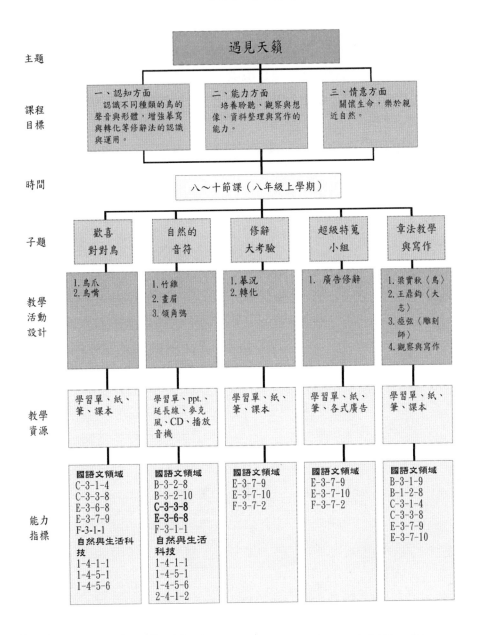

主題	遇見天籟				
課程目標	一、認知方面 認識不同種類的鳥的聲音與形體，增強摹寫與轉化等修辭法的認識與運用。	二、能力方面 培養聆聽、觀察與想像、資料整理與寫作的能力。		三、情意方面 關懷生命，樂於親近自然。	
時間	八～十節課（八年級上學期）				
子題	歡喜對對鳥	自然的音符	修辭大考驗	超級特蒐小組	章法教學與寫作
教學活動設計	1.鳥爪 2.鳥嘴	1.竹雞 2.畫眉 3.領角鴞	1.摹況 2.轉化	1.廣告修辭	1.梁實秋〈鳥〉 2.王鼎鈞〈大志〉 3.瘂弦〈雕刻師〉 4.觀察與寫作
教學資源	學習單、紙、筆、課本	學習單、ppt.、延長線、麥克風、CD、播放音機	學習單、紙、筆、課本	學習單、紙、筆、各式廣告	學習單、紙、筆、課本
能力指標	國語文領域 C-3-1-4 C-3-3-8 E-3-6-8 E-3-7-9 F-3-1-1 自然與生活科技 1-4-1-1 1-4-5-1 1-4-5-6	國語文領域 B-3-2-8 B-3-2-10 C-3-3-8 E-3-6-8 F-3-1-1 自然與生活科技 1-4-1-1 1-4-5-1 1-4-5-6 2-4-1-2	國語文領域 E-3-7-9 E-3-7-10 F-3-7-2	國語文領域 E-3-7-9 E-3-7-10 F-3-7-2	國語文領域 B-3-1-9 B-1-2-3 C-3-1-4 C-3-3-8 E-3-7-9 E-3-7-10

三、教學活動設計

（一）歡喜對對鳥

1.為了適應多變的棲息環境，鳥類的趾、蹼、爪，常會形成不同的形狀，以產生不同的功能。請你依據下圖，填入最適當的答案。

參考答案：駝鳥、鷹、鷺鷥、啄木鳥、雀

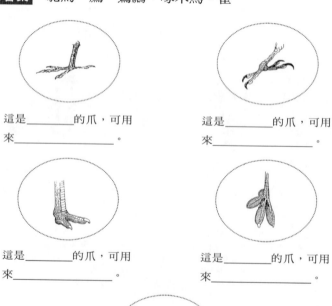

這是_____的爪，可用
來_____。

這是_____的爪，可用
來_____。

這是_____的爪，可用
來_____。

這是_____的爪，可用
來_____。

這是_____的爪，可用
來_____。

2. 在長期的演化下，鳥類的嘴形變化多端，以適合捕食各種食物。請你依據下圖，填入最適當的答案。

參考答案：鸚鵡、禿鷹、琵鷺、啄木鳥、雀

這是＿＿＿＿＿的嘴，可用
來＿＿＿＿＿＿＿＿＿。

這是＿＿＿＿＿的嘴，可用
來＿＿＿＿＿＿＿＿＿。

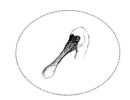

這是＿＿＿＿＿的嘴，可用
來＿＿＿＿＿＿＿＿＿。

這是＿＿＿＿＿的嘴，可用
來＿＿＿＿＿＿＿＿＿。

這是＿＿＿＿＿的嘴，可用
來＿＿＿＿＿＿＿＿＿。

（二）自然的音符

　　鳥類是森林中躍動的音符，是自然界的演奏家，無數種的小精靈在這一塊多彩多姿的土地上，盡情地悠遊鳴唱。請你嘗試以聲音寫生，運用聽覺觀察自然，體驗大自然的天籟之美，以文字捕捉心中種種美麗的感受。例如「杜鵑」：

【叫聲聽起來像】：不如歸去！不如歸去！

【聽起來的感覺】：由遠叫到近，由近叫到遠，一聲急似一
　　　　聲，竟是淒絕的哀樂。客夜聞此，說不出的酸楚！

【習性】：其實，杜鵑鳥是最不講道義的鳥類，杜鵑常趁灰頭
　　　　鷦鶯或其他鶯科鳥類不在時，以嘴巴推掉巢裡一個蛋，
　　　　再偷偷下一個幾乎顏色與花紋都和鶯蛋一模一樣的蛋在
　　　　巢裡面。小杜鵑一出生，尚未睜開眼睛，就本能地以背
　　　　把其他的卵、雛鳥等擠出巢外，以免其他小鶯跟牠搶東
　　　　西吃。

【其他】：杜鵑，又名子規、杜宇，與杜鵑花都是出現在春季
　　　　三月，是以古代詩文中，杜鵑鳥常與杜鵑花相並提，如
　　　　白居易：「九江三月杜鵑來，一聲催得一枝開」；杜牧：
　　　　「蜀地曾聞子規鳥，宣城還見杜鵑花。一叫一回腸一
　　　　斷，三春三月憶三巴。」

1. 竹雞

叫聲聽起來像：＿＿＿＿＿＿＿＿＿＿＿＿＿＿＿＿＿＿＿＿＿＿

聽起來的感覺：＿＿＿＿＿＿＿＿＿＿＿＿＿＿＿＿＿＿＿＿＿＿

習性：＿＿＿＿＿＿＿＿＿＿＿＿＿＿＿＿＿＿＿＿＿＿＿＿＿＿

其他：＿＿＿＿＿＿＿＿＿＿＿＿＿＿＿＿＿＿＿＿＿
　　　＿＿＿＿＿＿＿＿＿＿＿＿＿＿＿＿＿＿＿＿＿

2. 畫眉

叫聲聽起來像：＿＿＿＿＿＿＿＿＿＿＿＿＿＿＿＿＿

聽起來的感覺：＿＿＿＿＿＿＿＿＿＿＿＿＿＿＿＿＿

習性：＿＿＿＿＿＿＿＿＿＿＿＿＿＿＿＿＿＿＿＿＿

其他：＿＿＿＿＿＿＿＿＿＿＿＿＿＿＿＿＿＿＿＿＿
　　　＿＿＿＿＿＿＿＿＿＿＿＿＿＿＿＿＿＿＿＿＿

3. 領角鴞

叫聲聽起來像：＿＿＿＿＿＿＿＿＿＿＿＿＿＿＿＿＿

聽起來的感覺：＿＿＿＿＿＿＿＿＿＿＿＿＿＿＿＿＿

習性：＿＿＿＿＿＿＿＿＿＿＿＿＿＿＿＿＿＿＿＿＿

其他：＿＿＿＿＿＿＿＿＿＿＿＿＿＿＿＿＿＿＿＿＿
　　　＿＿＿＿＿＿＿＿＿＿＿＿＿＿＿＿＿＿＿＿＿

（三）修辭大考驗

　　1. 梁實秋〈鳥〉善用聽覺與視覺等「摹況」法，描寫鳥的俊俏可愛，不僅可以渲染氣氛，更可以增強表達效果，使讀者如聞其聲，如見其形。請你舉出三個課文中運用摹寫修辭的文句，並指明是使用哪一類的摹況法（如：視覺、聽覺、味覺、

心覺等）。

	文　　句	修　辭　法
1		
2		
3		

2.請你將適當的摹寫詞語，填入（　　　）中。

參考答案：蕭蕭、啞啞、瀟瀟、啁啾、摩挲、幢幢

（1）許多鳴蟲，總愛在清涼恬靜的夜裡，（　　　）應和著嘹亮的歌唱。（陳醉雲〈蟬與螢〉）

（2）他（風）帶來一股幽遠的澹香，連著一息滋潤的水氣，（　　　）著你的顏面，輕繞著你的肩腰，就這單純的呼吸已是無窮的愉快。（徐志摩〈翡冷翠山居閒話〉）

（3）我大清早起，／站在人家屋角上（　　　）地啼／人家討嫌我，說我不吉利。（胡適〈老鴉〉）

（4）浮雲遊子意，落日故人情。揮手自茲去，（　　　）斑馬鳴。（李白〈送友人〉）

（5）殘燈無焰影（　　　），此夕聞君謫九江。垂死病中驚坐起，暗風吹雨入寒窗。（白居易〈與元微之書〉）

（6）原來兩人躲在楊桃樹下，摘下面的果子，一個一個嘗，發現都是（　　　）苦苦的，沒有臺北的楊桃汁甜。（蘇進強〈楊桃樹〉）

（四）超級特蒐小組

修辭，就在你身邊！展現她迷人的風采。例如：

　　「他抓得住我！」這是傑出演員李立群在柯尼卡廣告中的名言；「他」，指的是底片，運用了「轉化」修辭，運用了動詞「抓」，成功傳達底片能攝取人物臉的最精微的神情變化的意圖。

　　出色的廣告，利用了譬喻、諧音借義（雙關語）等充滿創意的修辭技巧，精確生動地傳達作者的情感、思想，引起讀者的注意，激發讀者的想像。凡住過必留下鄰居，凡用過必留下痕跡；這一次，要請你特別張大心眼，將生活裡這些別出心裁的創意好文句，一個一個捕捉下來。

	廣　告　詞	來　源	修　辭　法　說　明
1.			
2.			
3.			
4.			

（五）章法教學與寫作

1. 梁實秋〈鳥〉

正文

　　略。

賞析

　　將一篇文章的主旨或綱領安置在篇首做總括，然後再加以條分縷析的「先凡（總括）後目（條分）」結構法，又可以稱之為「外籀法」、「分析法」，也就是論理學中的「演繹」法。

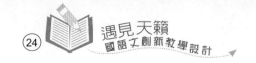

演繹，是先立一個總論，然後一條條、一層層地分別說明。無論是議論文或是抒情文，採用這種演繹推理法，都可以收到「贍富其心思，正確其議論」的效果。如梁實秋的〈鳥〉，以有情的眼光，描述鳥的俊俏可愛，全文就是形成了「先凡（總括）後目（條分）」結構。

　　首段，以「我愛鳥」一句自成一段，點出題旨。底下再緊扣這三個字，分從鳥的聲音與形體這兩條線索，述說自己愛鳥的心意。第二段，敘寫籠中鳥的可憐和苦悶，除了呼應首段，更與下文中徜徉在大自然裡的鳥的自在，形成對比。第三、四段，作者以豐富的想像力加上生動的取譬、豐富而自然的古文詞彙，把握住了鳥聲的節奏、韻律、音質等音樂性，以及鳥喙、顏色、身軀、動作等形體神態，使得作者筆下的鳥兒，宛若飛翔鳴唱在讀者的眼前。最後，融鳥聲、鳥形於一段，寫離開四川以後所見到的鳥的情景，並以不忍看「籠中鳥」呼應第二段「鳥的苦悶」，收束作結。

結構分析表

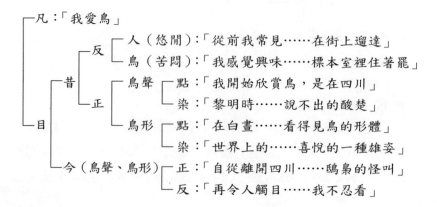

2. 紀弦〈雕刻家〉

正文

略。

賞析

張默以為紀弦的詩多是有感而發，不僅言之有物，而且陽剛與陰柔兼具，極富變化。這首寫於民國三十九年的〈雕刻家〉，應該是詩人自己的素描，也是形成「先凡（總括）後目（條分）」結構。

首先，詩人藉「煩憂」開其端，拈出一篇綱領。「每個黃昏，他來了」，「他」（煩憂）拿著一把無形的鑿子，每天一點一滴地把詩人的額紋添新又加深。在這裡，詩人把「煩憂」的意象具體化了，傳神地描繪出詩人在歲月的風霜中日漸憔悴的形象。「我日漸老去」與「他的藝術品日漸完成」，「我」與「藝術品」之間，形成了鮮明的對照；然後在正反對比的映照中，凸顯出想要獲得藝術創作的日益光亮，唯有竭盡畢生青春歲月才能換取的主旨來。

自從紀弦揭示現代詩的本質是「詩想」，是一種「構想的詩」，是「詩本身的幽思冥想」，是一種「純粹的思維發展」之後，對新詩產生了啟蒙式的影響，也產生了與二、三十年代新詩迥異的面貌。觀看此詩，篇幅雖然短小，但經過詩人一再的鍛鍊琢磨與推敲，節奏徐緩，意境清新，可說是一首經得起時間考驗、充滿「詩想」情趣的好詩。

結構分析表

```
┌─ 凡：「煩憂是一個不可見的」二行
│       ┌─ 因：「每個黃昏，他來了」四行
└─ 目 ─┤
        └─ 果：「於是我日漸老去」二行
```

閱讀小站

（　）1. 紀弦〈雕刻家〉運用了「凡目」結構來安排這首詩，請問他是以哪幾行做為全詩的總括（凡）？①一、二行②三、四行③五、六行④七、八行。

（　）2. 可以把人的額紋鑿得更多、更深的「一把無形的鑿子」，應當是指①升學的壓力②生活的順逆③歲月的風霜④工作的辛勞。

（　）3.「我日漸老去」與「他的藝術品日漸完成」，「我」與「藝術品」之間，形成了鮮明的對比，凸顯出想要藝術創作的日益光亮，唯有①發揮想像與創造②竭盡畢生的青春歲月③眾人的支持合作④機會的等候　才能換取。

參考答案　1.（1），2.（3），3.（2）。

3. 王鼎鈞〈大志〉

正文

　　略。

賞析

　　本文也是形成了「先凡後目」結構，來說明人要有「做這一代的活口，下一代的銅像」的「大志」。文字簡明，說理深刻，含意雋永。王鼎鈞先以「近大者大，近小者小」做為全文的總括，底下再分條舉例，加以說明。因為「行行有大人物」，所以胸懷大志的人，就要勤讀這些大人物的傳記，勤聽這些大人物的演講，勤參觀他們的成就，以開拓自己遠大的胸襟和抱負。

結構分析表

```
    ┌─ 淺:「人生不但是近朱者赤，近墨者黑」
  ┌ 凡 ┤
  │   └─ 深:「而且極可能近大者大，近小者小」
─┤
  │   ┌─ 因:「三百六十行，行行有大人物」
  └ 目 ┤       ┌─ 主:「有為的青年……使自己遠大」
        └─ 果 ┤
                └─ 賓:「這就像做書法家……絕不放過」
```

閱讀小站

（　）1. 讀傳記、聽演講、與參觀，想辦法接近、學習自己這一行的權威人士，以開拓自己的胸襟抱負，主要是因為①近朱者赤②近墨者黑③近大者大④近小者小。

（　）2. 「大志」是本文的主旨，先以「近大者大，近小者小」做為全文的總括，再舉例條分敘述，這是運用了哪一種篇章修辭法？①先主後賓②先凡後目③先近後遠④先大後小。

參考答案　1.（3），2.（2）。

4. 觀察與寫作

（1）老舍曾說：「如果不隨時觀察、隨時記錄下來，哪怕你走遍天下，還是什麼也記不真確、記不詳略，什麼東西也寫不出來。」因此，請你選擇一種「鳥類」做為觀察的主題，蒐集相關資料，記錄牠的「外形」、「習性」與「心得」，完成下表。

觀察主題	觀察細節	
外形 （自己動手畫下來，若能敷色點染，那就更棒了！）	喙子	
	眼睛	
	腳爪	
	羽毛	
	尾巴	
	叫聲	
	其他	
習性 （試以文字形容之。內容可自由加以發揮）	食源	
	巢居	
	求偶	
	生殖	
	哺育	
	遷徙	
	其他	
心得 （文長 200 字左右）		
照片	（可以是自己手繪，也可以是拍攝的作品）	

（2）我們若把梁實秋〈鳥〉一文的篇章結構，加以分析，對於作者的取材與布局，可以得到更明確的掌握：

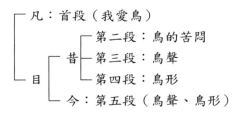

凡：首段（我愛鳥）

昔　第二段：鳥的苦悶
　　第三段：鳥聲
　　第四段：鳥形

今：第五段（鳥聲、鳥形）

目

　　請你根據所蒐集的資料（不必全部用上），然後仿照梁實秋〈鳥〉的「先凡後目」結構，自訂一個適宜的題目，寫一篇500字左右的文章。

四、作品欣賞

（一）歡喜對對鳥、自然的音符

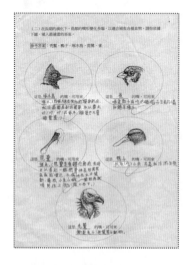

（二）超級特蒐小組

	廣　告　詞	來　源	修　辭　法　說　明
1.	捍「胃」先鋒	健胃先	「胃」與「衛」，諧音雙關。
2.	我聽見「分享」的聲音	伯朗咖啡	轉化。把「分享」形象化。
3.	只有「遠傳」，沒有距離	遠傳電訊	「遠傳」二字利用「詞義雙關」，成功傳達電訊不會受到時空距離的阻礙。
4.	黑眼圈常「抹黑」你嗎？	旁氏眼霜	利用「抹黑」這一動詞，將黑眼圈「形象化」。同時也兼用了「設問」法。
5.	萬事皆可達，唯有情無價。	Master Card	「事」與「情」、「可達」與「無價」，形成「映襯」。

（三）觀察與寫作

〈五色鳥觀察記〉

　　五色鳥是一種十分有趣的鳥類。

　　前些日子，我們全家參加陽明山國家公園所舉辦的登山活動，一路上解說員對所看到的動植物都會加以解說。忽然，我看到一隻花色鮮豔的鳥兒在枝頭上跳躍，一問之下，才知道原來是大名鼎鼎的「五色鳥」！這是我和五色鳥的第一次接觸。

　　回到家，我翻開書籍查閱有關五色鳥的資料，竟發現牠非常的懶惰，飛行又笨拙，真是「鳥不可貌相」！好在羽毛具有

保護色，夜間也大多棲宿在樹洞中，不容易被天敵發現。同時也更正了自己一直認為五色鳥是稀有鳥類的觀念，牠雖然是特有亞種，卻相當普遍，陽明山、玉山、太魯閣、雪霸公園等，常可發現牠的身影。所以只要認真尋找，一定可以看到牠的真面目！

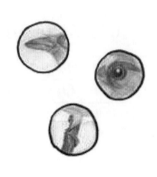

另外，牠的俗名竟然是「和尚鳥」！真是搞不懂這到底有什麼關聯？後來查書才知道牠會發出類似「郭、郭、郭」沉重而單調的喉音鳴聲。我原本以為像五色鳥如此漂亮的鳥兒，牠的叫聲應該很優美。真希望下次能親自聽到牠的鳴叫聲。

經由這一次的觀察活動，我覺得能夠為自己所喜歡的動植物尋找資料，更加地了解牠們，真是一件很棒的事情！（賴恩慈）

五、引導與省思

〈遇見天籟〉的教學活動過程，大致如下。

課文解說完畢以後，發下「歡喜對對鳥」學習單，向學生強調觀察重點在鳥的嘴、爪。「自然的音符」，大約需要一堂半左右的時間，播放「竹雞」、「領角鴞」、「畫眉」的鳴叫聲時，教師可依實際的需求重複播放三～五次，令學生當場寫下每一種鳥類鳴叫聲的擬音與感覺；至於鳥類的「習性」及「其他」等部分，則可作為回家作業（教師在課堂上先舉一兩例做為按

圖索驥的引導，其餘的令學生回家完成，下次上課時檢討。如此一來，既可彌補課堂時間不足的遺憾，學生也會因時間充裕而有更好的效果展現）。

其次，複習課文中出現的「摹況法」後（課堂練習或當回家功課），延伸學習的廣度，再發下「超級特蒐小組」學習單，令學生觀察、蒐集日常生活中常見的「廣告修辭」，三～五天後檢討批閱。

解說〈鳥〉、紀弦〈雕刻家〉、王鼎鈞〈大志〉等形成「先凡（總括）後目（條分）」結構的詩文，並配合簡單的測驗題目作為再次的重點提示。最後，要求學生任選一種「鳥類」作為觀察的主題，蒐集相關資料，寫成一篇「先凡後目」結構的文章，整個活動到此圓滿結束。

每到了賞鳥季，關渡自然保育地的叢澤裡就是候鳥的天堂，時時可見或群或單的鷺科、雁鴨科鳥兒的蹤影。臨近人行步道這邊的泥沼沙灘，是大白鷺、中白鷺、小白鷺、蒼鷺與埃及聖環的棲息地。經由單筒望遠鏡頭的幫忙，我們這一群俗氣的人類，可以不需驚擾這些芳鄰，就能靜心聆賞自然之美。在鏡頭底下，每一隻鳥兒皆是如此美麗，皆是造物者巧拙不一的靈思。尤其是成千成百的雁鴨，在溪流裡、蘆叢邊，悠悠游遊，美麗的就像是才從圖畫書裡裁剪下來的照

為了令學生對自然公園的生態有一個概略的了解，出發前，台北市野鳥學會的許財老師會先到班上來，藉由幻燈片做一次行前解說。

片。

　　有一次，在臺北市野鳥協會許財先生所架起的「大炮」鏡頭裡，我們一同欣賞了迷留在淡水河畔的黑面琵鷺以扁平長喙左右橫掃取食的情景。一隻停佇在淺擱小舟船桅上的「魚狗」翠鳥，牠那斑斕的鳥羽和優美的造型，也深深吸引了所有人的目光。至今回想起來，猶鮮明的恍若是昨日的風景。

我們先在岸邊，經由望遠鏡鏡頭與老師的精闢講解，觀察紅樹林裡的鳥類與其他生物，頗有「萬物靜觀皆自得」的怡然之樂！

　　有好長一段的教書日子，只要上到了〈鳥〉這一課課文，大都會帶領學生實地走向自然。近年來由於禽流感猖獗，於是改以「大樹出版社」所錄製的「鳥聲影音導覽」、臺灣鳥人孫清波的ＣＤ（風潮唱片發行）來引導，也可以達到相同的效果。每次，播放「中杜鵑」的鳴聲時，學生會齊聲嚷了起來：「哎呀！怎麼一點兒也不像古人所說的『不如歸去』的擬音呢？」此時，可以趁機告訴學生，當時逃難來到了四川的梁實秋，抒寫杜鵑淒美的傳說，其實就是文人己身境遇的寫照啊！

話唐詩・畫唐詩

一、設計理念

詩，是表聲的藝術；畫，是表形的藝術；但，蘇東坡卻稱譽王維：「詩中有畫，畫中有詩。」為何呢？因為詩人的心靈，感動於自然界、人生界等現象，以「詩」的形式表現出來的藝術品裡，會有「畫」的感動蘊涵在裡頭；畫家的心靈，感動於自然界、人生界等現象，以「畫」的形式表現出來的藝術品裡，也會有「詩」的感動蘊涵在裡頭。所以，詩是有聲的畫，畫是無聲的詩。畫境，就是詩境。「詩」、「畫」的感通，也就是聽覺藝術與視覺藝術的感通。

經由心理上的「共感覺」與審美上的「移情」作用，繪畫可與詩相互感通。緣於此，我以幾首唐詩作為主題，令學生依據詩意，發揮觀察力、想像力與創造力，玩一玩「詩」、「畫」感通的遊戲，彩繪一幅圖畫，並寫下心得，真實印證「詩中有畫，畫中有詩」的藝術境界。再以「改寫」的寫作活動，引導學生主動探索，深入鑑賞崔顥〈黃鶴樓〉。

「詩語繽紛入夢甜」，主要是令學生運用國科會數位典藏《搜文解字・唐詩世界・主題館》中與「植物」、「動物」、「器物」有關的各類詩句，分從「花與詩」、「疊字與詩」、「色彩與詩」三方面，增強學生對詞彙的駕馭能力。

善於「藉物抒懷」，不僅可使神態盡出，又因有所寄託，能使筆端飽蘊遠情，從物質世界中喚起生命世界與心靈世界；因此，詩人多善於詠物。運用疊字，可以形容景物，描繪神態，呈現音節之美；一個字、詞、語句的反覆出現，比單次出現更能打動讀者的心靈。詩中的色彩字，不只是繪采設色的外表工夫，還可透視詩心活動的內層世界，讓意象鮮活、視覺效果靈動，所造成的氣氛也格外地美。

「寫作」的「專門能力」，是指掌握書面語言的能力而言；而篇章修辭正是研究綴「字」成「句」、聯「句」成「章」、聯「章」成「篇」的一種組織形式，著重於邏輯思維與形象思維的訓練。所以，解析王之渙〈登鸛雀樓〉、張繼〈楓橋夜泊〉、孟浩然〈過故人莊〉、杜甫〈聞官軍收河南河北〉等詩的結構可加深對詩旨的體悟。

二、教學架構表

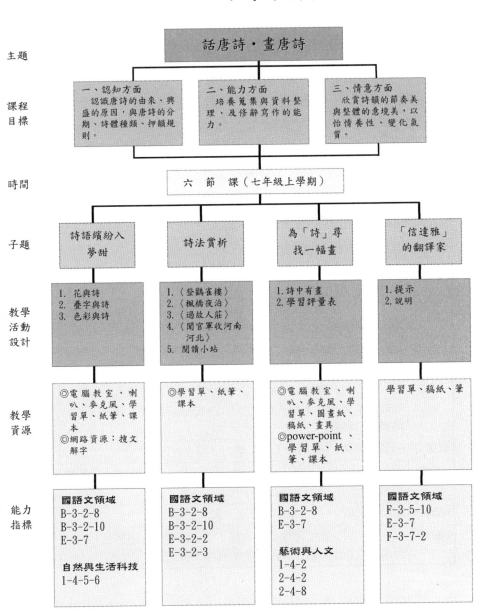

主題	話唐詩・畫唐詩			
課程目標	一、認知方面　認識唐詩的由來、興盛的原因，與唐詩的分期、詩體種類、押韻規則。	二、能力方面　培養蒐集與資料整理、及修辭寫作的能力。	三、情意方面　欣賞詩韻的節奏美與整體的意境美，以怡情養性、變化氣質。	
時間	六節課（七年級上學期）			
子題	詩語繽紛入夢甜	詩法賞析	為「詩」尋找一幅畫	「信達雅」的翻譯家
教學活動設計	1. 花與詩 2. 疊字與詩 3. 色彩與詩	1.〈登鸛雀樓〉 2.〈楓橋夜泊〉 3.〈過故人莊〉 4.〈聞官軍收河南河北〉 5. 閱讀小站	1.詩中有畫 2.學習評量表	1.提示 2.說明
教學資源	◎電腦教室、喇叭、麥克風、學習單、紙筆、課本 ◎網路資源：搜文解字	◎學習單、紙筆、課本	◎電腦教室、喇叭、麥克風、學習單、圖畫紙、稿紙、畫具 ◎power-point、學習單、紙、筆、課本	學習單、稿紙、筆
能力指標	國語文領域 B-3-2-8 B-3-2-10 E-3-7 自然與生活科技 1-4-5-6	國語文領域 B-3-2-8 B-3-2-10 E-3-2-2 E-3-2-3	國語文領域 B-3-2-8 E-3-7 藝術與人文 1-4-2 2-4-2 2-4-8	國語文領域 F-3-5-10 E-3-7 F-3-7-2

三、教學活動設計

（一）詩語繽紛入夢甜

1. 花與詩

　　「待到重陽日，還來就菊花。」重陽時節適逢「菊花」盛開，孟浩然以「就菊花」點出了此次的歡聚，也約定了下次的聚會，而「菊花」又含有「祝福」的美意；因此善於「藉物抒懷」，不僅可使神態全出，又因有所寄託，能使筆端飽蘊遠情，喚起心靈世界。請你依據詩意，於（　　　）處填下最適當的植物。（參考路徑：搜文解字／文學之美／唐詩三百首／唐詩世界／主題館／植物園）

試題A	鏡湖三百里，菡萏發□□。（李白〈子夜四時歌・夏歌〉）
答案	（　　　　　）綻放在夏季的鏡湖裡，清香布滿了整整的三百里，亭亭淨直，出淤泥而不染，因此詩人以它來形容西施的美。
試題B	且欲近尋彭澤宰，陶然共醉□□杯。（崔曙〈九日登望仙臺呈劉明府〉）
答案	（　　　　　）獨自綻放於群花落盡的秋季，經風霜而猶能傲立枝頭，是做過八十幾天「彭澤令」、然後決意辭官歸隱田園的陶淵明的最愛。
試題C	郎騎竹馬來，繞牀弄□□。（李白〈長干行〉）
答案	（　　　　　）、「竹馬」已成為常見的成語，用以形容小兒女天真無邪的結伴嬉戲、或指從小相識的伴侶。
試題D	蘭葉春葳蕤，□□秋皎潔。（張九齡〈感遇四之二〉）
答案	（　　　　　）與「蘭葉」都含有「堅貞的本色」的寓意，恰到好處地烘托出隱居山林的隱士的高潔情操。

試題E	玉容寂寞淚闌干，□□一枝春帶雨。（白居易〈長恨歌〉）
答案	（　　　　　）的顏色潔淨而皎白，常用以形容女子「玉容」之美；而花上的點點春雨，將楊貴妃含情而不語的淒楚之情，摹寫得傳神極了。

（參考答案：荷花、菊花、青梅、桂花、梨花）

2. 疊字與詩

　　運用疊字，可以形容景物、描繪神態，呈現音節之美；一個字、詞、語句的反覆出現，比單次出現更能打動讀者的心靈。請你依據詩意，於（　　　　）處填下最適當的疊字形容詞。

（參考路徑：搜文解字／文學之美／唐詩三百首／唐詩世界／主題館／動物園）

試題A	□□水田飛白鷺，陰陰夏木囀黃鸝。（王維〈積雨輞川莊作〉）
答案	（　　　　　）與「陰陰」，皆屬於疊字形容詞，不僅帶給全詩音節的層次感，更營造了視覺與聽覺兼具的意象美。
試題B	潯陽江頭夜送客，楓葉荻花秋□□。（白居易〈琵琶行〉）
答案	（　　　　　）屬於疊字形容詞，與紅色的「楓葉」、白色的「荻花」，鋪染出一片秋意蕭瑟的景象，把離別的情緒整個烘托而出。
試題C	無邊落木蕭蕭下，不盡長江□□來。（杜甫〈登高〉）
答案	（　　　　　）屬於疊字形容詞，描繪出長江自天邊奔騰而來的浩然氣勢；加上大地一片「蕭蕭」的落葉聲，將天地蒼茫而遼遠的景象，渲染得十分精彩。
試題D	晴川□□漢陽樹，芳草萋萋鸚鵡洲。（崔顥〈黃鶴樓〉）
答案	（　　　　　）屬於疊字形容詞，因為天「晴」，所以連隔著長江水的漢陽樹也清晰可數；又與芳草繁盛的鸚鵡洲遙相呼應，於是將登樓望遠的景色，盡收眼底。

試題E	天長地久有時盡，此恨□□無盡期。（白居易〈長恨歌〉）
答案	（　　　　　）屬於疊字形容詞，描寫唐明皇與楊貴妃長遠不斷的愛情，淒美而感人。

（參考答案：漠漠、瑟瑟、滾滾、歷歷、綿綿）

3. 色彩與詩

　　詩中的色彩字，不只是繪采設色的外表工夫，還可以透視詩心活動的內層世界，讓意象鮮活、視覺效果靈動，所造成的氣氛也就格外地美。請你依據詩意，於（　　）處填下最適當的色彩字。（參考路徑：搜文解字／文學之美／唐詩三百首／唐詩世界／主題館／器物）

試題A	鳴箏□□粟柱，素手玉房前。（李端〈聽箏〉）
答案	（　　　　）色屬暖色系，予人華貴、精緻的感覺，恰與「玉」色的高貴光潤，形成平衡調和之美，使得彈箏女子的形象更美了。
試題B	綠螘新醅酒，□□泥小火爐。（白居易〈問劉十九〉）
答案	（　　　　）色屬暖色系，予人溫暖、興奮的感覺，與「綠螘」的「綠」色形成「補色配合」（對比），不僅色彩尤加醒目，深具活躍鮮明之感，更凸顯了老朋友之間醇厚的情誼。
試題C	粉牆□□柱動光彩，鬼物圖畫填青紅。（韓愈〈謁衡嶽廟遂宿嶽寺題門樓〉）
答案	（　　　　）色屬暖色系，予人強烈、充沛的感覺，與畫「鬼物」的「青紅」色，調和中又有對比效果，益發彰顯出山廟中一股肅穆森嚴的氣氛來。
試題D	北風捲地□□草折，胡天八月即飛雪。（岑參〈白雪歌送武判官歸京〉
答案	（　　　　）色屬冷色系，予人疏離、冷澀、飄零的感覺，與

	「八月飛雪」、「北風」共同構成一幅白茫茫的、枯寂冷寒的雪天世界。
試題E	冰簟□□床夢不成，碧天如水夜雲輕。（溫庭筠〈瑤瑟怨〉）
答案	（　　　　）色屬冷色系，予人疏離、清冷的感覺，與同為冷色系的「冰簟」、「碧天」的「白」色與「碧」色，將夜深了卻不能成眠的獨守空閨女子的深沉寂寥，渲染得十分出色。

（參考答案：金、紅、丹、白、銀）

（二）詩法賞析

1. 王之渙〈登鸛雀樓〉

原詩

白日依山盡，黃河入海流。欲窮千里目，更上一層樓。

賞析

沈括《夢溪筆談》曾記載：「河中府鸛雀樓三層，前瞻中條，下瞰大河，唐人留詩者甚多」；其中，「惟李益、王之渙、暢當三篇，能狀其景」。〈登鸛雀樓〉就是其一，先景後情，抒寫登樓的所見與所感。

所謂「情景法」，是指藉外在、具體的景物，來襯托內在、抽象的情思的寫作手法；其中，寫景僅是手段，抒情才是目的。開篇兩句，王之渙以「依山盡」的「白日」、「入海流」的「黃河」，一東一西的視角變換，拉開多層次的空間變化，鋪染出雄渾壯闊的氣象。隨著黃河水向東奔騰而去的視線，更將空間推向遠方，讓「當前景」與「意中景」融而為一，增加畫面的深度與廣度，雖咫尺而有千里之勢。

這是因為心理本身即具有流動性、聯想性、跳躍性，可以

打破現實的時空秩序，從而超出現實的限制，呈現出作者無限的創造力。三、四句，承接一、二句，詩人除了以「樓」字點明這是一首登臨詩，更即景而生「意」，將「景」與「理」自然地銷融在一起，藉以說明高瞻遠矚的胸襟與人生境界的提升，達到了日僧空海在《文鏡秘府論》中所說的「景入理勢」的境界，使人不覺得它在說理，而理自在其中。

結構分析表

```
┌ 景（實）┌ 西（山）：「白日依山盡」
│         └ 東（水）：「黃河入海流」
└ 情（虛）：「欲窮千里目」二句
```

2. 張繼〈楓橋夜泊〉

原詩

　　月落烏啼霜滿天，江楓漁火對愁眠。姑蘇城外寒山寺，夜半鐘聲到客船。

賞析

　　這首詩旨在抒寫羈旅之愁，層次分明地體現出一個先後承接的時間過程和感覺過程，形成了「先後」法。一、二句，描寫近景，「月落」寫所見，「烏啼」寫所聞，「霜滿天」寫所感。「湛湛江水兮上有楓，目極千里兮傷春心」（《楚辭‧招魂》），詩人藉著「江楓」這個形象帶給讀者一種秋色秋意、離情羈思的暗示；星星點點的幾處「漁火」，又對周圍昏暗迷濛的背景起了襯托的作用，正面點出了泊舟楓橋的旅人。

　　三、四兩句，由遠而近，先將空間推移至姑蘇城外的寒山

寺，透過聽覺帶出鐘聲，將空間再次拉回客舟中。「夜半鐘聲」不但揭示了夜的深永與寂寥，也加強了「愁」的況味，詩人臥聞夜半鐘聲的種種感受，也就盡在不言中了。

全詩連結了一高一低、一靜一動、一暗一明、一江邊一江上、一遠一近、一靜一喧等意象，融合了視覺、聽覺、觸覺及心覺等知覺印象，使舟中旅人和舟外景物達成一種無言的交融與契合，也為讀者營造出鮮明深刻的詩意美，著力渲染出「愁」的義蘊。

結構分析表

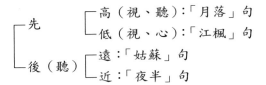

3. 孟浩然〈過故人莊〉

原詩

故人具雞黍，邀我至田家。綠樹村邊合，青山郭外斜。開筵面場圃，把酒話桑麻。待到重陽日，還來就菊花。

賞析

這首詩旨在以田園風光襯托出老友之間深切的情誼。前六句，是就「實時間」（今日）而言，「待到」二句，是就「虛時間」（未來）而言，全詩形成了（時間的）「先實後虛」結構。

一、二句，以老朋友誠摯的邀約作為開端，點明題目。「綠樹」二句，寫詩人在莊外所見到的景致；先以「合」字道

出樹之多，次以「斜」字描繪山之遠，將整個村莊四周的明媚風光，妝點得綠意盎然，也透顯了此次造訪的愉悅心情。「開筵」二句，是老友相聚時把酒言歡、閑話家常的歡樂情景。「待到」二句，則是預定了下次相聚的時間，由實轉虛，既呼應了前文的「邀」字，「就菊花」一語，更寓有祝福（延年益壽）的美意，使兩人的情誼又推深了一層。全詩從邀約寫起，進而寫村景、寫對酌（赴約），最後又以重陽為約（預約），首尾圓合。老友深厚的情誼，也貫穿全篇，使人百讀而不厭。

結構分析表

```
┌實（今日）┬邀約：「故人」二句
│          └赴約：「綠樹」四句
└虛（未來）：「待到」二句
```

4. 杜甫〈聞官軍收河南河北〉

原詩

　　劍外忽傳收薊北，初聞涕淚滿衣裳。卻看妻子愁何在，漫卷詩書喜欲狂。白日放歌須縱酒，青春作伴好還鄉。即從巴峽穿巫峽，便下襄陽向洛陽。

賞析

　　這首詩旨在抒寫「聞官軍收河南河北」後「喜欲狂」之情。前五句，是就「實時間」（今日）而言；「青春」三句，則是就「虛時間」（未來）而言。因此，在時間的安排上，也是形成了「先實後虛」結構。

　　詩人藉由起聯的「忽傳」、「初聞」等語，傳神地描摹了因

事出突然、自己喜極而泣的情景。詩人繼而巧妙地以設問語氣，以「卻看」二字，成功誘使讀者的視線由己身移轉到妻子身上；再以「漫卷詩書」四字作具體的描寫，描寫妻子聽聞官軍收復山河後狂喜的情狀，順勢拈出「喜欲狂」這一個主旨。

頸聯，由實轉虛，以「放歌縱酒」上承「喜欲狂」，以「青春作伴」上承「妻子」，寫春日攜伴還鄉的打算。末聯，緊承上聯「好還鄉」而來，一口氣道出了巴峽、巫峽、襄陽、洛陽四個地點，虛寫了還鄉所需經過的路程。如此一來，由「忽傳」而「初聞」、由「卻看」而「漫卷」、由「即從」而「便下」，一氣奔注，將「喜欲狂」之情渲染得精彩淋漓。

結構分析表

```
       ┌ 實（現在）┌ 因：「劍外」句
       │          └ 果 ┌ 自身：「初聞」句
┌──────┤              └ 妻子：「卻看」二句
       │
       └ 虛（未來）┌ 返鄉時間：「白日」二句
                  └ 還鄉路程：「即從」二句
```

5. 閱讀小站

A（　）〈登鸛雀樓〉藉外在具體的景物，來抒寫登樓的所見與所感。一、二句，詩人的視線更在一東一西之間轉換，它除了可以帶出空間的變化，更可以鋪染出①思鄉情怯②雄渾壯闊③慷慨悲歌④收復家園　的氣象。

B（　）〈楓橋夜泊〉融合了視覺、聽覺、心覺等知覺印象，營造出鮮明深刻的詩意美。請問，此詩的「詩眼」應

是哪一個字?①夜②鐘③船④愁。

C（　）〈過故人莊〉旨在抒寫老友相見時的情誼,前六句是寫「今日」相聚的情景,最後二句是寫「未來」再相聚的約定。這是運用了哪一種篇章結構法?①「先情後景」法②「先實後虛」法③「先因後果」法④「先問後答」法。

D（　）〈聞官軍收河南河北〉旨在抒寫聽聞官軍收復失土後的「狂喜」之情,形成了「先實(現在)後虛(未來)」結構。請問,這種時間安排的手法,與下列哪一首詩相同?①〈過故人莊〉②〈楓橋夜泊〉③〈登鸛雀樓〉④〈黃鶴樓送孟浩然之廣陵〉。

參考答案　A（2）、B（4）、C（2）、D（1）。

（三）為「詩」尋找一幅畫

這一幅二喬圖,是由與張大千並稱「南張北溥」的前清恭親王後裔溥心畬所繪,圖旁並題有杜牧〈赤壁〉詩:

折戟沈沙鐵未銷,自將磨洗認前朝。

東風不與周郎便,銅雀春深鎖二喬。

想像,是藝術才能的身分證,是創作主體不可缺少的素質。擁有創造力與想像力的詩人,能夠從狹窄的、閉鎖的、陳舊的思維模式中解放出來,作創造性的幅合與輻射,得到一個最佳的意象結構。溥心畬就是經由此詩,經由想像,而有此佳畫。

現在，請你依據所「抽中」的兩句詩，馳騁「想像」這一個神性的視力，將自己抽象的情感與思想，經由想像化為具體的意象，繪成一幅圖畫，呈現於讀者面前（可採水彩、水墨、或炭筆素描……等，畫紙由老師提供）；並將自己當下的感覺與想法，以 150 左右的文字，捕捉下來，與人分享。

◎學習評量表

這份自我檢核表，主要是幫助自己能了解自我在學習過程中各方面的優缺點，以做為下次修正的參考。請你依據各項目的實際情況，依達到的程度（5 表示完全做到，1 表示完全未做到），填寫下表（請打「✓」）。

項　目	指標	5	4	3	2	1
主　題	1. 能切實明瞭每一首詩的內容與創作背景，並能充分掌握詩中所欲傳達的情感與主旨。					
	2. 能切實結合詩中的內容，並從自己的經驗出發，延伸思考的深度，發表個人獨特的體會。					
	3. 能以全詩或其中一兩句詩句的內容，做為創作的依據；並大膽地馳騁想像力與觀察力，創造一個「詩中有畫，畫中有詩」的全新意境。					

項　　目	指標	5	4	3	2	1
構　　圖	1. 能依據所要表達的主題、情感、與意念，用心取景，用心設計與構圖；令詩中情境與自己的意念，有更清楚而精準的結合，以達所欲呈現的效果。					
	2. 構圖不在於繁複，而在於簡明扼要，別出心裁，自出機杼。					
	3. 雖是參考他人的資料，繪畫技法也不甚精熟，但仍然堅持保有自己獨特的設計。					
用　　色	1. 能依據不同主題、不同情感的表達，依據不同的構圖方式，選擇最適宜的彩繪工具。					
	2. 能依據不同主題、不同情感的需求，選擇最適宜的色系、彩度、與明度、亮度等彩筆，以利不同意念的表達。					

※我覺得自己在＿＿＿＿＿＿部分做得最成功，因為＿＿＿＿＿＿；

　至於在＿＿＿＿＿＿部分，則有再加強改善的空間。（人名）

　＿＿＿＿＿＿的＿＿＿＿＿＿部分最值得我向他學習，因為

　＿＿＿＿＿＿。

（四）「信、達、雅」的翻譯家

1. 說明

　　請仔細閱讀崔顥〈黃鶴樓〉詩，然後將它改寫成一篇 200
字左右的白話文。

2. 提示

（1）自從嚴復提出「信、達、雅」以來，「信、達、雅」不
　　僅成為中國古代翻譯理論探索的焦點，也是近現代翻譯
　　理論的原則。「信」，是除了不能悖離原文的旨趣，也要
　　儘量保留原作的敘寫風格；「達」，是要力求譯文的通達
　　與順暢；「雅」，則是進一步講求用字遣詞的可讀性、優
　　美性。

（2）因此，要先細細體會詩人創作時的思想情感，並掌握全
　　詩的意境，然後再講求文氣的流暢與文字修辭之美。

（3）改寫是一種「再創造」，不必逐字逐句譯出；因此，要
　　認真閱讀原詩，並思考改寫的要求，才能寫出一篇有情
　　感的、精彩的改寫文章。

3. 原詩

　　昔人已乘黃鶴去，此地空餘黃鶴樓。

　　黃鶴一去不復返，白雲千載空悠悠。

　　晴川歷歷漢陽樹，芳草萋萋鸚鵡洲。

　　日暮鄉關何處是？煙波江上使人愁。

四、作品欣賞與教學省思

　　為了令「為詩尋找一幅畫」活動能順利進行，我們先把全
班分成六組，採事前抽籤的方式來決定各組作畫的詩句（以王
之渙〈登鸛雀樓〉、李白〈黃鶴樓送孟浩然之廣陵〉、張繼〈楓
橋夜泊〉三首詩為主題，每一首絕句拆成兩組），如此一來，
每首詩都會有等量的、可觀的作品產生。例如，洪儷心寫道：

　　我畫的是「故人西辭黃鶴樓，煙花三月下揚州」這兩句詩。這次我只畫了黃鶴樓和李白，並沒畫出孟浩然，因為我想表達孟浩然的船已走遠，而李白揮手向他說再見的意境。這次的活動十分有趣，主要是把詩句的涵意，用畫圖的方式表達出來，讓人一看就知道所畫的圖是在表達什麼。雖然同時有五、六個人畫一樣的主題，但每個人對這兩句詩都會有不同的看法，所以想要表達的意境也就會不同。（洪儷心）

　　整體而言，以〈登鸛雀樓〉及〈楓橋夜泊〉這兩首詩的表現最為理想，〈黃鶴樓送孟浩然之廣陵〉詩的表現，顯得相對貧瘠，這可能是較缺乏「送別」這一種人生體驗的緣故吧！

　　王怡雯以畫面切割的手法，把遠方的寒山寺及其鐘聲帶進畫面來，技法雖不甚成熟，卻洋溢著個人的巧思：

　　我畫的是「姑蘇城外寒山寺，夜半鐘聲到客船」這兩句詩意，所以把左半邊的「寒山寺鐘樓」先畫了出來。因為是晚上，又下著霜，所以我畫出了月亮，也在屋頂上等地方，塗上了白色的顏料。在圖的右半邊，我畫出了這首詩的作者—張繼，在船上仔細的聆聽著遠方寒山寺傳來的鐘聲，回想著家鄉風景的模樣。這就是我心中所想像的「楓橋夜泊」。

　　方良鈺所畫的是〈楓橋夜泊〉一、二句，她道出了自己經由這樣的活動，因而體悟了詩人當年佇立船頭的心情感受：

　　「月落烏啼霜滿天，江楓漁火對愁眠」，這兩句詩是我這次繪畫的主題。圖中，我畫出一輪明月正依靠在青山的旁邊，準備要西下了。幾隻烏鴉正啼叫著，青山上鋪著一層薄薄的霜，作者始終睡不著，於是站到船頭，看著江邊的楓樹，滿懷著愁緒。

　　畫完這幅畫，突然能夠了解作者——張繼之所以寫這首詩的心情，雙眼望著遠遠的美景，心中滿懷著思鄉愁緒，將所看見的和所聽見的，寫出這麼一首生動的詩。

　　田濟源抽中的也是〈楓橋夜泊〉：

　　「姑蘇城外寒山寺，夜半鐘聲到客船」，沒錯！我所畫的景色正是從這兩句詩中感覺出來。

　　於是我畫了一輪明月、一艘船、一棵樹和一座寺。我把樹畫枯了，沒長出茂盛的葉子。因為詩中提到了「寒」、提到了「霜」，所以是秋天，樹自然不會長太多葉。寒山寺的鐘聲，傳到了作者的耳裡，暗示只有無法入睡的旅客才會如此。所以就用這棵樹來代表作者心中的孤獨、淒涼。此外，我也在河流

較廣的地方寫上那二句詩，剛好滿足了這一整畫。

　　至於王怡茜所畫的則是〈登鸛雀樓〉一、二句，與同年齡孩子相較之下，構圖與設色顯得十分成熟，也都能依據所要表達的主題，用心取景，令詩中情境與自己的意念，精準的結合在一起，可說是此次活動表現得最為突出的作品之一：

當我們登上高山，或是面對大海、仰望長空時，往往會產生無限的感慨。王之渙登上鸛雀樓，也同樣的感慨萬千。但他沒有嘆息光陰的飛逝，也沒有嘆息人生的短促。在這首詩中，他給了我們一個積極進取的人生觀。「欲窮千里目，更上一層樓」。除了字面上的意思外，還警惕我們，若想要見識寬廣、眼光遠大，就必須更進一步的去追求！

　　其他，如郭宛茹、黃柏仁這兩幅畫作，在主題、構圖與用色等方面的拿捏，也都能切實結合詩中的內容，並從自己的經驗出發，延伸思考的深度，發表個人獨特的體會，大膽地馳騁想像力與觀察力，創造一個「詩中有畫，畫中有詩」的全新意境：

郭宛茹（左）、黃柏仁（右）

　　學生初次聽聞要進行這樣的活動時，各個無不瞪大了眼珠子露出不敢置信的神情。但整個活動實施下來，倒是人人有了頗為深刻的體會。例如，林柏劭就真誠地寫出了一己的收穫：「我覺得這次的活動很有意義，不僅可以把繪畫與寫作兩方面結合在一起，在作畫的過程中，更可以訓練我們的耐心、毅力，也可以提升我們的想像力，還可以訓練我們的寫作能力，達到『詩中有畫，畫中有詩』的境界。」此外，也可以令學生將自己的畫作放在桌面上，然後互動觀摩、彼此分享，以收砥礪之效。

　　在「信、達、雅的翻譯家」部分，由於改寫之前，就要求學生先進行資料的蒐集、消化與吸收等預備工作；因此，在思想、情感、意境的掌握，文氣的流暢度以及文句的修辭上，都有可觀的成果展現。如凌祥智所改寫的這一篇，即添上了個人的情思與想像：

　　登上了黃鶴樓，我深刻的感受到仙人曾在此觀景的感覺。但仙人已乘著黃鶴而去，只留下漢陽城、晴川、鸚鵡洲歷歷在眼前。仙人黃鶴杳然已失，眼前的景物是美好的，卻抹不去對仙人的嚮往。古人修道成仙，乘黃鶴冉冉而去，飛向那美好的世界，而我呢？我的歸宿在何處？黃鶴一去不回頭，白雲卻千年不變地悠悠飄浮於天。晴天時可看見川水流過漢陽，鸚鵡洲上的芳草也搖曳著，站在煙波浩渺的江邊，更增添了我的鄉愁，真有股人生之將盡和歸程無處的茫然。

　　又如白德荃這一篇，也抓住了黃鶴樓的傳說與思鄉的情緒來做發揮：

　　在這美麗壯觀的黃鶴樓身後，有個傳說，說黃鶴樓乃仙人之居。但這仙人已乘著黃鶴離開了，所以這樓就這樣空盪盪的佇立在江邊。千百年來，這蔚藍而廣闊的天空，只見白雲悠悠地飄浮著，卻不曾見過那黃鶴回顧的身影。現在，晴天的江邊還可以清晰的見到漢陽那兒的樹木，和青草茂盛的鸚鵡洲。傍晚時，我抬起頭來找尋家鄉的方向，卻模糊看不清。只看得見那江上的濃霧與波浪，使得思鄉的情緒不禁一湧而上，感到十分的哀愁。

　　雖然同是以崔顥〈黃鶴樓〉詩做為改寫的主題，但因「詩心」人人有，卻也人人不同；故仔細讀來，皆可以窺見躲在文章背後那一顆顆綻放著不同光彩的詩心。如黃麗穎的文章，也十分亮人眼目：

　　傳說在很久很久以前，曾經有過一位仙人乘著黃鶴在這裡休息，後來又飛走了，就只剩下這一座空盪盪的黃鶴樓。飛走了的黃鶴再也沒有回來過，千百年來的悠悠歲月都已經過去了，只看見那變幻不定的白雲依舊在這裡盤桓等待著。晴天下的江水清澈極了，亮麗地映照著漢陽一帶的樹林。濃綠芬芳的綠草鋪滿了整個的鸚鵡洲。在暮色蒼茫之中，我極目四眺，可是我的老家在哪兒呢？江面上瀰漫的煙波漸漸濃了起來，將我捲入了一片鄉愁之中。

　　大體而言，圍繞著「唐詩世界」這一個主題引導學生，不僅焦點凸出，學生也多有亮麗的表現。

印象・西北雨

一、設計理念

　　陳冠學〈田園之秋〉以細膩的觀察、凝練的文字，極力描摹一場惡魔與妖巫肆虐的午后西北雨，流露對這一塊土地的關懷。教學活動的設計，先以課文中大量出現的「轉化」修辭為起點；其次，探究此文的章法，再以余光中〈聽聽那冷雨〉（節選）、楊喚〈期待〉等詩文為例，強化運材布局的能力訓練。

　　以台灣特有的西北雨天候為背景而譜成的〈西北雨直直落〉童謠，採擬人化手法，描寫溪河裡一群魚蝦在西北雨裡，敲鑼打鼓迎親的熱鬧景象，它的興味完全不同於〈田園之秋〉那一場西北雨。一個透過文字素材，一個經由音符歌謠，各自表達創作者心靈中對一場西北雨的不同感受。由於色、聲、香、味、觸，與人的喜、怒、哀、樂，經過「感覺」與「情緒」的交互聯結，經過心理上的「共感覺」與審美上的「移情」作用；因此，繪畫與詩可以感通，詩與音樂可以感通，音樂與繪畫也可以感通。只要運用巧妙，色彩也可以感通成一種音調。

　　「想像」，是形象思維的核心，它的巧妙和智慧遠遠超過摹擬。於是「尋找一首台灣童謠」、「雨中印象」經由資料的蒐

集、詞意的介紹、創作背景的解析，可令學生對西北雨氣候有更深入一層的了解；然後再將蒐集得來的材料，化為一篇結構完整的文章。學生在輕快歌謠的帶領下，更可以縱橫豐富的想像力，以一枝彩筆，畫下心靈深處的一場雨中即景。

〈田園之秋〉在運材、布局與轉折的安排上，頗近似貝多芬第六號〈田園交響曲〉的第四、第五樂章，而〈田園交響曲〉又是學生在「藝術與人文」（翰林版七上）曾上過的教材。因此，「當音樂遇見想像力」承上一張學習單而來，側重在音樂與詩文的感通；以〈田園交響曲〉第四、第五樂章，以及臺灣童謠〈白鷺鷥〉為主題，令學生運用知覺感官，寫下聆聽此段樂章的感覺與想像。

二、教學架構表

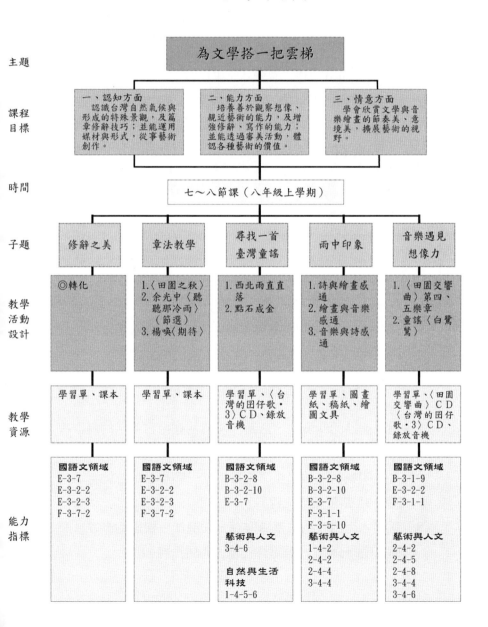

主題	為文學搭一把雲梯				
課程目標	一、認知方面　認識台灣自然氣候與形成的特殊景觀，及篇章修辭技巧，並能運用媒材與形式，從事藝術創作。		二、能力方面　培養善於觀察想像、親近藝術的能力，及增強修辭、寫作的能力；並能透過審美活動，體認各種藝術的價值。		三、情意方面　學會欣賞文學與音樂繪畫的節奏美、意境美，擴展藝術的視野。
時間	七～八節課（八年級上學期）				
子題	修辭之美	章法教學	尋找一首臺灣童謠	雨中印象	音樂遇見想像力
教學活動設計	◎轉化	1.〈田園之秋〉 2.余光中〈聽聽那冷雨〉（節選） 3.楊喚〈期待〉	1.西北雨直直落 2.點石成金	1.詩與繪畫感通 2.繪畫與音樂感通 3.音樂與詩感通	1.〈田園交響曲〉第四、五樂章 2.童謠〈白鷺鷥〉
教學資源	學習單、課本	學習單、課本	學習單、〈台灣的囡仔歌・3〉CD、錄放音機	學習單、圖畫紙、稿紙、繪圖文具	學習單、〈田園交響曲〉CD、〈台灣的囡仔歌・3〉CD、錄放音機
能力指標	國語文領域 E-3-7 E-3-2-2 E-3-2-3 F-3-7-2	國語文領域 E-3-7 E-3-2-2 E-3-2-3 F-3-7-2	國語文領域 B-3-2-8 B-3-2-10 E-3-7　　藝術與人文 3-4-6　　自然與生活科技 1-4-5-6	國語文領域 B-3-2-8 B-3-2-10 E-3-7 F-3-1-1 F-3-5-10　　藝術與人文 1-4-2 2-4-2 2-4-4 3-4-4	國語文領域 B-3-1-9 E-3-2-2 F-3-1-1　　藝術與人文 2-4-2 2-4-5 2-4-8 3-4-4 3-4-6

三、教學活動設計

（一）修辭之美

　　1. 描述一件事物時，轉變其原來性質，化成另一種和本質截然不同的事物，予以形容敘述的修辭方法，叫作「轉化」。善用「轉化」，可化靜態為動態，可使形象生動，並藉以傳達情意，加強文章的感染力。請你舉出三個〈田園之秋〉課文中運用轉化修辭的文句，並指明是使用哪一類的轉化（如：人性化、物性化、形象化等）。

	例　　　　　句	修辭類型
A		
B		
C		

　　2. 請你將下列文句中運用「轉化」的地方標示出來。

（1）山朗潤起來了，水長起來了，太陽的臉紅起來了。小草偷偷地從土裡鑽出來，嫩嫩的，綠綠的。（朱自清〈春〉）

（2）這些美妙的叫賣聲，活潑、快樂地在每日生活的舞臺裡翻滾跳躍。（陳黎〈聲音鐘〉）

（3）月亮叫喊著，叫出生命的喜悅；一顆小星是它的羞澀的回聲。（張愛玲《流言》）

（4）這樣才可用一枝畫筆攝取湖光的潝漾，樹影的參差，和捕捉朝暉夕陰。（蘇雪林〈綠天島居漫興〉）

（5）愛因斯坦說：「專家還不是訓練有素的狗？」這話不是偶
　　發的，多少專家都是人事不知的狗，這種現象是會窒死
　　一個文化的。（陳之藩〈哲學家皇帝〉）

（二）章法賞析

1. 陳冠學〈田園之秋〉

正文

　　略。

賞析

　　本文以細膩的觀察、凝練的文字，極力描摹一場滿天黑
怪、惡魔妖巫與霹靂肆虐的午后西北雨，並流露出對這一塊土
地的歌頌與關懷。

　　全文形成「先點後染」結構。首段，是「點」的部分，指
出作者正在田裡摘番薯蒂，以作為下文敘事、寫景的引子與橋
梁。二、三、四、五段，則是「染」的部分。先以「大雨滂
沱，霹靂環起」為綱領，總括下文，再依次分從視覺、聽覺、
觸覺、心覺等方面，描寫雲起、打雷、閃電、降雨到放晴的經
過。其中，第二段是全面敘寫烏雲、霹靂、大雨的降臨與離
去；第三段照應「霹靂環起」，第四段照應「大雨滂沱」，進一
步詳寫雷電的威力與西北雨的特質。

　　點染，本指繪畫手法，後移用為辭章作法。「點」，是指時
空中的一個落足點，僅用來作為敘事、寫景、抒情、或說理的
引子、橋樑或收尾；「染」，是真正用來敘事、寫景、抒情、或
說理的主體。點染法，深具律動的層次美、循環往復的節奏
美；在多層次的點染烘襯下，更可彰顯變化之美。例如，本文

先點簇而後渲染，就是形成了一種章法的層次美。層次，是一種漸變的造形，它或在空間上漸近、漸遠，或是在時間上漸長、漸蹙，形成了詩意的旋折旋深，讀來舒暢而有節奏感，帶給人一種美的印象。加上作者又善用各種知覺的摹寫，更彰顯了這種美感特色。

結構分析表

```
┌ 點：「摘了一整天的番薯蒂」
│
│    ┌ 凡（大雨、霹靂）：「下午大雨滂沱……真要走避不及」
│    │
│    │         ┌ 一（烏雲）：「低著頭……惡魔與妖巫之出世」
│    │    ┌ 全├ 二（霹靂）：「正當人們籠罩……匍匐不能起」
└ 染 ┤    │    └ 三（大雨）：「好在再接著……戲劇不是戲劇」
     │ 先 ┤
     └ 目 ┤    ┌ 一（霹靂）：「因為是在家屋……立時被劈殺」
          └ 偏 └ 二（大雨）：「一場為時一小時……田莊的理由」
          │
          └ 後：「終於雷聲……牧羊人之歌」
```

2. 楊喚〈期待〉

原詩

　　每一顆銀亮的雨點是一個跳動的字，

　　那狂燃起來的閃電是一行行動人的標題。

　　從夜的檻裡醒來，把夢的黑貓呸開，

　　聽滾響的雷為我報告晴朗的消息。

賞析

　　楊喚〈詩的噴泉〉系列共有十首，詩中流露的是楊喚一貫「不疲憊的意志是向前的」的生命基調，充滿熱情，充滿自

勵。每一首都分為兩小節，每節兩行，形式整齊，節奏和諧，展現出意象飽滿、玲瓏剔透的小詩風貌。

〈期待〉是其中的第三首，形成了「先雨後晴」的狀態變化。第一節，是「雨」的部分，詩人乘著想像的羽翼，將最純稚的心靈貼近大自然的胸膛，分從視覺、聽覺來摹寫，把雨點比喻成一個個的文字，把閃電比喻成一行行的標題，在天地間揮灑出一篇又一篇熱情的充滿生命力的瑰麗文章。

第二節，則是「晴」的部分，詩人以黑貓比喻黑夜裡所做的夢，叱開「夢的黑貓」，就象徵著叱開了一夜的冷漠與疏離，然後迎接的是轟隆隆的雷響所帶來的晴朗消息。宛若在暗夜裡突然乍現的一線曙光，令人份外欣喜，也將「期待」之情不著痕跡地呼喚出來。詩人別具慧心地以「銀亮」、「跳動」、「狂燃」、「滾響」等清新生動的字眼，描摹雨點、雷、電的降臨，比喻新穎，格調獨創。更善於運用知覺角度的調換，以求變化，觸發讀者美感情緒的波動。難怪楊喚自己也要發出「詩，是一隻能言鳥」，它「能唱出永遠活在人們心裡聲音」的詠讚來。

結構分析表

雨　┬ 視覺：「每一顆銀亮的雨點是一個跳動的字」
　　└ 聽覺：「那狂燃起來的閃電是一行行動人的標題」
晴　┬ 心覺：「從夜的檻裡醒來，把夢的黑貓叱開」
　　└ 聽覺：「聽滾響的雷為我報告晴朗的消息」

3. 余光中〈聽聽那冷雨〉(節選)

正文

　　在日式的古屋裡聽雨,聽四月,霏霏不絕的黃梅雨,朝夕不斷,旬月綿延,濕黏黏的苔蘚從石階下一直侵到他舌底,心底。到七月,聽颱風颱雨在古屋頂上一夜盲奏,千尋海底的熱浪沸沸被狂風挾來,掀翻整個太平洋只為向他的矮屋簷重重壓下,整個海在他的蝸殼上嘩嘩瀉過。不然便是雷雨夜,白煙一般的紗帳裡聽羯鼓一通又一通,滔天的暴雨滂滂沛沛撲撲來,強勁的電琵琶忐忑忑忑忐忑,彈動屋瓦的驚悸騰騰欲掀起。不然便是斜斜的西北雨斜斜,刷在窗玻璃上,鞭在牆上打在闊大的芭蕉葉上,一陣寒瀨瀉過,秋意便瀰漫日式的庭院了。

賞析

　　余光中活躍於臺灣的文學界,顏元叔稱他為「詩壇祭酒」,黃維樑稱他是「敏於感應,富於想像,勇於嘗試,勤於執筆」的「浴火鳳凰」,「嘗試把中國的文字壓縮,搗扁,拉長,磨利,把它拆開又併攏,折來且疊去,試驗它的速度、密度、彈性」,一次又一次在熊熊烈焰中換羽重生,把文字的菁華熬煉成丹(黃維樑編《璀璨的五采筆》)。我們觀察余光中的作品,正可發現這種特質。

　　〈聽聽那冷雨〉寫於一九七四年春分之夜,此段文字也是形成「先點後染」結構。「在日式的古屋裡聽雨」一句,是「點」。「染」的部分,主要是從聽覺與心覺這兩條線索,依時間推移的先後順序鋪陳,摹寫四月的綿綿春雨,摹寫七月的颱風颱雨、雷雨、西北雨。雨勢不同,聽覺效果不同,美感自也大不相同。戶內聽聽,戶外聽聽,在不同的雨聲中,從四月聽

到了七月，從少年聽到了中年，把雨聲聽成了一種回憶的音樂。而「霏霏」、「濕黏黏」、「沸沸」、「重重」、「嘩嘩」、「一通又一通」、「滂滂沛沛撲撲」、「騰騰」、「斜斜」等疊字疊詞的反覆出現，帶來赫然有力的情感，生發出彈性與平衡的節奏感，打動讀者的心靈，營造一種理深而情茂的興味。其中，「忐忐忑忑忐忑忑」七字，長鋪直下，滔滔滾滾滔滾滾，律動之強，最足以眩人耳目。

結構分析表

```
┌ 點：「在日式的古屋裡聽雨」
│   ┌ 先（四月、黃梅雨）：「聽四月……侵到他舌底，心底」
└ 染 │                    ┌ 颱雨：「到七月……蝸殼上嘩嘩瀉過」
    └ 後（七月）─ 雷雨：「不然便是雷雨……騰騰欲掀起」
                        └ 西北雨：「不然便是斜斜……日式的庭院了」
```

（三）尋找一首台灣童謠

1. 〈西北雨直直落〉是一首以台灣特有的「西北雨」天候為背景而譜成的童謠，它以擬人化手法，描寫溪河裡一群魚蝦在一場午后的西北雨裡，敲鑼又打鼓，熱熱鬧鬧迎親的情景，曲調活潑，詞意溫馨，充滿了十足的童趣，截然不同於〈田園之秋〉裡那一場滿天黑怪、惡魔妖巫與霹靂環繞下的西北雨。

請你先查出這一首童謠的歌詞（若能一併附上歌譜，那就更棒了！），再簡單介紹詞意（100 字左右）、作詞背景（200字左右）、及讀後心得（300 字左右）。

歌名	西北雨直直落
歌詞	
詞意介紹	
作詞背景	
讀後心得	

2. 點石成金

　　最後，請將所蒐集到的資料與心得，依「先點後染」結構，化為一篇首尾具足，而且充滿個人獨特想像、情感與見解的文章（500字以上）。

（四）雨中印象

　　一場西北雨，在陳冠學先生一枝妙筆下，是取譬生動的惡魔與妖巫；在童謠〈西北雨直直落〉歡樂歌聲的描繪下，又是一場鯽魚娶親的熱鬧畫面。一個透過文字素材、一個經由音樂符號，各自表達他們心靈中對一場西北雨的不同感受。

1. 詩與繪畫的感通

　　畫境，就是詩境。如這一幅圖，就是依據王維〈竹里館〉：「獨坐幽篁裡，彈琴復長嘯；深林人不知，明月來相照」一詩的詩意所繪成。詩中表現的是詩人晚年閒適的心境，以獨坐彈琴的情景流露清雅孤絕之感，同時也表現出一幅優美的

畫境（右圖引自明・黃鳳池編《唐
詩畫譜》）。

2. 繪畫與音樂的感通

繪畫是一篇無聲的音樂，它具
有節奏、組織、韻律和強弱等音樂
特性。繪畫的韻律是什麼？就是
線、形的恰當安排，色彩的寒暖、
輕重，筆觸的直斜、濃淡、粗細，
產生了一種音樂性質的升降、剛柔
和緩急等抑揚頓挫的節奏效果。

例如康丁斯基（1866-1944）這一幅〈構成第八號〉，就是
如此。康丁斯基認為色調就如同音樂一般，可以自由控制強

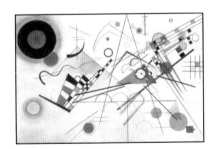

弱，所以他喜歡透過點、
線、色彩、塊面、構圖來
傳達各種情緒，把音符轉
變成了各種造型。他更喜
歡藉由直線、曲線、圓
形、銳角等幾何元素構成
的抽象圖畫，表現對音樂
的感動。

3. 音樂與詩的感通

詩，是思想的音樂。音樂運用了聽覺感官，而詩的吟詠，
藉諸聽覺來增強「感」的強度，促進「悟」的深度。如白居易
〈琵琶行〉，就是從聽覺、視覺、靜態、動態來感通琵琶聲，
音韻錚鏦，形色繽紛。

遇見天籟
國語文創新教學設計

其他，如宋‧李迪所繪的
「風雨歸牧圖」，也帶有此種意
趣。黃昏時風雨來襲，柳條與
蘆草因風而右方顫搖，牛背上
的牧童，一個緊抓斗笠縮起頸
子，逆風而行；另一個，斗笠
被風吹走了，急忙回轉過身來
想要抓取。全畫以淡色烘染，
令風雨凜凜逼人的佳趣與生
意，溢於畫外。

4. 邀你來當「詩樂畫同源」的創作家

　　現在，要請你縱橫豐富的想像，以彩筆畫下心中印象最深
刻的一場雨中即景。可以是鉛筆素描，也可以是水彩油畫；可
以是講究光影濕度的印象派，可以是粗獷的立體派、野獸派，
更可以是雍容的古典派。最後，再以二百左右的文字，說明創
作的動機與心情。

（五）音樂遇見想像力

　　凡是將耳朵聽到的各種人、事、物的聲音，通過說話人或
作者本身的體驗，加以描述形容的修辭技巧，稱之為「聽覺摹
寫」，簡稱為「摹聽」或「摹聲」。例如：

● 白居易〈琵琶行〉：「大絃嘈嘈如急雨，小絃切切如私語；嘈
　嘈切切錯雜彈，大珠小珠落玉盤。」

● 梁實秋〈鳥〉：「有的一聲長叫，包括六七個音階；有的只是

一個聲音，圓潤而不覺單調；有時是獨奏，有時是合唱，簡直是一派和諧的交響樂。不知有多少個春天的早晨，這樣的鳥聲把我從夢境喚起。」

　　詩人的耳朵，聽到了琵琶聲，聽到了鳥鳴聲，在心中產生了如急雨、如私語、如大珠小珠落玉盤、如獨奏、如交響樂的種種聯想，化為文字，觸發觀賞者濃濃的興味。現在，請你張開詩的靈魂，啟動想像的羽翼，用心聆賞以下每一段樂曲，然後將自己的想像與感覺寫下來。

1. 貝多芬〈田園交響曲・第四樂章　暴風雨〉

　　〈田園交響曲〉由五個樂章所構成，第一樂章以奏鳴曲表達在鄉間的愉快心情，第二樂章延續寧靜的情緒寫溪畔景色，第三樂章則以舞曲描述狂歡的農民聚會。第四樂章，貝多芬以低音提琴恐怖的顫音和短笛尖銳刺耳的呼嘯，預示著暴風雨的來臨；而全部管絃樂以半音階下行，由最高音域一直滑落到最低音域，伸縮喇叭和定音鼓也在旁助陣，發揮威力。請你仿效〈田園之秋〉，善用各種知覺摹寫，以 150 字左右的文字，寫下聆聽此段樂章的感覺與想像。

2. 貝多芬〈田園交響曲・第五樂章　牧羊人之歌〉

　　這是一個兼具輪旋曲和變奏曲形式的終樂章，在豎笛和法國號的引領之下，弦樂奏出了內在靈魂最深刻的「感恩」之情；這個主題主宰整個樂章，也正是全曲最具精神深度之所

在。請你張開各種知覺感官的觸鬚，以 150 字左右的文字，寫下聆聽此段樂章的感覺與想像。

| |
| |
| |

3. 台灣童謠〈白鷺鷥〉

　　這一首家喻戶曉的台灣童謠，雖然歌詞版本會因北、中、南等區域的不同，而有些微的差異；但它曾是許多人心中共同的童年印記，在生命中留下最美好最溫潤的回憶。其歌詞為：「白鷺鷥，車畚箕，車到溝仔墘。跋一倒，撿到兩仙錢，一仙撿起來好過年，一仙買餅送大姨。」請你善用各種知覺感官，以 150 字左右的文字，寫下聆聽這首童謠的感覺與想像。

| |
| |
| |

四、作品欣賞

（一）尋找一首台灣童謠

1. 西北雨直直落

歌名	西北雨直直落
歌詞	西北雨直直落，鯽仔魚要娶某。鮕鮐兄打鑼鼓，媒人婆仔土虱嫂。日頭暗找無路，趕緊來火金姑。最好心來照路，西北雨直直落。 　西北雨直直落，白鷺鷥來趕路。翻山嶺過溪河，找無巢仔跋一倒。日頭暗欲怎好，土地公土地婆。最好心來帶路，西北雨直直落。
詞意介紹	這首童謠共敘述了兩段故事，上段是描寫在天色昏暗的西北雨中，鯽仔魚的迎親隊伍浩浩蕩蕩的往女方家裡去，隊伍中有媒人婆仔土虱嫂、提燈的螢火蟲，還有打鼓的鮕鮐和扛新娘轎子的挑夫，增加了熱鬧的氣息和視覺效果。第二段則是描寫最後找不到路，只好請土地公土地婆來幫忙的鷺鷥。這是一首充滿童趣的歌謠。
作詞背景	這首歌謠的寫作背景是夏日午後的西北雨，台灣因為地形和氣候的關係，所以夏季裡午後的雷陣雨是西半部地區特有的天氣現象。西北雨來得快，去得也快，雨滴很大，雨區卻很小。轟隆一聲，大雨傾盆而下，想閃避都來不及，但再往前跑一點，雨就蒸發似的消失了。所以老一輩的人常說「西北雨落不過田埂」。
讀後心得	〈西北雨直直落〉是一首耳熟能詳的童謠，又因它是以台灣特有的西北雨為背景，所以對於生長在台灣的我們而言，唱起來格外親切。西北雨讓嬉戲中的小孩、道路中的行人落慌而逃，讓正閒話家常的媽媽們急著趕回家收拾曝曬的衣物，更使看天吃飯的人們望「天」興嘆。因此，一般人對於西北雨總覺得掃興又無奈。但這首童謠卻以擬人手法，將鯽仔魚迎親遇上西北雨的掃興情景，改用生動活潑又有趣的手法描寫出來，讓我們覺得偶爾碰上一場西北雨，說不定會有意想不到的樂趣呢！

（謝汶均）

2. 點石成金

（1）〈西北雨中的婚禮〉

「西北雨，直直落；鯽仔魚，欲娶某……」相信大家對這首歌都不陌生，因為它就是以臺灣特有的西北雨氣候為背景而寫成的，所以對於生長在臺灣這塊土地的我們而言，唱起來格外親切。

在天色昏暗的一場西北雨中，鯽仔魚的迎親隊伍浩浩蕩蕩地往女方家裡去。隊伍中有媒人婆土虱嫂、提燈的螢火蟲，還有敲鑼又打鼓的鮕鮐和抬新娘轎子的挑夫。這就是大家耳熟能詳的〈西北雨直直落〉童謠。

因為地形和氣候的關係，夏季裡午后的雷陣雨是臺灣西半部地區特有的天氣現象。西北雨來得快，去得也快，雨滴很大，雨區卻很小，轟隆一聲，大雨傾盆而下，想閃避都來不及。但再往前走一點，雨就像蒸發了一般，消失不見了。所以老一輩的人常常說「西北雨落不過田埂」。然而在這首歌謠中，作詞者令鯽仔魚請來了提燈的螢火蟲照亮迎親的路途，更增添了溫馨熱鬧的氣息和視覺上的色彩效果。

西北雨讓嬉戲中的小孩、道路上的行人落慌而逃，也讓話家常的媽媽們急著趕回家收拾曝曬的衣物，更使得看天吃飯的人們望「天」興嘆。因此一般人對於西北雨總覺得掃興又無奈。但〈西北雨直直落〉這首童謠卻以擬人手法，將鯽仔魚迎親遇上西北雨又找不到路的情景，以生動活潑又有趣的筆調描寫出來，讓我們覺得就算偶爾碰上一場西北雨，說不定會有意想不到的樂趣。（謝汶均）

（2）〈我的西北雨〉

西北雨是什麼呢？西北雨就是臺灣夏天常見的雷陣雨。它來得快，去得也快，時常把人淋得措手不及，跑得快的人隔著一條大街，仍然是在豔陽天底下，回頭看對街下著傾盆大雨，這就是西北雨了。

我相信你們應該都嚐過吧！當你在夏天的戶外發覺下毛毛雨準備要找地方躲雨的時候，你就要有心理準備了，那就是「跑」！因為西北雨它就像獅子一樣，不把你吃掉絕不罷休。如果你跑太慢的話……那就等著被淋成落湯雞吧！

西北雨不單單只是下雨，還有一個僅次於陣雨的，那就是打雷了。打雷的聲音有如猛獸突然從草叢中跳出，嚇得人措手不及、驚慌失措。

下雨時，除了伴隨著打雷，還有閃電。在烏雲的遮蔽之下，如果這時黑壓壓的天空瞬間出現了一道閃電，你會看到天空有如被閃電給撕裂了一般，剎時間消失又復原。天空就這麼輕易的被撕開了，可見閃電威力也不同凡響。

西北雨，是台灣特有的，也同時給臺灣人留下了非常深刻的印象。西北雨所帶給我們的，絕對不是只有下雨而已，而是一種不同的想像，也是一種不同的感受。就有如西北雨過後那種清晰、美麗的感覺，已經深深的刻在你我的心中了。（嚴天浩）

（二）雨中印象

1. 一想到西北雨，我就聯想到了一個很熱鬧的景象：大家都在雨中跳舞！但我想，跳舞者不一定需要是人。因此，我想

了一想，那就與聖桑一樣，讓舞者是一群很有意思的動物吧！於是決定以十二生肖為主角：愛熱鬧愛玩耍的豬，率先跑到了圓圈中央跳起舞來；接著，動物們也漸漸燃起了

興致，群舞了起來。雨嘩啦啦地，天灰濛濛地，為這一個特別的舞會，增添了一層神秘的色彩。（林玉婷）

2. 每當下雨的時候，聽著雨點滴答滴答地落著，心情就特別寧靜。外面的事物也似乎變得緊湊起來，來來往往的車潮與人潮，就像一幅有趣的動畫，隨著時間的推移而不停地變化著。我覺得，雨不僅僅滋潤了大地，它更可以使人聯想到很多事物，也讓我能透過這一份寧靜的心情去思考一些事情。一想到下雨，我所想到的畫面，就是一個人望著窗外的雨思索著。在想些什麼呢？我想，只有自己知道吧！（趙家萱）

3. 圖中兩個主角，是我與我的同學。那時剛上小學，對大都市的交通不太熟。某日去安親班的路上遇上大雨，沒帶傘，只好待在公車站牌旁的休息亭，心情十分鬱悶。結果踫上了他，一位根本還不太認識的同班同學，可是他很快就認出了我，並陪我走了一段路，還慷慨地借我另一把傘，讓我繼續走。

次日，我信守對自己的承諾，把傘帶到學校還給他，並且誠心誠意的跟他道謝。其實從小我是個十分內向的小孩，這次經驗對於我的人際關係有著重大的突破，是由被動轉為主動非常重要的一刻。後來的一年裡，我跟他成了很好的朋友，也認識了很多人。

二年級時搬了家，搬到了現在的天母。對於這位同學的名字，我雖然已經沒有印象了，但是我永遠難忘那個下雨天，那一段友誼。（林博智）

（三）當音樂遇見想像力

謝汶均運用了摹況（聽覺、心覺）、擬人、譬喻等修辭手法，描寫聆聽第四樂章所生發的想像與感受，表現出比同年齡孩子成熟而細膩的思慮：

暴風雨的前奏，時而怒吼咆哮，時而喃喃低吟。暴風雨則以跳躍的方式前進，不久前還在遙遠的地方，頃刻間，便穿越顫抖的樹林、狂奔的動物，竄到你面前。在你的面前作威作福，戲弄著落單的小羊，使牠們驚慌失惜、四處竄逃，更藉此嘲笑你的無奈及膽小。最終，丟下可憐的小羊再繼續前進。每一聲巨響，都是他深植人心的腳印，直至遠去。

劉光達對於「音」與「感」的掌握，也堪稱為精敏：

這個樂章剛開始就展現出暴風雨來臨的恐懼，經過一段重低音的加強效果後，突然很大聲，彷彿暴風雨前的雷聲。雷一鳴，動物們便嚇得四處逃竄。由最高音到最低音，似乎表現出暴風雨前的雷聲不定。也連續使用相同的音來表現恐懼感，有一小段很小聲，像是要別人以為雨已過，天已晴，但其實暴風雨才真正的開始。有時又忽高忽低，表現出雨勢與雷聲的忽大忽小。

張昱德與王彥淳捕捉的則是聆聽了第五樂章之後的心情，在有效的引導之下，他們一致表現了聰慧而細膩的靈思：

1. 暴風雨來時，以鼓當作雷電，以大提琴當作雨，以長笛當作風，無情的肆虐大地，那種刺耳的樂音猶如大地的感受。他們又把聲音加大，表現出暴風雨的氣勢、威力，無人可比。而過境的時候，音樂一會兒停，一會兒繼續，表現出生物們害怕恐懼的心情。暴風雨過後，那種祥和的音樂令人感到舒服，給人如魚得水，重現光明，一切重頭開始的感覺。（張昱德）

2. 從第四樂章延續而來的狂風暴雨，到了第五樂章，全都變成了平和的樂曲。讓我感覺到雨後的清新與自然中，又散布著一些安靜與詳和，猶如自己親身體驗了一整場西北雨的過程。之後又覺得在雨中沉睡的萬物，此時也全都甦醒了，大地出現了許多生機。（王彥淳）

　　林孟樺寫的是聆聽臺灣童謠的感覺與想像，平穩中見巧思。唯一美中不足的是字數稍嫌不足，這也是需要再力求補強之處：

　　活潑又輕盈的曲調，既表現出孩童快樂的童年時光，另一方面也告訴大家不管遇到多大的困難，只要你願意換個角度想，所有的事都會變得更美好。輕盈的拍子，不僅映襯出小孩子的喜悅心情，更襯托出濃厚的鄉村人情，顯現了當時人與人之間溫馨又純真的感情。

　　黃泓銘則是直覺地將〈西北雨直直落〉、〈白鷺鷥〉這兩首童謠中，遭受不同際遇的白鷺鷥加以比較，更凸顯了因禍而得福的白鷺鷥形象：

　　在這一首童謠裡的白鷺鷥比〈西北雨直直落〉中的白鷺鷥的遭遇好多了，〈西北雨直直落〉中的白鷺鷥在西北雨中迷路了，這隻白鷺鷥雖然翻跟斗跌到水溝中，卻因禍而得福撿到了兩仙錢。牠撿到錢之後不但不會私吞，而且還買餅送給大姨賀年。在這種輕快的旋律下，可以想像這隻白鷺鷥一定很開心，才得意忘形地跌到水溝裡。

五、教學與省思

　　在教學引導上，教師可先複習課文中曾出現的「轉化」修辭，再做課外練習。然後講解其結構、布局、措辭，令學生確

實了解各篇的章法特色與美感效果。

　　進而發下「尋找一首臺灣童謠」學習單,由教師解說設計的重點、用意與應注意事項,令學生回家查閱相關書籍或上網,進行資料的蒐集、整理,於下一次上課時帶來。第二次上課時,先檢查習作情形,次播放〈西北雨直直落〉這首童謠以加深印象,再令學生將所蒐集的材料,依「先點後染」結構,化為一篇長文。

　　進行「雨中印象」活動之前,教師宜先利用講義講解「詩、樂、畫」可相互感通的道理,並舉例加以說明,觸發學生的想像力。記得預先告知繪圖日期、所需工具,令學生有餘裕先行醞釀心靈深處最深刻的一場雨,並提醒構圖、取景的要領,才開始作畫及寫下創作理念。閱完作品,可將優秀作品掃描、製成 power-point,利用課堂檢討時播放;也可令學生將畫作放置桌上,全體四處走動相互觀摩,以達最佳教學效果。

　　「音樂遇見想像力」活動,教師除了先舉例說明詩人們如何運用摹況法描述樂音、或大自然之聲,也宜簡單講解〈田園交響曲〉的創作背景和曲式結構(關於這部分,教師可翻閱相關的樂評雜誌、研究論文,或尋求音樂教師的協助),並播放第一、二、三樂章的片斷部分(可視時間因素,決定播放的長短),以區分整首樂曲風格情感的變化,再播放第四、五樂章及〈白鷺鷥〉,令學生聆聽、寫作。

　　當初之所以會挑選〈白鷺鷥〉這首童謠作為寫作的主題,只因為它可以和〈西北雨直直落〉歌曲中那一隻白鷺鷥形成映照對比的效果,後來也果真有學生注意到了這一點呢!

遊戲人生

一、設計理念

〈遊戲人生〉主要是統合國語文、藝術與人文等領域，有效運用網路資源，引導學生觀察、思索、欣賞文學與京劇之美。

胡適之先生說：「《三國演義》究竟是一部絕好的通俗歷史，在幾千年的通俗教育史上，從沒有一部書比得上它的魔力。」〈空城計〉是《三國演義》中最膾炙人口的故事之一，它充分運用了兵法上「虛而虛之，疑中生疑，剛柔之際，奇而復奇」的攻心謀略，克敵以致勝。因此，透過「課文」與「煮酒論英雄」、「斬馬謖」等類文，令學生深入了解《三國》故事。由於《三國》多依戰事發生的先後順序來鋪陳情節，符合事物本身發展的自然規律；教師在講解時，若能注意這一個組織思想材料的「時間類」章法，定更能掌握課文的脈落。

「失街亭」、「空城計」、「斬馬謖」三段故事串在一起，高潮起伏，精彩絕倫，是京劇有名的傳統劇目「失空斬」，因而結合了藝術與人文領域，設計了四個活動單元，期能達成這一個教學目標。

京劇是結合戲劇、音樂、舞蹈、武功、美術及雕塑的綜合藝術，形成了一個精分「生、旦、淨、丑」四種角色，以

「唱、唸、作、打」及「手、眼、身、法、步」等「四功五法」為中心的戲劇表演方式。「角色大會串」、「相招來看戲」等單元，可運用「人文藝術表演藝術網」、「國立台灣藝術教育館」等網路資源，令學生窺得「以舞為容，以歌為聲」、「有歌皆聲，無動不舞」的京劇之美。

京劇的舞臺、道具，大都採「以虛擬實」手法來呈現，藉用最簡單的、具有象徵性的道具，激發觀眾的想像力。如寓舟於槳、寓馬於鞭，甚至藉助開門關門、上樓下樓的虛擬動作，令觀眾體會到門和樓梯的存在，形成了戲諺所謂的「舞臺方丈地，一轉萬重山」的寫意性處理手法。至於臉譜的最大作用，則在於以色彩和花紋，顯示劇中人的個性、忠奸、身分，幫助表演，吸引觀眾。「動手畫臉譜」、「作伙來扮戲」，旨在引導學生經由「做」中「學」，體悟京劇的象徵美與意境美。

二、教學架構表

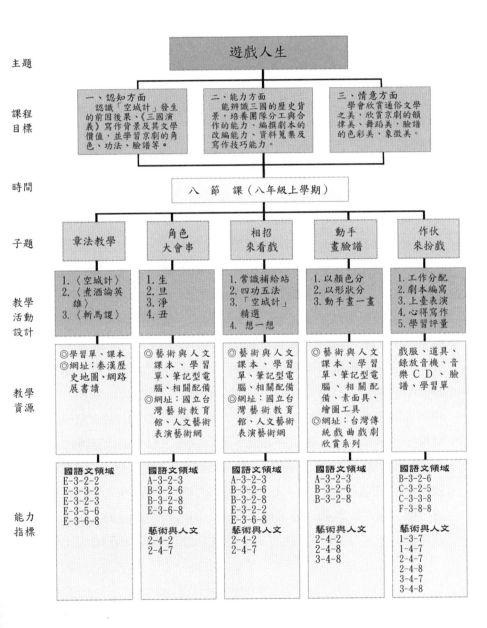

主題：遊戲人生

課程目標：
一、認知方面　認識「空城計」發生的前因後果、《三國演義》寫作背景及其文學價值，並學習京劇的角色、功法、臉譜等。
二、能力方面　能辨識三國的歷史背景，培養團際分工與合作的能力、編撰劇本的改編能力、資料蒐集及寫作技巧能力。
三、情意方面　學會欣賞通俗文學之美，欣賞京劇的韻律美、舞蹈美，臉譜的色彩美、象徵美。

時間：八　節　課（八年級上學期）

子題	章法教學	角色大會串	相招來看戲	動手畫臉譜	作伙來扮戲
教學活動設計	1.〈空城計〉 2.〈煮酒論英雄〉 3.〈斬馬謖〉	1.生 2.旦 3.淨 4.丑	1.常識補給站 2.四功五法 3.「空城計」精選 4.想一想	1.以顏色分 2.以形狀分 3.動手畫一畫	1.工作分配 2.劇本編寫 3.上臺表演 4.心得寫作 5.學習評量
教學資源	◎學習單、課本 ◎網址：秦漢歷史地圖、網路展書讀	◎藝術與人文課本、學習單、筆記型電腦、相關配備 ◎網址：國立台灣藝術教育館、人文藝術表演藝術網	◎藝術與人文課本、學習單、筆記型電腦、相關配備 ◎網址：國立台灣藝術教育館、人文藝術表演藝術網	◎藝術與人文課本、學習單、筆記型電腦、相關配備、素面具、繪圖工具 ◎網址：台灣傳統戲曲戲劇欣賞系列	戲服、道具、錄放音機、音樂ＣＤ、臉譜、學習單
能力指標	國語文領域 E-3-2-2 E-3-3-2 E-3-2-3 E-3-5-6 E-3-6-8	國語文領域 A-3-2-3 B-3-2-6 B-3-2-8 E-3-6-8 藝術與人文 2-4-2 2-4-7	國語文領域 A-3-2-3 B-3-2-6 B-3-2-8 E-3-2-2 E-3-6-8 藝術與人文 2-4-2 2-4-7	國語文領域 A-3-2-3 B-3-2-6 B-3-2-8 藝術與人文 2-4-2 2-4-8 3-4-8	國語文領域 B-3-2-6 C-3-2-7 C-3-3-8 F-3-8-8 藝術與人文 1-3-7 1-4-7 2-4-7 2-4-8 3-4-7 3-4-8

三、教學活動設計

（一）章法教學

1.〈空城計〉

正文

略。

賞析

　　〈空城計〉節選自《三國演義》第九十五回「馬謖拒諫失街亭，武侯彈琴退仲達」。街亭是蜀軍屯糧之地，又可遙控魏地三大城池，因為馬謖不聽王平的勸諫，妄作主張，結果街亭、列柳城盡為魏兵所奪。孔明只好重作部署，引了五千士兵到西城搬運糧草，結果司馬懿率領大軍往西城縣殺來，因而發生了歷史小說中膾炙人口的「空城計」。

　　故事情節依戰事發生的先後順序鋪陳，先以十餘次的飛馬來報，渲染軍情緊急的氣氛與眾官的驚恐之情。繼而以緊湊短促、明快有力的權威語氣，下達軍令，展現孔明處變不驚、慎謀能斷的機智、沉著與從容。孔明在敵樓上焚香操琴的景象，和司馬懿十五萬大軍恰形成強烈的對比，映照出「山雨欲來風滿樓」的緊張氣氛。羅貫中在此，藉司馬懿之口，道出空城計之所以能成功的關鍵，在於「亮平生謹慎，不曾弄險」，再次強調孔明的沉著與從容；並以司馬昭的提問、猜透孔明的心思，使文章在此興起一陣波瀾。最後，司馬懿大軍退去，以眾官驚問、孔明笑答的對話方式，把成功關鍵再度讓孔明說出

來，闡明知己知彼、百戰百勝的道理。文末則以眾官的稱讚語與孔明的得意話語，戛然作收。本文的結構表為：

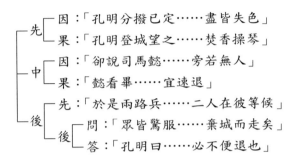

2. 〈煮酒論英雄〉節選

原文

　　酒至半酣，忽陰雲漠漠，驟雨將至。從人遙指天外龍挂，操與玄德憑欄觀之。

　　操曰：「使君知龍之變化否？」玄德曰：「未知其詳。」操曰：「龍能大能小，能升能隱；大則興雲吐霧，小則隱芥藏形；升則飛騰於宇宙之間，隱則潛伏於波濤之內。方今春深，龍乘時變化，猶人得志而縱橫四海。龍之為物，可比世之英雄。玄德久歷四方，必知當世英雄。請試指言之。」

　　玄德曰：「備肉眼安識英雄？」操曰：「休得過謙。」玄德曰：「備叨恩庇，得仕於朝，天下英雄，實有未知。」操曰：「既不識其面，亦聞其名。」玄德曰：「淮南袁術，兵糧足備，可謂英雄。」操笑曰：「塚中枯骨，吾早晚必擒之！」玄德曰：「河北袁紹，四世三公，門多故吏；今虎踞冀州之地，部下能事者極多，可謂英雄。」操笑曰：「袁紹色厲膽薄，好謀無斷；幹大事而惜身，見小利而忘命；非英雄也。」玄德

曰：「有一人名稱八駿，威鎮九州，——劉景升可為英雄。」操曰：「劉表虛名無實，非英雄也。」玄德曰：「有一人血氣方剛，江東領袖，——孫伯符乃英雄也。」操曰：「孫策藉父之名，非英雄也。」玄德曰：「益州劉季玉，可為英雄乎？」操曰：「劉璋雖係宗室，乃守戶之犬耳，何足為英雄！」玄德曰：「如張繡、張魯、韓遂等輩，皆何如？」操鼓掌大笑曰：「此等碌碌小人，何足挂齒！」玄德曰：「舍此之外，備實不知。」操曰：「夫英雄者，胸懷大志，腹有良謀；有包藏宇宙之機，吞吐天地之志者也。」玄德曰：「誰能當之？」操以手指玄德，後自指曰：「今天下英雄，惟使君與操耳。」

　　玄德聞言，吃了一驚，手中所執匙箸，不覺落於地下。時正值天雨將至，雷聲大作。玄德乃從容俯首拾箸曰：「一震之威，乃至於此。」操笑曰：「丈夫亦畏雷乎？」玄德曰：「聖人迅雷風烈必變，安得不畏？」將聞言失箸緣故，輕輕掩飾過了，操遂不疑玄德。

賞析

　　本文節選自《三國演義》第二十一回「曹操煮酒論英雄，關公賺城斬車冑」。故事情節緊承著第二十回「曹阿瞞許田打圍，董國舅內閣受詔」，描寫曹操引十萬之眾與獻帝狩獵於許田，曹操以天子的弓箭射中了鹿，縱馬直出接受萬人的歡呼，群臣卻是敢怒而不敢言。結果，董承懷獻帝的詔書與劉備商議，想要圖謀國賊。而劉備為了預防曹操謀害，於是在後園種菜，親自澆灌，作為韜晦之計。一日，劉備正在後園澆菜，曹操派人來尋劉備煮酒賞梅，因而發生了歷史小說上有名的「煮酒論英雄」的故事。羅貫中一方面依照故事情節的發展依序鋪

陳，一方面藉著曹操問劉備答、曹操駁劉備再答的連問連答的形式，把當時擁兵自重、逐鹿中原的群雄眾生相，一一指點出來，既增強了文章的氣勢，也營造出緊張的氣氛。然後再層層進逼核心，指出「今天下英雄，惟使君與操耳」這一個結論來。

羅貫中在此，特意以「塚中枯骨」的袁術，「色厲膽薄，好謀無斷」的袁紹，「虛名無實」的劉表，「藉父之名」的孫策，「守戶之犬耳」的劉璋，與「碌碌小人」的張繡、張魯、韓遂等人，做為陪襯的角色，一一說明他們不能如龍一般乘時變化、「得志而縱橫四海」的原因，並凸顯出「胸懷大志，腹有良謀；有包藏宇宙之機，吞吐天地之志」的真英雄形象。在這一段情節中，不僅表現了曹操過人的見識與知人之智，也把劉備聞言失筯、一味裝呆作癡的神態刻劃得十分入微。本文的結構表為：

```
┌ 先 ┌ 因：「酒至半酣，忽陰雲漠漠……憑欄觀之」
│    └ 果 ┌ 因：「操曰：使君知龍之變化……請試指言之」
│         └ 果：「玄德曰……今天下英雄，惟使君與操耳」
└ 後：「玄德聞言，吃了一驚……操遂不疑玄德」
```

3. 斬馬謖

原文

孔明喝退，又喚馬謖入帳，謖自縛跪於帳前。孔明變色曰：「汝自幼飽讀兵書，熟諳戰法。吾累次叮嚀告戒街亭是吾根本，汝以全家之命，領此重任。汝若早聽王平之言，豈有此禍？今敗軍折將，失地陷城，皆汝之過也！若不明正軍律，何

以服眾？汝今犯法，休得怨吾。汝死之後，汝之家小，吾按月給與祿米，汝不必挂心。」叱左右推出斬之。謖泣曰：「丞相視某如子，某以丞相為父。某之死罪，實已難逃，願丞相思舜帝殛鯀用禹之義，某雖死亦無恨於九泉！」言訖大哭。孔明揮淚曰：「吾與汝義同兄弟，汝之子即吾之子也，不必多囑。」

左右推出馬謖於轅門之外，將斬。參軍蔣琬自成都至，見武士欲斬馬謖，大驚，高叫留人，入見孔明曰：「昔楚殺得臣而文公喜。今天下未定，而戮智謀之士，豈不可惜乎？」孔明流涕而答曰：「昔孫武所以能制勝於天下者，用法明也。今四方分爭，兵交方始，若須廢法，何以討賊耶？合當斬之。」

須臾，武士獻馬謖首級於階下。孔明大哭不已。蔣琬問曰：「今幼常得罪，既正軍法，丞相何故哭耶？」孔明曰：「吾非為馬謖哭。吾思先帝在白帝城臨危之時曾囑吾曰：『馬謖言過其實，不可大用。』今果應此言，乃深恨己之不明，追思先帝之明，因此痛哭耳！」大小將士，無不流涕。馬謖亡年三十九歲。

賞析

本文節錄自《三國演義》第九十六回「孔明揮淚斬馬謖，周魴斷髮賺曹休」。話說司馬懿撤兵回到了長安，領魏主曹叡之命，出關攻打蜀軍。孔明擔憂街亭失守，咽喉之路被司馬懿截斷，於是調遣軍隊防守街亭。由於馬謖自負「自幼熟讀兵書，深知兵法，豈一街亭不能守耶？」於是立下了軍令狀，並且揚言「若有差失，乞斬全家」（事見第九十五回）。無奈「徒有虛名，乃庸才耳」的馬謖，不聽從王平「屯兵當道，築起城垣，賊兵縱有十萬，不能偷過」的良勸，街亭終為司馬氏所

奪。待孔明以空城之計智退了司馬大軍，立即行使軍令，處斬馬謖，以明正軍律。

這一段情節主要是依時間的先後順序鋪陳，孔明先一一細數馬謖不聽王平之言、敗軍折將、失地陷城等等罪狀，繼而以「汝之家小，吾按月給與祿米」、「汝之子即吾之子」等語，令馬謖死後不必掛心，充分流露天下第一軍師既悲且慈的一面。雖然蔣琬力陳「今天下未定，而戮智謀之士，豈不可惜」的看法，婉勸孔明不要斬馬謖。然而孔明卻以用法不明難以服眾，終究斬了馬謖，並深恨自己未能記取當年劉備白帝城託孤時「馬謖言過其實，不可大用」的囑咐，自貶丞相之職。

綜觀全文，除了善用時間先後來交代情節始末，也善以對話的方式，製造懸疑、緊張的氣氛，生發美感情緒的波動，造成整體的呼應。而「先因後果」的行文脈理，符合了人們認識事物與思想發展的心理邏輯，令讀者自然而然地融入作者穿插渲染的故事情節之中。本文的結構表為：

```
┌先┬因：「孔明喝退」三句
│  └果：「孔明變色……不必多囑」
├中┬因：「左右推出馬謖……豈不可惜乎」
│  └果：「孔明流涕而答……合當斬之」
└後┬因：「須臾……因此痛哭耳」
    └果：「大小將士」三句
```

（二）角色大會串

1. 生

「生」，飾演戲曲中的男性。在京劇中，按照其扮演角色

的身分、性格特徵和表演技藝等，大致可分為「老生」、「小
生」、「武生」、「紅生」等。請你將正確的組合連起來。

「唱功老生」，是以醇厚含蓄的唱念工
夫，圓滿表現人物氣度的朝廷忠良重臣。
如「運籌於帷幄之中，決勝於千里之外」
的諸葛亮，在〈空城計〉的探子「三報」
一段，雖然知道事態的嚴重性，卻仍然處
變不驚，指揮若定。

身穿鎧甲（即所謂「靠」），背插四面靠
旗、扮演武將，有時用刀槍把子進行小開
打的老生，叫「靠把老生」。如〈失空
斬〉中的王平。

在盔帽兩邊插戴翎子（雉尾）的是「翎子
（雉尾）生」，大多扮演雄健英武而不粗
野、儒雅瀟灑而不文弱、文武兼備的角
色。如〈群英會〉中的周瑜，先是雙掏
翎，然後雙銜翎，將周瑜對諸葛亮既忌又
恨、卻又對他無可奈何的情緒，表現得淋
漓盡致。

「扇子生」，扮演滿腹詩書的文弱書生或風華正茂的俊秀公子，風流倜儻、文質彬彬，大有「書生意氣本翩翩」之概。扇子的開闔，可以輔助演員做出許多舞蹈動作，對人物性格情感的表現，常有畫龍點睛之妙。如〈梁祝〉中的梁山伯。

「紅生」，指生行中用紅色勾畫臉譜的角色，大多數為關羽戲。他身穿綠蟒綠靠，戴三絡長髯，亮相時，雙眼猛一睜開，光芒四射，如有神威。動作不在多而在有威，站立時如蒼松翠柏之雄偉，安坐時如泰山壓頂之穩健，一舉一動表現出英武莊嚴的氣概。

參考答案：圖片依序為靠把老生、扇子生、唱功老生、翎子生、紅生。

2. 旦

　　所有的女角，大都歸「旦」行。除了「老旦」是專門扮演年老婦女的角色，其餘的可依據表演技藝重點的不同，分為青衣、花旦、花衫、刀馬旦、武旦等。請你將正確的組合連起來。

「青衣」，以常穿樸質素雅的青褶子而得名。她們多為貞婦烈女、或賢妻良母，也多因遭遇不幸而陷於悲苦的環境；性格幽嫻貞靜，端莊凝重，雖處困境而不失大家風範；因此，唱腔委婉典雅，又不過於柔媚。如〈武家坡〉的王寶釧。

「刀馬旦」，扮演的多是元帥或女將，常穿大靠，背插靠旗，提刀跨馬，「唱、念、做、打」兼擅，而且武中有文，英勇豪邁而又俊俏爽朗，以表現出「巾幗不讓鬚眉」的氣質與風度。如〈穆柯寨〉的穆桂英。

「花旦」，多扮演小家碧玉的未婚少女、或丫環侍婢等角色，她們性格活潑開朗，舉止輕盈伶俐，還帶有一些少受禮法拘束的反抗性。如〈紅娘〉中的紅娘。

參考答案：刀馬旦、花旦、青衣。

3. 淨

　　「淨」，又稱「花臉」，是用各種色彩和圖案在臉上勾勒臉譜的角色。多扮演性格粗獷渾拙、剛強勇毅、或野蠻殘暴的各類男子，身分包括王侯將相到市井小民，可分為「大花臉」、「架子花」、「武花」等。請你將正確的組合連起來。

包公戲中的包拯，因為他勾畫的是黑色臉譜，以代表剛直不阿、鐵面無私的特徵，所以「大花臉」也可叫「黑頭」。

「架子花」的表演動作繁重，舞蹈性強，大開大闔，頓挫鮮明，富有造型美；可於凝煉之中寓敏捷，俐落之中見端重，毛躁之中隱秀美，因而多演張飛、李逵、項羽等性格粗莽的人物。

「架子花」中有一類角色是勾水白臉，俗
稱「白淨」，大多是歷史上的奸臣。這類
人物或陰險狡詐，或飛揚跋扈，或笑裡藏
刀，或殘忍狠毒，以曹操最為典型。

參考答案：架子花（項羽）、包公、曹操。

4. 丑

「丑」是一個喜劇角色，其特徵是用白粉在鼻梁眼窩間，
勾畫一個面積不大的臉譜，故也稱「小花臉」，可分為「文丑」
（又分「方巾丑」、「袍帶丑」、「茶衣丑」等）、「武丑」。請你
將正確的組合連起來。

「方巾丑」，多扮演酸腐的文人秀士，往
往頭戴方巾，身穿褶子，搖頭晃腦。自作
聰明，卻又迂腐庸愚；貌似穩重，卻又猥
瑣鄙下。如〈群英會〉中「盜書」的蔣
幹，做足了大愚若智的醜態。

「茶衣丑」是扮演貧民百姓或身分較為低下的丑角，以好人居多，以念為主，不時也會插科打諢，逗人發笑。如〈空城計〉中的二老兵。

參考答案：茶衣丑、方巾丑。

（三）相招來看戲

1. 常識補給站

（1）京劇是結合戲劇、音樂、舞蹈、武功、美術及雕塑的綜合藝術，它繼承了傳統戲曲的劇目，並在這個基礎上，形成了一個精分（　　　）、（　　　）、（　　　）、（　　　）四種角色，以及所謂的「四功」：（　　　）、（　　　）、（　　　）、（　　　），「五法」：（　　　）、（　　　）、（　　　）、（　　　）、（　　　）為中心的戲劇表演方式。

（2）京劇的表現，是「以舞為容，以歌為聲」、「有歌皆聲，無動不舞」。也就是說，凡有一點聲音，就得有歌唱的韻味；凡有一點動作，就得有舞蹈的意義，而且兩者密不可分。「四功」中的（　　　）和（　　　），

　　就是所謂的「歌」；（　　）和（　　），就是所謂的「舞」。因此，生活動作要舞蹈化，表情動作要舞蹈化，聲音要歌唱化，念白也要歌唱化。

（3）京劇的舞臺、道具，都是採「以虛擬實」的手法來表現，藉用最簡單的、具有象徵性的道具，激發觀眾的想像力。如：寓舟於（　　），寓馬於（　　），甚至藉助開門關門、上樓下樓的虛擬動作，讓觀眾體會到（　　）和（　　）的存在，於是便形成了戲諺所謂「舞臺方丈地，一轉萬重山」的寫意性處理手法。

（4）京劇演員之所以能發揮高難度的技巧創造出優美形象，全在於他們有著紮實的「基本功」。例如桌椅功（穿著高底靴從三、四張桌子上翻落地面）、把子功（雙方互相攻防，要快而不亂，慢而不斷，層次分明，節奏嚴謹）、髯口功、甩髮功、水袖功、翎子功、扇子功等。

參考答案 ：（1）生、旦、淨、丑；唱、念、作、打；手、眼、身、法、步。

　　　　　　（2）唱、念；作、打。

　　　　　　（3）槳，鞭，門，樓梯。

2. 四功與五法（影片觀賞）

3. 「空城計」京劇精選（影片觀賞）

　　請用心觀賞劇情，然後回答以下的問題：

（1）司馬懿出場，手拿一長鞭，這代表他乃是騎（　　）而來，這從哪一句唱詞中可得印證？（　　　　）。

　　當司馬懿興兵至西城門前，見大開兩扇門，兩老兵灑
　　掃街道，道了一聲：「且住！」繼而對眾將官下了哪
　　一道軍令：（　　　　　）。

（２）鏡頭轉到城樓上的諸葛亮（鬚髯半白，表示諸葛年事
　　已高），亮唱：「我本是（　　　　　）散淡的人，凭陰
　　陽如反掌保定乾坤，先帝爺下南陽御駕三請（此指
　　「　　　　　」這一段歷史故事），算就了漢家的業
　　（　　　）（即有名的「隆中對」），官封到（　　　　）
　　執掌帥印，東西戰南北剿博古通今。周文王訪（
　　　　　）周室大振，漢諸葛怎比得前輩的先生，閒無事
　　在敵樓，我亮一亮琴音。」撫琴而笑，接著唱：「我
　　面前缺少個知音的人。」

（３）城門外的司馬懿接口唱：「有本督在馬上用目觀定，
　　諸葛亮在城樓飲酒撫琴，左右琴童人兩個，打掃街道
　　俱是那老弱殘兵，我本當傳將令殺進城（眾兵將齊
　　喊：「殺！」）殺不得，又恐怕中了巧計行，勒住馬頭
　　把話論，諸葛聽分明，任憑你設下了千般計，棋逢對
　　手一般平。」（諸葛亮前唱「少個知音的人」，司馬懿
　　就接著說「棋逢對手一般平」，這可產生「　　　　」的
　　效果，也表示諸葛、司馬二人交戰多年，知己知彼，
　　棋逢敵手。）

（４）亮唱：「我正在城樓觀山景，耳聽得城外亂紛紛，旌旗
　　招展空翻影，卻原來是司馬發來的兵，我也曾差人去
　　打聽，打聽得司馬領兵往西行，一來是（　　　　）
　　無謀少才能，二來是將帥不和失（　　　　）（「將帥

不和」是指馬謖與王平），你連得我三城（指新城、
街亭、列柳城）多僥倖，貪而無厭又奪我西城，諸葛
亮在敵樓把駕等，等候了司馬到此談談心，西城的街
道打掃淨，預備著司馬好屯兵，諸葛亮無有別的敬，
早預備下（　　　　　　），犒賞你的三軍，既到此就該
把城進，為什麼猶疑不定，進退兩難為的是何情？左
右琴童兩個，我是無有埋伏，又無有兵，你不要胡思
亂想心不定，來來來，請上城來，聽我撫琴。」（在
這一段唱詞中，有些是諸葛自己心裡的話，有些又是
故布疑陣說給司馬懿聽的話，這乃是編劇者因應劇情
的鋪陳而作如此的安排，給人一氣呵成之感。）

（5）司馬懿：「左思右想心不定，城內定有埋伏兵！」司
　　　馬師道：「爹爹，想那西城乃是空城，就該殺進城
　　　去，活捉孔明！」司馬懿：「小小年紀懂得什麼，那
　　　諸葛亮一生從不弄險，不要中了他人之計，待老夫前
　　　隊改為後隊，後退（　　　　　　）里（眾兵將退場）。
　　　待我說破於他，諸葛亮呀孔明，想老夫幼讀兵書深通
　　　戰策，焉能中你的詭計，你空城也罷實城也罷，老夫
　　　我打定主意，我是不進城去，你其奈我何？請了！請
　　　了！」司馬懿下場而去。（司馬懿號令三軍退下，自
　　　己又要「說破於他」，這應是哪一種心理的表現：（
　　　　　　　　　　　　　　　　　　　　　　　　　）。

（6）二老兵大喊：「司馬懿兵倒退四十里啊！」這本是值
　　　得欣喜之事，孔明卻搖頭嘆息而下，這與羅貫中的描
　　　寫大不相同。你認為編劇者如此安排，應是為了表

達：(　　　　　　　　　　　　　　　　　　　　)。

（７）你覺得〈空城計〉中突臨大敵的諸葛亮的表現如何？

（　　　　　　　　　　　　　　　　　　　　）

（８）如果，你是劇中的諸葛亮，你的因應之道會是什麼？

（　　　　　　　　　　　　　　　　　　　　）

（９）你覺得〈空城計〉中突遇空城的司馬懿的表現如何？

（　　　　　　　　　　　　　　　　　　　　）

（10）如果，你是劇中的司馬懿，你的因應之道會是什麼？

（　　　　　　　　　　　　　　　　　　　　）

參考答案：(1) 馬；坐在雕鞍傳將令；哪一個膽敢把西城
進，我定斬人頭不循情。

（2）臥龍崗；三顧茅廬；鼎足三分；武卿侯；姜
尚。

（3）呼應。

（4）馬謖；將帥不和；羊羔美酒。

（5）四十。

(四) 動手畫臉譜

臉譜最大的作用，是在於以色彩和花紋，顯示劇中人的個
性（「生」、「旦」一般不勾臉，稱「素臉」，只有「淨」、「丑」
才勾臉）、忠奸、身分，並幫助表演，吸引觀眾。性情比較沉
著、安靜的，臉譜的色彩和花紋比較單純；性情越浮動、爆
躁，色彩和花紋也越複雜凌亂。請你將正確的組合連起來。

1. 以顏色分

紅色最尊，象徵忠義、血性、耿直，如關羽、姜維。紫色次之，如廉頗。	兇猛而有心計的人勾「藍色」臉。勾「綠臉」表示其人性情暴躁，臉多發青。	「黑色」象徵粗魯而善良，如張飛。也有因鐵面無私、面貌醜陋而勾黑臉者，如包拯。

「粉白」象徵陰險、狠毒，是最壞的顏色。眉、眼愈細愈奸險，如曹操、司馬懿。「油白臉」出於奸臉，象徵剛戾有心計的武人，如張獻忠。	「黃色臉」象徵勇猛、強悍、有心計，如〈南陽關〉的宇文成都。	德高望重的神佛，均勾金臉，如來佛、經太上老君爐煉過的孫悟空等都是。

參考答案：上排依序為：藍色臉、紅色臉（姜維）、臉色黑（包拯）。

下排依序為：黃色臉、金臉、粉白臉。

2. 以形狀分

「整臉」指全臉一色，不歪不破，表示人格端正完整的正派人物，如包拯。

「三塊瓦臉」，是把眉、眼、鼻等處加寬加長，使兩腮及額分為三塊，如曹仁。

「蝴蝶臉」因似蝴蝶而得名，以張飛為代表，寓有「張翼欲飛」之意。

「破臉」是用特寫筆法，強調其生理或人格有可議之處，如司馬師、姜維。馬謖額間勾一紅色懸針紋，表示後來被殺。扮關羽者，為表示尊重，必點一黑痣，叫「點破」。

「精靈臉」介於神仙和妖怪之間，常將其形狀神氣繪在臉上，如孫悟空。

欺壓善良、心術不正的人，勾左右兩邊圖案不同的「歪臉」，如文醜。

參考答案：上排依序為：三塊瓦臉、整臉、蝴蝶臉。

下排依序為：精靈臉、歪臉、破臉（馬謖）、破臉（司馬師）。

「豆腐臉」是在鼻眼間抹一小方塊，表示其人雖不正，只是輕浮些，如蔣幹。	「大白臉」是以粉抹於臉上，眼畫三角，再加一兩條奸紋，指虛偽的程度早已遮蓋本來面目，如董卓、曹操。	「腰子臉」和「元寶臉」，其性質和奸臉相同，但只畫一半的臉，勾小三角眼，表示稍存一點本來面目。

  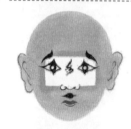

參考答案：大白臉、元寶臉、豆腐臉。

3. 動手畫一畫

（1）臉譜可分「腦門」、「眉子」、「眼窩」、「鼻窩」、「兩頰」、「嘴」等六個部分，其中，以前三者最為重要。

（2）周倉、鍾馗，都是碰死，故畫（　　　）色腦門；包拯能下陰曹，故勾一（　　　）形；姜維受武侯親傳，故勾一（　　　）圖；除此之外，也有隨意勾畫以增加美觀者。

（3）臉譜中，形容人的安靜浮躁，全在臉紋，表現人的善惡性情，則全在眉。奸臉如曹操、嚴嵩等，多用本眉（即天然真眉）。（　　　）眉則為關公所專用。

（4）眼能傳神，眼窩的大小歪正，足以表現人的善惡忠奸。如「奸眼窩」，多用於大白臉，勾成細三角形；（　　　）眼窩，為關公所專用。

（5）現在請你挑選一個自己最喜歡的人物為主角，動手替

他畫臉譜（可完全依據京劇臉譜的要求來創作，也可加入個人的創意）。

◎準備材料：素臉譜（由老師提供）、廣告顏料、繪畫用具（鉛筆、水彩筆、水袋等）。

參考答案：（2）紅，月，太極。
（3）臥蠶。
（4）丹鳳。

（五）作伙來扮戲

1. 工作分配

時間	每一組約 5 分鐘。	
組員	10～11 人為一組。	
劇本	以「空城計」的故事為大綱，自己編寫劇本、台詞。可以作有創意的改編，唯需事先交給老師。	
角色	諸葛亮：	
	琴童、劍童：	
	司馬懿：	
	司馬師、司馬昭：	
	老兵數人：	
	士兵數人：	
	其他：	
服裝	可以自己創新設計，也可以向劇場借用。	
配樂	可以現場拉唱，也可以音樂代替（由各組討論決定）。	
道具	如：軍旗、掃把、琴、劍、ＣＤ、錄放音機、化妝品等。	

2. 最佳京劇表演獎

（1）「最佳老生獎」這一票，我要投給：＿＿＿＿＿＿＿＿

　　　因為＿＿＿＿＿＿＿＿＿。

（2）「最佳花臉獎」這一票，我要投給：＿＿＿＿＿＿＿＿

　　　因為＿＿＿＿＿＿＿＿＿。

（3）「最佳劇本獎」這一票，我要投給：＿＿＿＿＿＿＿＿

　　　因為＿＿＿＿＿＿＿＿＿。

（4）「最佳配樂獎」這一票，我要投給：＿＿＿＿＿＿＿＿

　　　因為＿＿＿＿＿＿＿＿＿。

（5）「最佳團隊獎」這一票，我要投給：＿＿＿＿＿＿＿＿

　　　因為＿＿＿＿＿＿＿＿＿。

3. 心得與寫作

　　〈空城計〉一文善用時間的先後順序來交代事件的始末，令讀者自然融入作者所穿插渲染的故事情節中。現在請你依據「先昔後今」或「先今後昔」的時間安排順序，在週記「學習心得」欄，寫下三百字左右的學習心得（若行數不夠使用時，可以有格稿紙書寫，再貼上）。

4. 自我學習評量

（1）在這一系列的教學活動中，我最喜歡的單元是：□角色大會串。　□相招來看戲。　□動手畫臉譜。　□作伙來扮戲。　□其他。

　　　因為在這一單元中，我的收穫是：＿＿＿＿＿＿＿。

（2）相較之下，哪一個單元是我較不擅長的部分：□角色大會串。　□相招來看戲。　□動手畫臉譜。　□作伙來扮戲。　□其他。　因為：＿＿＿＿＿＿＿。

（３）我覺得自己這一組，在「作伙來扮戲」單元中，表現
　　　得最為成功的部分是：□劇本。　□服裝。　　□臉
　　　譜、化妝。　□配樂。　□合作默契。　□台風。
　　　□其他。
　　　原因是：＿＿＿＿＿＿＿＿＿＿＿＿＿＿＿＿＿＿。
　　　至於在＿＿＿＿＿＿部分，如果＿＿＿＿＿＿＿＿＿，
　　　一定可以有更好的表現。
（４）我覺得第＿＿＿＿＿＿組的「作伙來扮戲」單元，在
　　　□劇本。　□服裝。　□臉譜、化妝。　□配樂。
　　　□合作默契。□台風　最值得我向他們學習，因為：
　　　＿＿＿＿＿＿＿。
（５）最後，我要對自己以及一起成長的同學、師長，說一
　　　聲：＿＿＿＿＿＿。

四、學生作品

（一）奇文共賞析

　1.這次的演出，有甘甜有苦辣；演出後，同學的反應熱烈，也讓我忘掉威廷恐怖殘忍的虐待（一笑）。而別組逼真的演技也讓我大開眼界，我們這組不用說啦！換上戲服後斯文的劉威廷，看起來很有野心的蔡和諺，聲音適合當旁白的林宜靜，只有幾句台詞也背不好的李思賢，平常沉默但很入戲的陳柏吟，面具畫得很美的莊穎倫，配角之一的許丞惠和毫無貢獻的我。別組呢？比起威廷毫不遜色的樊華統，演技本來就很好

的何柏逸等，也讓我留下深刻的印象。

在和別人一起演戲時，有種更了解別人的感覺，例如「他這個傢伙似乎也不是那麼糟嘛」之類的觀點打破了原本的第一印象。因此，在與別人演練台詞時，無意中也促成了我與同學合作的好默契。最後，還是應該謝謝吳老師及黃老師，不僅使我們的國文精進，而且獲得許多京劇知識（周瑜真的好漂亮啊！），我從她們身上學到了很多。（蔡佳蓉）

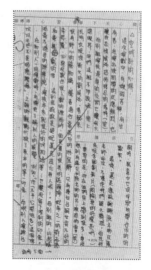

學生手筆真跡

2. 這次的劇本花了兩個下午和組員們作初步的討論，擬定了一些劇情，剩下的部分再由我撰寫完成，利用晚上的時間把文字稿輸入到電腦中，所以我認為劇本是做得比較確實的一個部分。

其他像道具、服裝及音效部分，我覺得比較不好呈現，而且每組要克服的困難也不同；但一旦呈現出來時，各組特色也都不相同。雖然在這幾部分的努力不夠，我相信大家也都盡力了，尤其幾位排演特別認真的組員，不需要我講就能做得很好，所以身為組長的我，很謝謝大家容忍我一直過分「碎碎唸」的要求，也謝謝老師們特別花時間精力來指導我們。（石乃玉）

3. 呼！大約歷經了一個星期，「空城計」的表演終於正式

結束了！從表演結束往前推，大家經歷了許多甘苦。國文課教到了第十課〈空城計〉，這一課敘說馬謖失街亭，司馬懿父子往西城攻來，此時孔明身邊並無大將。因此，老師這次要我們演出孔明如何退敵的經過，不用太刻板，可稍作創意的改變，不過故事的主軸不能變，所以想要顛覆劇情是不可能的了。

班上分成三組，大家也都很有創意地把「空城計」改編了，黃老師還特別教我們一些有關於京劇的基本常識。終於到了正式演出的那天，大家把這一星期的練習發揮在臺上，每組各有特色，而且老師還把我們的演出情況拍了下來準備播放給學弟妹看。雖然大家各有優缺點，不過最讓我驚訝的是第二組。總之，這一星期大家真的都盡力了，這次的全部過程不只是好玩，我也從中學習了很多。因此，最後要感謝的是老師的精心安排和大家的熱情參與。（蔡力丰）

（二）創意劇本選

1. 第三組第 2 幕劇本選

旁白：這時孔明登上了城門，查看軍情，果然不遠之處是塵土滿天飛，且地面微微的震動。

孔明：喂喂喂！魚肝油加鈣拿來啦，我看不清楚。

（一旁的士兵拿了過來）

孔明：嗯～～看來魏兵分成兩路向西城而來，士兵不計其數。

（嚴肅）每個人都給我聽好了，旗子都給我藏起來，我不要看到哪個豬頭沒藏好，然後各自守在自己的崗位，如果還有人在走來走去或是在講話，就給我站到

　　外面去。每個城門都打開，各派 20 人扮作百姓，在
　　城門外打掃，魏兵來時，不要理他們，我自然有計。

旁白：各個接軍令的人紛紛照指示去作，孔明披上天國的嫁
　　　衣，戴上綸巾，帶了兩位小童和一支笛在城樓上靠著
　　　欄杆坐著，燒香吹笛。

旁白：似乎是因為士兵太緊張了，灑掃時水灑得太多了，這
　　　可是城中不容許半點差錯的，於是孔明說……

孔明：你這個豬頭，拖個地有那麼難嗎？要不然你在地上潑
　　　20 桶水，我保證 3 分鐘就拖乾！好了，把你的衣服
　　　脫下來擦乾啦。

旁白：這時，司馬懿的軍隊到了城下，孔明正在彈琴，身旁
　　　兩小童聽到「天鵝湖」就跳起天鵝湖，百姓們則故作
　　　鎮定的在打掃，偵探敵情的士兵看到了，連忙回報。

司馬懿：什麼？不可能！！一定又是你在騙人囉，電視上有
　　　　騙人布，我看你是騙人惠。

（司馬懿騎著馬趕到城下，孔明對他笑了一笑）

司馬懿：看來城中一定有埋伏，我們還是趕快退好了。

（司馬懿連忙趕到軍隊中間）

司馬懿：大家聽好了，現在前軍當後軍，後軍變前軍，給我
　　　　退！

司馬昭：爹爹，殺啊！！

司馬懿：殺？爹？殺爹？沙嗲！！走，我們去吃肯德基沙嗲
　　　　雞腿堡！

旁白：說完，魏軍撤退回去。

2. 第 3 幕劇本選

旁白：魏軍往肯德基去後，孔明在城中檢討剛才的情形。

大臣：哇！丞相你好厲害喔！司馬懿帶了那麼多人來怎麼被你嚇跑了呢？

孔明：哈哈，還好啦，其實是因為他還滿貪吃的，另外啊，他猜想我不會冒險，不會擺空城計。我也不是故意要開一張空頭支票給他的，不過沒辦法才這樣做的。我猜啊，他一定帶兵去山北那家肯德基去了，我早就叫關興、張苞兩人扮作店員，在沙嗲套餐中下毒了。

大臣：那……你下的是什麼毒？

孔明：我在沙嗲堡套餐中動了點手腳。

旁白：此時，在山北小路上的司馬懿一行人在肯德基店中點了沙嗲漢堡特餐。司馬懿和他的兒子吃了下去。

司馬懿：這不是蠻牛啦！這不是蠻牛啦！這不是蠻牛啦！這不是蠻牛啦！這不是蠻牛啦！

關興：哈哈！丞相真是神機妙算啊！

張苞：他叫我們在此等候你們，在沙嗲套餐的飲料——「蠻牛」中加入了氰化物。

司馬懿：可惡！中計了！

五、引導與省思

「遊戲人生」的整個學習架構是以〈空城計〉一文做為延伸與拓展的定點，統合國語文、藝術與人文等領域，有效地運用「數位典藏網站」的教學資源以及相關專業書籍，引導學生學會思索、觀察、欣賞文學與京劇之美，進而增強閱讀、寫作

能力。在整個教案實施過程中，也發生了一些令人難以忘懷的小插曲，例如：由於我們並不十分熟悉錄影機的操作，誤觸了「夜間拍攝」的按鈕，以至於第一堂課所拍攝出來的畫面，變成了「黑白片」；手忙腳亂之中又把單槍與手提電腦之間的連結器遺忘在家中，幸有電腦小老師的幫忙，才解決了這個問題。

又如：我們也渾然忘了考量這是學生第一次接觸京劇，整體的學習進度、消化與吸收等情形，必然會偏於緩慢；因此在京劇「角色」、「臉譜」等教材內容的安排上，準備得過於繁富。還好及時醒覺，在第二堂課時立即做出了適度的修整。

此外，我們也深覺「動手畫臉譜」、「作伙來扮戲」等單元，若能和藝術與人文領域的老師協同教學，在時間的安排與課程的統合上，當能做出更有效的發揮，可惜因諸多因素而無法實現。不過，我們還是得到了好幾位藝能科老師的友情贊助，加上自己在大學時代也票過戲、粉墨登場過好幾回，對於京劇行當、角色、四功五法等基本內涵，知之甚稔，因此整個活動仍能得以順利完成，獲得不錯的教學成果。

至於「心得與寫作」部分，則是利用每週一次的「週記」來實施，能在既不增加學生的額外負擔，又有助於教學目標達成的情況下進行，一舉好幾得，是我們最感得意之處。最後透過「自我學習評量」的設計，教師與學生，也都能再次回溫與省思自己的「得」與「失」，以作為下次調整、修改與向前邁進的依據。

經過了這一系列的教學活動，學生的整體表現相當不錯，甚至常有出人意表的精彩演出，獲得多位老師的讚賞。經由用

心的參與學習，每一位學生也都擁有獨屬於自己的收穫與體會，如鄭亦倢說他最喜歡的單元是「角色大會串」：

> 可以讓我了解京劇中的人物，以前根本不了解京劇是什麼，由於這一次的課程讓我了解很多，也增加了一些知識。

胡欣傑最喜歡「相招來看戲」單元，因為：

> 孔明在軍情緊急之中，能鎮定的使出「空城計」，不費一兵一卒就讓敵人撤退。

「動手畫臉譜」單元，也相當受學生的喜愛，如陳澤陞說：

> 可以自己畫自己的臉譜，畫完之後會有一股成就感，還可以知道臉譜代表誰，他的性格如何。雖然我很欣賞曹操，但因為他的臉是白色的，一番計較之後，還是決定畫紅色的姜維。

陳柏吟、莊穎倫一致認為：

> 不同的臉譜，代表不同的個性。不論奸險、狡猾或正直，都能利用色彩、花紋、圖案，把人物的性格特徵加以塑造創作。雖然我做得不是很好，但看到同學做得比我好，又增加了一些畫功和創意。

林宜靜則深入地道出了一己獨特的觀察：

> 每一個人的臉譜都有不同的特色，從選擇到下筆，從下
> 筆到完成，一些細小的地方，似乎也流露出主人（面
> 具）的個性。也許是正直老實，也許是小奸小惡，可能
> 是粗線條，也可能很細心，蠻有趣的。

至於「作伙來扮戲」單元，可說是席捲了最多觀愛的眼神，如
劉威廷就說：

> 雖然很緊張，不過和大家配合後順利演出，讓我學到在
> 演戲中，應先將自己的台詞背熟，再求與其他組員相互
> 配合，仔細聽別人的台詞，要搞清楚什麼時候輪到我
> 說，不然上場時會搞得一團亂。

蘇于婷也說：

> 我學習到了一齣戲要將它表現到最好，除了個人的臺風
> 及演技外，還需要絕佳的團隊默契，才能將整齣戲演到
> 就像真實的人生般。然而，團隊默契卻是需要每個人的
> 配合，與日復一日不斷的練習。

樊華統的心得顯得最為深沉：

> 雖然我不是專業演員，但這個活動讓我深深感受到「臺

上三分鐘，臺下十年功」的道理。看看大螢幕上的京劇表演，再看看自己，哇！真是小巫見大巫，可見那些演員是花費了多少辛苦的付出。

在較不擅長的部分，大家勾選最多的是「角色大會串」單元，理由不外乎：

> 我會搞不懂誰是武生，誰是小生，誰是花旦，誰是武旦，但我還是有認真分類。（何柏逸）
> 京劇的角色分有生、旦、淨、丑四種，在裡面又有細分，覺得有點複雜，不太能分辨。（莊穎倫）

其次才是「動手畫臉譜」、「作伙來扮戲」這兩個單元，學生提出的多是害羞、沒有藝術細胞之類的理由：

> 我沒有加入情感，說話沒有高低起伏，表情不對，沒有動作。（陳柏吟）
> 本身就不太大方，又要戴假髮，加上又有攝影機，所以一直放不開。（林佩頤）
> 我演戲時放不開，很害羞。（蔡力丰）
> 每個角色所要呈現的感覺都和臉譜有著很大的關係，所以臉譜在整齣戲中，自然就扮演了十分重要的角色。就因為重要，所以重視。這對於沒有美術天分的我來說，是一大挑戰。（蘇于婷）
> 我畫畫一向很不好看，毫無藝術天分可言，看見其他人

的面具,覺得都畫得比自己的好多了。(石乃玉)

這與我們在課程進行過程中所觀察到的現象,可說相當一致。因此,事後在這部分我們也做了最大程度的調整與修改。

其實大部分學生都相當盡心而且表現出色,不僅能肯定經由自己努力付出後的良好成果,誠心檢討自己的疏漏處,如:

> 「劇本」是大家花了十分多時間討論、編製而成,加了許多搞笑的元素在裡頭,依個人觀點覺得十分成功。如果每個人的音量可以再大聲點,一定可以有更好的表現。(蘇于婷)
>
> 我把「劇本」變得更現代化,好懂,使我們這組背得起來。至於在配樂部分,如果我有找到CD來當背景音樂,一定可以有更好的表現。(何柏逸)
>
> 我覺得劇本有點搞笑,而且還融合之前所發生的千面人事件,蠻有趣的。在配樂方面也是由組長親自吹奏,很厲害喔!(莊穎倫)

也能欣賞他人的優點,其中以第一組得到了大家最多的掌聲,如:

> 我覺得第一組很合作,每一個隊員都知道自己演什麼,看起來很順,又好笑。我們這組雖然好笑,卻一直忘詞。(何柏逸)
>
> 我覺得第一組演出很流暢自然,台詞背得很熟,劇本內

容也別具創意。（劉威廷）

有時放學經常看到他們在排練，所以默契當然好得不得了。而且每個人的台風都很穩，很值得學習。（莊穎倫）

其他，如第二組的「面具畫得很讚，也有自己的風格」（石乃玉），「何柏逸、沈坤叡、黃科橙都非常大方，不會害羞，看他們表演，真是種享受」（鄭亦健）；他們還將「蠻牛下毒案」的社會事件融入劇本之中，充分展現了與社會時事結合的功力。第三組採用「『直笛』這種西洋樂器做為『京劇』的配樂，別有一番風味」（蔡佳蓉），「不論在音量或是個人表現等方面都十分的良好，許多地方也都能大膽的表現出來，達到很好的效果」（蘇于婷）。這些都在在說明了一個成功的教學設計，一定能獲得相對理想的教學成果與最大多數學生的熱情回響。

學生「自我學習評量」

看「煙」在說話

一、設計理念

　　〈看「煙」在說話〉是以康軒版國中國文〈煙會說話〉為定點，透過「課文賞析」、「類文賞析」、「聯想的大樹」、「菸害知多少」、「寫作」、「美的形式原理」、「動手作海報」等活動，結合藝術與人文領域，引導學生製作以「拒菸」、「蓋菸」為主題的海報。

　　神話是一種語言，它宛如文學一般，是斡旋於意識與潛意識之間的審美創造。神話傳說是母文化的源頭，也是文學的養分，特別是以口述作為傳統的原住民族，神話傳說的傳遞，更標誌著文化認同與自我肯定。排灣族青年亞榮隆・撒可努以「煙」為媒介，介紹排灣族文化特有的傳說。全文由「今」而「昔」，再次迴筆寫到「現在」（今），美感情緒波動最密集的部分既提振在前，又令美感情緒再次重現於結尾的部分。

　　「類文賞析」部分，先以梁實秋書齋中的一縷爐煙說起，隨著煙線由低而高向上騰移，透顯出清冷寂寥的氣氛；再經由枯枝拍打在空階上的聲響，拈出「寂寞」的意境來。其次，又列舉了范仲淹〈蘇幕遮〉、〈漁家傲〉、歐陽脩〈蝶戀花〉、王勃〈杜少府之任蜀州〉、王維〈積雨輞川莊作〉、李商隱〈錦瑟〉等詩詞裡的寒煙、長煙、楊柳煙、風煙、火煙、玉煙所傳達的

不同心理與美感效果，拓展學習觸角的深度與廣度。

聯想，是由此及彼生發出同類或與之有直接、間接聯繫的藝術形象的想像。聯想，作為一種寫作方法，是指把所想到的種種，按順序、或以穿插方式寫出來，籠天地於形內，挫萬物於筆端，創作出鮮明富美、理深情茂的好文章。「聯想的大樹」，從〈煙會說話〉中的「煙」出發，帶引學生從可以引發生命中美好感覺的「相似聯想」寫起，再延伸到「對比聯想」，令處於「美好」與「醜惡」相反兩端的事物，形成深刻鮮明的對照，強化學生的領悟與感受，並自然過渡、融入「煙（菸）害」這一個主題，正面宣導吸菸對身體所造成的永久性傷害，再透過「寫作」，深化「蓋菸」思維。

「美」是人類生活的要素，倘若把「美」的成分抽出，人恐怕便要活得不自在。尤其當創作者在藝術創作裡，留下了一己心靈中最幽微的生命感發力在具有優美品質的作品中時，都足以引發起讀者心靈中某種美好的意念及聯想力。於是「藝術與人文」領域部分，從單純、對稱、均衡、比例、調和、對比、反覆、漸層、節奏與統一等「美的形式原理」切入，利用 power point 引導學生運用美的原理，以海報、拼貼、公共藝術等各種媒材表現形式，「動手作海報」；以簡短的文字來傳達「蓋菸」、「反菸」、「防菸」的創作理念，寓「教」於「藝」，宣導「菸害」於無形之中。

二、教學架構表

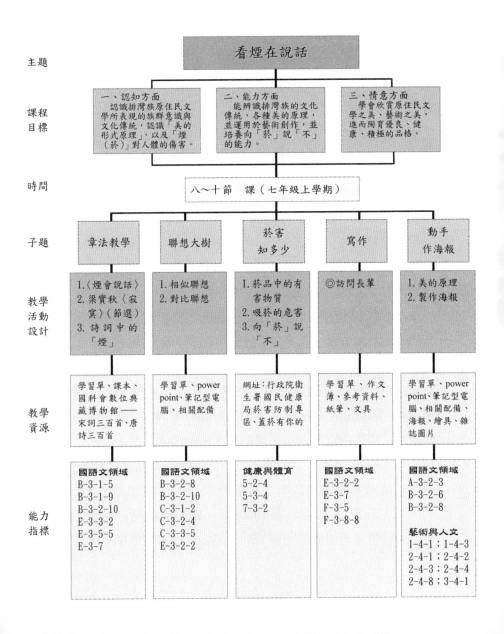

主題 ── 看煙在說話

課程目標
一、認知方面
　認識排灣族原住民文學所表現的族群意識與文化傳統，認識「美的形式原理」，以及「煙（菸）」對人體的傷害。

二、能力方面
　能辨識排灣族的文化傳統，各種美的原理，並運用於藝術創作，並培養向「菸」說「不」的能力。

三、情意方面
　學會欣賞原住民文學之美、藝術之美，進而陶育優良、健康、積極的品格。

時間 ── 八～十節　課（七年級上學期）

子題	章法教學	聯想大樹	菸害知多少	寫作	動手作海報
教學活動設計	1.〈煙會說話〉 2.梁實秋〈寂寞〉（節選） 3.詩詞中的「煙」	1.相似聯想 2.對比聯想	1.菸品中的有害物質 2.吸菸的危害 3.向「菸」說「不」	◎訪問長輩	1.美的原理 2.製作海報
教學資源	學習單、課本、國科會數位典藏博物館——宋詞三百首、唐詩三百首	學習單、power point、筆記型電腦、相關配備	網址：行政院衛生署國民健康局菸害防制專區、蓋菸有你的	學習單、作文簿、參考資料、紙筆、文具	學習單、power point、筆記型電腦、相關配備、海報、繪具、雜誌圖片
能力指標	國語文領域 B-3-1-5 B-3-1-9 B-3-2-10 E-3-3-2 E-3-5-5 E-3-7	國語文領域 B-3-2-8 B-3-2-10 C-3-1-2 C-3-2-4 C-3-3-5 E-3-2-2	健康與體育 5-2-4 5-3-4 7-3-2	國語文領域 E-3-2-2 E-3-7 F-3-5 F-3-8-8	國語文領域 A-3-2-3 B-3-2-6 B-3-2-8 藝術與人文 1-4-1；1-4-3 2-4-1；2-4-2 2-4-3；2-4-4 2-4-8；3-4-1

三、教學活動設計

（一）章法教學

1.〈煙會說話〉

正文

略。

賞析

　　〈煙會說話〉以「煙」為媒介，以祖孫兩人的溫馨對話，介紹排灣族特有的文化傳說，全文由「今」而「昔」再次迴筆寫到「現在」，與前文形成呼應，故能產生餘韻不絕的美感。

　　首段是「今」的部分，由喜愛唱歌、喜愛喝米酒和伯朗咖啡的外公外婆寫起，再藉由外公的敘述，自然地將時序推移到過去。二、三、四、五段，就是「昔」的部分，先「反」後「正」，先反寫族人因瘟疫、遷移等因素的影響，令部落的文化與組織逐步崩解，再正面點出深深認同傳統文化的外公外婆來。作者在此，特別舉了外婆告訴他有關「煙」的故事這一個童年生活印象為例加以說明。外婆說：「夜晚嫋嫋升起的煙，是祖先和我們對話的語言。」於是，煙以不同的姿態傳達不同的訊息，族人也以煙向祖先傳遞新生命降臨的喜悅。

　　第六段，又回到「現今」來，作者慶幸自己能在童年時期聽到這麼多老祖宗的故事，外婆所說的「煙會說話，風有顏色，天上的星星來自於母親的眼淚，鹿的跳躍是新生命的到來。黃昏飛來的黑鳥是祖靈變的，當小米像波浪搖盪著，是表

示死去的親人在小米上跳舞」等等美麗的傳說，不僅反映了原住民對大自然敏銳的觀察力、豐富的想像力，以及代代血脈相連的溫暖；它更深植在作者生命的底層，陪他一起渡過層層的難關，迎接人生中的每一次挑戰。結尾一句：「看！煙正冉冉升起」，再度扣緊「煙」這一個主題，言有盡而意無窮，予人無限的想像與美感興味。

結構分析表

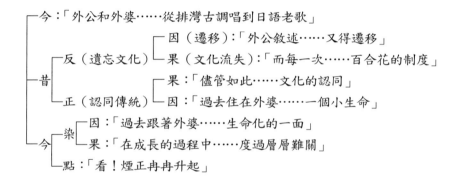

2. 梁實秋〈寂寞〉（節選）

正文

寂寞是一種清福。我在小小的書齋裡，焚起一爐香，嫋嫋的一縷煙線筆直地上升，一直戳到頂棚，好像屋裡的空氣是絕對的靜止，我的呼吸都沒有攪動出一點波瀾似的，我獨自暗暗地望著那條煙線發怔。屋外庭院中的紫丁香還帶著不少嫣紅焦黃的葉子，枯葉亂枝的聲響可以很清晰地聽到，先是一小聲清脆的折斷聲，然後是撞擊著枝幹的磕碰聲，最後是落到空階上

的拍打聲。這時節，我感到了寂寞。在這寂寞中我意識到了我自己的存在——片刻的孤立的存在。這種境界並不太易得，與環境有關，更與心境有關。寂寞不一定要到深山大澤裡去尋求，只要內心清淨，隨便在市塵裡，陋巷裡，都可以感覺到一種空靈悠逸的境界，所謂「心遠地自偏」是也。在這種境界中，我們可以在想像中翱翔，跳出塵世的渣滓，與古人同遊。所以我說，寂寞是一種清福。

賞析

〈寂寞〉這一段文字，形成了「凡、目、凡」結構。它的好處是在總說中可以「立片言以居要」，作為一篇警策；在分說中可以條分縷析，逐層深入，引發讀者的興味；又可以在總結中回顧全文，進行抽象概括。因此，唐彪《讀書作文譜》稱美它「迭總迭分錯綜變化」，是「古文中之化境」。

首尾「凡」的部分，都是以「寂寞是一種清福」一句點出主旨，以產生前呼後應、首尾圓合的效果。中間「目」的部分，先從書齋（室內）中的一縷爐煙寫起，作者的視線隨著嫋嫋上升的煙線，由低而高向上挪移，透顯出一份清冷寂寥的氣氛。視線繼而向室外推移，帶引出庭院中的紫丁香來，再經由聽覺，經由枯枝拍打在空階上的聲響，拈出「寂寞」的意境來；並說明只要內心清淨，自能感受到空靈遠逸的境界。

結構分析表

```
┌ 凡:「寂寞是一種清福」
│           ┌ 室內(書齋):「我在小小的書齋……那條煙線發怔」
│      ┌ 景┤
│      │    └ 室外(庭院):「屋外庭院中……空階上的拍打聲」
├ 目 ┤
│      │                ┌ 果:「這時節,我感到了寂寞」三句
│      └ 情(寂寞)┤
│                       └ 因:「這種境界……與古人同游」
└ 凡:「所以我說,寂寞是一種清福」
```

3.詩詞中的「煙」

原詩

（１）范仲淹〈蘇幕遮〉（節選）

碧雲天,黃葉地。秋色連波,波上寒煙翠。山映斜陽天接水。芳草無情,更在斜陽外。

（２）范仲淹〈漁家傲〉（節選）

塞下秋來風景異,衡陽雁去無留意。四面邊聲連角起,千嶂裡,長煙落日孤城閉。

（３）歐陽脩〈蝶戀花〉（節選）

庭院深深深幾許。楊柳堆煙,簾幕無重數。

（４）王勃〈杜少府之任蜀州〉（節選）

城闕輔三秦,風煙望五津。與君離別意,同是宦遊人。

（５）王維〈積雨輞川莊作〉（節選）

積雨空林煙火遲,蒸藜炊黍餉東菑。
漠漠水田飛白鷺,陰陰夏木囀黃鸝。

（6）李商隱〈錦瑟〉（節選）

滄海月明珠有淚，藍田日暖玉生煙。

此情可待成追憶？只是當時已惘然。

賞析

　　范仲淹〈蘇幕遮〉以一連串頂真手法，自上及下，由遠及近，一環套一環，描寫倚樓所見的秋日寥落之「景」。天連秋色，秋色連水，水連山，山連芳草，芳草帶出斜陽，一片煙霧迷濛的景色，增添了寂寥之感。〈漁家傲〉以塞下一片蕭瑟的秋景為「底」，「四面邊聲」又從聽覺上進一步推深悲涼的感受，令長煙、落日、孤城這一個「圖像」，悲壯而孤絕地兀立在大漠之中。楊柳與煙，到了歐陽脩〈蝶戀花〉手腕底下，呈顯的又是另一種庭院深深、簾幕重重的溫婉風情。

　　王勃〈杜少府之任蜀州〉中的迷濛「風煙」與「望」這一個動作，將相隔千里之遙的「三秦」與「五津」連結在一起，予人天地無限遼闊之感。山水田園派的詩人代表王維，將一己幽雅清澹的田園生活與輞川雨後的恬靜風光結合起來，醞釀物我兩忘、情景交融的意境來；蒸藜炊黍的「煙火」，與水田中或飛或止的白鷺、囀著歌喉的夏木黃鸝，又增添了溫馨的人間意味。至於李商隱〈錦瑟〉詩中的「玉生煙」，帶給人一種溫肥潤緻的滑觸感。「詩家美景，如藍田日暖，良玉生煙，可望而不可置於眉睫之前也」（司空圖《二十四詩品》）；「煙」在此反成了一種異常美好的顏色。

（二）聯想的大樹

　　聯想，是指在寫某個事物時又想到了與此有關的其他事

物,於是把想到的種種,按順序、或以穿插方式寫出來。只有廣泛的聯想,才能寫出鮮明富美、理深情茂的好文章。

1. 相似聯想

「相似聯想」是指由一件事物或現象引起了與它相類似的另一件事物或現象,它是以情感為中介,由此物推及彼物,以營造更深更濃的情感色彩。請你先寫下排灣族的「煙」所代表的特別意義,然後再聯想具有相同美好感覺的「煙」。

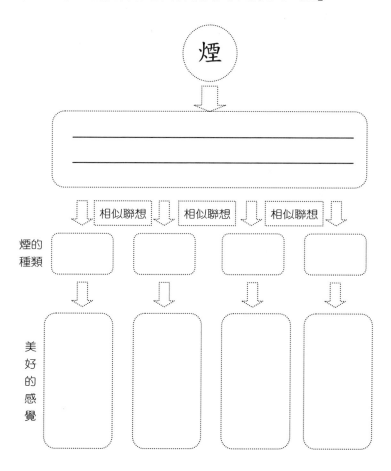

2. 對比聯想

　　對比聯想，是指兩種相反事物之間的聯想。它是由這一件事物或現象，引起與它具有相反特點的事物或現象的聯想。如大小、強弱、高低、縱橫、曲直、方圓、黑白、明暗，放在一起進行比較，都可使讀者獲得分外深刻鮮明的印象。

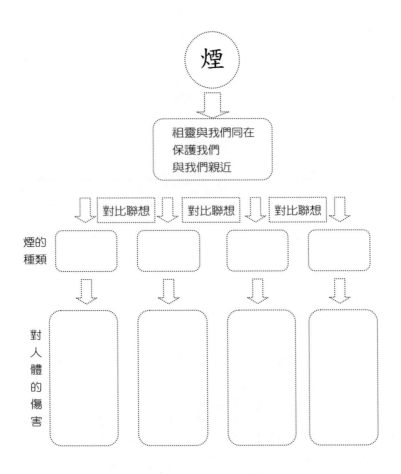

（三）菸害知多少

1. 菸的致癌成分

　　香菸經過燃燒後會產生四千餘種化合物，其中有 43 種物質已被科學證實有致癌的成分。

　　（1）尼古丁

　　進入人體後，會與中樞神經系統、自主神經節以及其他器官上的尼古丁受體結合，而產生心跳加快、血壓上升、呼吸變快、精神狀況改變（如變得情緒穩定或精神興奮），並促進血小板凝集，是造成心臟血管阻塞、高血壓等心臟血管性疾病的主要幫兇。

　　（2）焦油

　　啡黃色的黏性物質，令吸菸者之手指及牙齒變黃。含多種致癌物質，可導致口腔癌、喉癌、肺癌等。也會阻塞及刺激氣管及肺部，引起咳嗽；以及玷污肺部組織，令其失去彈性，直接影響肺部功能。

　　（3）一氧化碳

　　一氧化碳與血紅素的結合力為氧和血紅素結合力量的 210 倍，被吸入入體後，血紅素輸送氧氣的能力會降低，而使體內缺氧。

2. 吸菸的危害

　　（1）癌症

　　三分之一以上的癌症是由吸菸所引起，如肺癌、咽喉癌、食道癌、口腔癌等。吸菸開始的年齡愈年輕，得到癌症的機會愈大。男性吸菸者較易引起癌症的發生，二手菸亦可增加周邊

人癌症的發生。

（２）呼吸系統疾病

依據統計，百分之八十至九十的慢性阻塞性肺臟發病與死亡與吸菸有關。吸菸者死於慢性阻塞性肺疾者為不吸菸者的十倍。

（３）心臟血管疾病

尼古丁及一氧化碳等物質，常產生血壓升高、心跳加速、血管收縮及栓塞等現象，得到冠狀動脈性心臟病的機會也加倍。若本身有膽固醇過高或高血壓，則罹患率增加為四倍；若三種因素都有，則罹患率將增高八倍。

（４）消化性潰瘍

吸菸會抑制胰臟的碳酸化合物的分泌，所以吸菸者的消化性潰瘍發生率為不吸菸的二倍。

（５）藥物代謝作用的障礙

吸菸可以引發肝臟內原漿微粒酵素系統的作用，增加藥物代謝的作用。吸菸會使血中的維他命 C 的含量減少，以及抑制維他命 B12 的代謝作用。

所以，吸菸會造成全身性的傷害。我們也要學習婉拒別人遞菸的方法和應對，勇敢向「菸」說「不」。

（以上資料參見行政院衛生署國民健康局菸害防制專區）

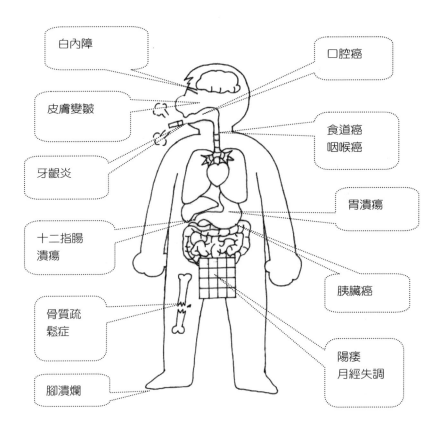

白內障

皮膚變皺

牙齦炎

十二指腸
潰瘍

骨質疏
鬆症

腳潰爛

口腔癌

食道癌
咽喉癌

胃潰瘍

胰臟癌

陽痿
月經失調

(四) 寫作

1. 若你有家人或親友會抽菸，你可以訪問他，記錄訪問結果及心得（你可以參考以下所列的主題，也可以自行增減。）然後寫一篇 500 字左右的文章。

1. 受訪者	
2. 何時學會抽菸？	
3. 一天抽多少？	
4. 抽菸以後，對身體有哪些不好的影響？	
5. 有沒有想過要戒菸？	
6. 重新再來一次，你會選擇抽菸嗎？	
7. 想對正在成長中的孩子提出哪些誠懇的建議？	
8. 我的訪問心得	

2. 若家人或親友沒有抽菸的習慣，恭喜你！那你可以蒐集有關「吸菸危害」、「拒菸技巧」、「拒吸二手菸技巧」的資料，加上自己的心得、體會，寫一篇 500 字左右的文章。

（五）動手作海報

1. 美的形式原理

人類美感的共通性，可大分為十個美的原則：單純、調和、對稱、均衡、漸層、反覆、對比、比例、節奏、統一。

（1）反覆

　　所謂反覆，是將相同（或相似）
的形或色彩作規律的重複排列，以產
生鮮明、純一、清新的感覺。

（2）漸層

　　漸次變化的反覆形式，指的是遵
循一定的秩序與規律，作逐漸的改
變。舉凡色彩、形狀、大小、方向等
都可以呈現出由明而暗或由強而弱的
漸變效果。

（3）調和

　　調和，是兩種構成要素相近、能產
生共同秩序，使彼此之間達到和諧的
狀態。如相似的色彩、造型，因彼此
差異性小，較容易產生調和的感覺。

（4）對比

　　對比，是將兩種性質相反的要素，
如造形、色彩、質感、方向或面積等
並列在一起，產生極大的差異，以彰
顯出強烈反襯的視覺效果。

（5）對稱

　　所謂對稱，是以一條假定的直線為
中心，排列在此中心線左右或上下的
形象完全相同之形式。如人體及傳統
建築中的宮殿、寺廟及宅第。

（6）均衡

均衡，指的是有軸心之物，因左右或上下的形、色力量平均，而造成視覺上的平衡，可分為對稱性及非對稱性均衡二者。

（7）節奏

又稱律動，是畫面上之物，因規則或不規則的反覆出現，它能產生如音樂般具有漸變性、週期性的節奏律動感。

（8）比例

比例，指的是一個畫面中，物的部分與部分、或部分與全體之間，其大小、長度或面積上有著一定數值比的關係。比例常被運用於建築、工藝、繪畫等。

（9）單純

單純，是把複雜形式精簡，以強調簡潔、大方、明快的特質。它是現代藝術中常被強調的重點，也廣泛地運用在生活中的各種藝術設計上。

（10）統一

統一，是把相同或類似的形態、色彩、肌理等各種要素，作秩序性或統一性的組織、整理，使之有條不紊，呈現出整體的和諧感。

◎用心發現世界

在自然界以及人工建築之中，我們常常可以發現美的原理。你猜得出它們各屬於哪一些形式美嗎？

2. 動手作海報

底下這三張作品，就是以海報、拼貼、公共藝術等方式來表達「蓋菸」、「反菸」、「防菸」的創作理念。現在，請你以「蓋菸」為主題，運用「美的形式原理」，運用各種媒材與表現形式來進行創作。

（六）作品欣賞

1. 聯想的大樹、寫作學習單

2. 奇文共賞析

　　（1）〈菸害的影響〉

　　依然記得去年到國立科學教育館參觀人體展，展場把生前捐贈者有無吸菸的肺部作了比較，結果有吸菸者的肺部猶如烏鴉一般的漆黑，這是何等的恐怖啊！同時也警惕著世人，不可沉淪為下一個「癮君子」！

　　香菸對己對人的影響，可說是百害而無一利，最直接的傷害包括：口臭、易疲倦、味覺遲鈍、支氣管病變等。很多人因一時的好奇而染上了菸癮，那即是一輩子改不掉的習慣，所以應拒絕任何要我們抽菸的人才是。

　　「菸」在帶給癮君子一時的快樂之際，可能已削減掉了他的一大半年華，而且還會讓空氣中瀰漫著濃濃的菸味，那真是得不償失。所以，「菸」是「慢性自殺」的代名詞，抽到最後不過是一場空罷了！

　　專家說：「抽菸的人決定戒菸，經常是因為他無法再忍受被菸癮所控制。」戒菸是極大多數癮君子都想要的，但是戒菸不易，因為香菸裡含有令人上癮的藥物——尼古丁，每當抽菸的人燃起一根菸時，尼古丁就再一次滿足吸菸者的癮頭，就像其他會令人上癮的毒品一樣。所以人的意志力是決定戒菸成功與否的關鍵，若有決心必能辦到。

　　倘若世上沒有吸菸者，會是何等的快樂！少了菸霧瀰漫的空氣，又是多麼美好啊！（薛伊閣）

　　（2）〈向菸 Say No〉

　　近來抽菸的人愈來愈多，這真是很危險的一件事，你相信嗎？世界衛生組織（WHO）表示，每隔十秒鐘就有一人死於

吸菸。百分之九十吸菸者是在青少年時期開始學會吸菸，而且一吸就長達二十年以上。香菸燃燒後所產生的焦油、或其他刺激性物質常是慢性支氣管炎、肺氣腫等慢性阻塞性肺病及其他各種癌症的兇手；因此，香菸對吸食者健康的危害，可說是相當嚴重。據醫學報導，這些菸草癮君子比不吸菸者約減少二十～二十五年的壽命。

每支香菸煙過燃燒可產生四千餘種化合物，部分被吸入肺部組織內，這些化合物可分為尼古丁、焦油、一氧化碳及其他數十種致癌物。其中，尼古丁具有中樞神經興奮、提神的作用，也是造成香菸成癮的主要物質，癮君子為了獲得尼古丁，吸入更多毒害物及致癌物。另外，尼古丁也會增快心跳速率，引起末梢血管的收縮，長期下來易導致心臟血管疾病。一氧化碳則會阻礙正常氧氣和血紅素的結合，造成體內缺氧，甚至死亡。焦油是刺激慢性支氣管炎、肺氣腫等慢性疾病及各種癌症的元兇。

說了那麼多，就是要告訴大家吸菸的壞處以及戒菸的好處。為了自己的健康著想，請吸菸的人早日戒菸，不吸菸的人不要輕易嘗試，為自己也為他人的健康把關！（王怡茜）

（3）〈向菸說「不」〉

我相信許多人都有抽菸的習慣，有些人是因為「好奇心」而染上，有些人則是因為朋友的盛情難卻而染上抽菸的習慣。

抽菸是一件對身體非常不好的事，抽菸是造成心臟血管阻塞、高血壓的主要幫兇，會使皮膚提前老化，也會影響肺功能。抽菸所造成的一氧化碳，會和體內的血紅素結合，使體內缺氧。

　　我的叔叔就是在出了社會以後，因為朋友的盛情難卻而染上抽菸的習慣。叔叔說：「我明明知道抽菸對身體不好，而且會上癮，可是忍不住就是想抽，每天都要抽掉一包香菸。經過家人的苦勸之後，終於決定戒菸，我好幾次都想放棄，但是一想到會對自己和家人的健康造成危害，只好咬緊牙關繼續撐下去。直到後來聽朋友說有一種口香糖，裡面含有尼古丁的成分，是專門用來幫助想戒菸的人戒菸，我才真正的把菸戒掉。現在回想起來，如果當時沒有染上抽菸的習慣，就不用走這段辛苦的歲月了。」

　　聽完了叔叔的話，讓我既高興又難過。高興的是，我的家人沒有人有抽菸的習慣；難過的是，世界上還有成千上萬的人有抽菸的習慣。我相信大家都知道抽菸不但對自己的身體不好，也會對其他人的身體健康造成危害。如果每個抽菸的人都能為自己和別人的健康著想，這個世界一定會變得更美麗！

（黃麗穎）

　　（４）〈爸爸的「菸」史〉

　　在學校聽老師說抽菸對身體不好，我就想了一想家裡會抽菸的人。記得我只看過爺爺和叔叔抽過菸，回家問了之後，才得知爸爸也抽過，於是就藉著這次機會，好好的把爸爸的「菸」史了解一番。

　　爸爸是在大學時代學會抽菸，但因事隔多年，他也記不太清楚原因了。爸爸說他當時只是因為「好奇」而開始抽菸。一天大約抽半包，不知道半包算少還是多？那時比較明顯的身體變化是肺活量變得比較差。雖然爸爸只感覺肺活量變差，但我相信在爸爸的各個身體器官，一定也逐漸的受到菸的侵蝕與污

染。爸爸會戒菸是因為得知抽菸對身體有害,聽到這句話時,我很驚訝,沒想到當時的健康教育竟沒教過。心想,如果當時爸爸就知道,是不是就可以免除那一段時間菸對爸爸健康的危害?在知道有害健康後,爸爸已於十七年前戒菸。那時我還未出世,姐姐也才剛出生,唯一見過爸爸抽菸情形的只有其他長輩和媽媽。爸爸花了差不多一年的時間才戒掉。他說:「戒菸需要的是毅力與耐力,如果無心想戒,那就一定戒不掉。」他還說抽菸時比較瘦,戒完後,就變胖了許多。

　　訪問完,我對爸爸的過去又有了更進一步的了解。爸爸對我說:「不要把時間浪費在沒有意義和危害健康的事情上,不要成為一個『吸菸人』。」我相信,我一定能達成爸爸的期望。(張永郁)

3. 創意海報選

「吸菸會減短壽命,就好像死神提早出現,奪取人的性命一樣」;故吳坤庭在畫紙題上:「死神換武器了!」創意十足!	
嵇亮瑜選擇以拼貼藝術來表達自己的創作理念,並題上:「大自然已被破壞,希望菸害不要再接近、傷害大自然。」構圖完整,理念清晰。	

王怡雯說：「因為小孩子給人天真可愛的感覺，所以我採用小孩子和菸形成一種對比，也告訴大家菸害對人的影響，請大家不要吸煙。」

黃文甫採用重裝武器，表現男生式的宣言：「吸菸對身體不好，對你我大家都不好，所以請勿吸菸。」

平日最多話的王崴，這次倒是言簡而意賅地直接宣告：「綠色大自然不容許菸的危害！」

（七）引導與省思

這一次是以同一個班級作為施教的對象，由國語文老師和美術老師進行統整教學。課前，我們針對上課內容提出大致的構想，在各自的課堂上實施，然後依實際的教學現況、學生反應，做適度的修整。如此，既能達成預定的成效，又不會耽誤彼此的進度。「菸害」的部分，除了參考「行政院衛生署國民健康局菸害防制專區」、「蓋菸有你的」等相關網址，我們也向學校的健教老師請益，力求教材的正確性。

在國語文部分，利用 power-point 引導學生聯想與課文中有著相似美好感覺的「煙」，再經由對比聯想，把教學重點引導到對人體有害的「煙（菸）」，激發學生思考如何勇敢向「菸」說「不」。每介紹一個重點，可以立即做小小的抽問，以提高注意力。每結束一個小單元，最好也能立即收回學習單批閱以了解學習情況，做為調整進度的依據。寫作前，教師可以先檢查學生蒐集的資料。

藝術與人文領域部分，美術老師利用自己拍攝的照片引導學生經由觀賞，認識美學中常見的「形式原理」，再運用美的原理製作「反菸」、「蓋菸」等主題海報或拼貼作品。由於這是在美術教室上課，宜事先提醒學生記得攜帶繪製或拼貼海報所需的雜誌圖片和工具。

當學生進行打稿、繪圖與創作時，教師宜四處走動，隨時掌握學習進度，立即解決疑難；一方面也可有效掌握班級環境的安寧，在有效時間之內完成預定進度，準時繳交有內容有深度的好作品。完成後，在作品背面寫下心中的創作理念或心得

感想。比較跟不上進度的學生，若下課前還不能完成，則可帶回家完成，下次再繳交。

世界衛生組織證實百分之三十的死因與「吸菸」有關，2002 年全世界更約有 490 萬人因「吸菸」而死亡；也就是說，平均每分鐘死亡 10 人，這是一個多麼驚人的數字！國中一年級的孩子，剛剛脫離蹣頇童蒙，向身心發育最快速的青春期大步前進；身為教師的我們，希望他們都能無憂無慮、健康快樂的成長茁壯。因此，我們很樂意能為正確的「蓋菸」觀念盡一份宣導的心力。

活動過程中，學生的熱烈反應出乎意料，他們會在課堂上提出各式各樣的問題，對於學習單的寫作、海報的製作也十分用心。如王崴為了了解「菸」對於人體的危害，親自訪問了在當兵時學會抽菸的補習班主任，繼而寫下他的心得：

> 他指出了許多對身體不好的影響，其中他自己認為比較嚴重的是呼吸比較不順，痰也很多，血壓容易升高，有時還會一直咳個不停，非常不舒服。他說：「如果可以讓我的人生重新再來一次的話，就算我會被弟兄們嘲笑，我也絕不會抽菸的。」

何昀儒則心有所感地說：

> 沒想到菸對人的身體有這麼大的傷害，爺爺也是因吸太多菸而過世的，想到這裡，就讓我膽戰心驚，所以千萬不要吸菸，也不要吸二手菸！

楊家和對曾染上菸癮但戒菸成功的八十七歲爺爺的一些行止的
描述，充滿十足的趣味性，不禁令人莞爾：

> 雖然說他已經戒掉了，不過他還是會有一些抽菸的小習
> 慣改不掉，例如：他有時拿筆寫日記的時候，正當他努
> 力思考時，就會習慣性的用食指和中指夾住筆，將它放
> 進嘴巴裡。當他回過神來發現自己抽的不是菸而是筆
> 時，整枝筆已經都是他的口水了。

此外，我們也發現：在小學階段，因「好奇」而嘗試抽菸
的比例約十分之一（全班 31 人），如黃文甫就坦承：

> 國小快畢業時，由於常看到大人在抽菸，心裡就產生了
> 好奇心。有一次我偷偷的買了一包，拿到學校去，下課
> 時，和三五好友一同約到廁所一起抽。我們在裡面，外
> 面一直有人在敲門，我們發現事情不對，趕快跑了出
> 來，一開門就看到老師站在外面。……經過了這件事，
> 我再也不敢抽菸了。

可見「菸害」已蔓延至小學階段，令人十分心憂。至於親人之
中，現仍有抽菸習慣的約佔十分之四，比例也相當高。

菸害之於人，既深且遠，如嵇亮瑜的自白，仔細讀來，悽
悽之情猶然而生：

> 常常從各方面得知菸對於人體所造成的傷害，但當人們

真正覺悟時，早已為時已晚了！許多人都因為好奇而去嘗試，我也曾經有過這樣的念頭；但是在我小四時，我爸爸已經因為抽菸、喝酒而過世了！所以我對「抽菸」就不再好奇了，因為這同時也給了我一個警告。

字裡行間，她也同時流露了對抽菸抽得兇的媽媽的擔憂：

最近我卻發現，媽媽抽菸竟然愈抽愈兇了呢，真令人擔心呀！菸中含有的尼古丁、焦油等有害物質，真不知道我媽媽受不受得了？跟她講她也不聽，叫我怎麼可能不擔心？

我們真心希望經由這一次的教學活動，能在每一位孩子的心中播下「蓋菸」的種子，「不要把時間浪費在沒有意義和危害健康的事情上，不要成為一個『吸菸人』」（張永郁），更期盼每個孩子都能發出像王怡雯一樣的歡喜呼聲：

我很高興爸爸當初因為吸菸嗆到而不敢再吸，因此我才擁有一個無菸家庭。

讓我們為「蓋菸」活動，善盡自己的一份心力吧！

蟲 心 ‧ 我 心

一、設計理念

　　沈復〈兒時記趣〉述說自己小時候「能張目對日，明察秋毫，見藐小微物，必細察其紋理，故時有物外之趣」。多識蟲、魚、鳥、獸之名，不僅可得「物外之趣」，又可從中體悟生物的美好特質與象徵意涵。如秦牧〈蜜蜂的讚美〉，就是從蜜蜂搏採與精煉的特質中，領悟藝術家也需要搏採眾長和發揮獨創性，才能創造優美的藝術作品。

　　昆蟲，約出現在四億年前，至今已是地球上最能適應環境、分布最廣、種類最多的生物。為了生存，有些昆蟲的型態、顏色與花紋，善於模仿棲息環境，形成保護色。這種擬態能力，常能成功地保護自己。如竹節蟲的英文名字是 walking-stick，意思是「會走路的樹枝」；草蛉的幼蟲，英文名字是 trash-carrier，意思是「背垃圾者」，這種隱身術常能成功騙過獵食者。對昆蟲的行為做過長期的觀察、記錄與試驗的李淳陽就認為，昆蟲也有智能，會思考；有感情，會猜疑；會健忘，也會發脾氣。昆蟲也有「心」，在很多方面，牠們跟人類一樣，也會過著「精神生活」。

　　所謂的「素養」，蘊涵於內，即為知識、見解與觀念；表現於外，即為能力、技術與態度。此次的設計，先以「昆蟲知

己」李淳陽所拍攝並揚名國際的〈李淳陽昆蟲記〉影片,引導學生經由觀察、記憶、想像,進而思考昆蟲所具有的值得人類借鑑的美好特質。再經由「蟲蟲大蒐秘」,利用國科會數位典藏網站,導引學生化被動的學習為主動的求知,蒐集、整理、消化、吸收相關資料,分組上臺報告,抒發一己的學習感言。

法國著名的劇作家羅斯丹曾讚美昆蟲詩人法布爾像「哲學家」一般地思,像「美術家」一般地看,像「文學家」一般地寫;大文學家雨果稱他是「昆蟲學的荷馬」;演化論之父達爾文也讚美他是「無與倫比的觀察家」。在十八世紀末,法布爾的寫作方式雖不甚受認同,但他仍堅持自己的理念,並說:「高牆不能使人熱愛科學,將來會有愈來愈多人致力打破這堵高牆,而他們所用的工具,就是我今天用的、而為你(科學家)所鄙夷不屑的文學。」法布爾不時引用希臘神話、寓言故事、或是家鄉普羅旺斯地區的鄉間故事和民俗來進行寫作,完成鉅著《法布爾昆蟲記全集》;故「ㄈㄥ言ㄈㄥ語」、「課文欣賞」、「類文欣賞」等單元,再次將學習的觸角拉回國語文領域;並以「看看我」學習單,帶領學生對昆蟲進行外形與內在習性等細部觀察,消化、提煉所蒐集的資料,化為一篇充滿個人獨特感受的昆蟲文學作品。

生命的多樣性,不僅僅只是指類別的差異,而是有更深微的意涵。即使在極其貧瘠惡劣的條件下,都可找到各種形式的生命,這種彈性與韌性,才是生物多樣性的精義所在;而能欣賞生物多樣性的人,才能真正體悟生命的可貴,懷擁尊重與關懷,珍愛「生於斯,長於斯,遊於斯」的這塊土地。

二、教學架構表

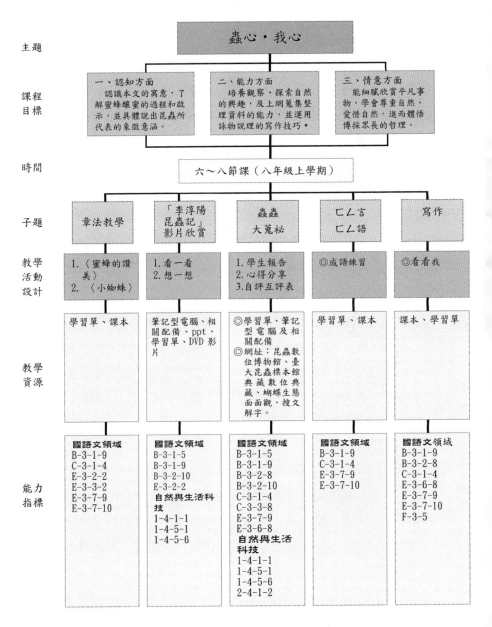

	章法教學	「李淳陽昆蟲記」影片欣賞	蟲蟲大蒐祕	ㄈㄥ言ㄈㄥ語	寫作

主題

蟲心・我心

課程目標

一、認知方面
認識本文的寓意和了解蜜蜂釀蜜的過程和啟示，並具體說出昆蟲所代表的象徵意涵。

二、能力方面
培養觀察、探索自然的興趣，及上網蒐集整理資料的能力，並運用詠物說理的寫作技巧。

三、情意方面
能細膩欣賞平凡事物，學會尊重自然、愛惜自然，進而體悟博採眾長的哲理。

時間

六～八節課（八年級上學期）

子題

章法教學｜「李淳陽昆蟲記」影片欣賞｜蟲蟲大蒐祕｜ㄈㄥ言ㄈㄥ語｜寫作

教學活動設計

| 1.〈蜜蜂的讚美〉 2.〈小蜘蛛〉 | 1.看一看 2.想一想 | 1.學生報告 2.心得分享 3.自評互評表 | ◎成語練習 | ◎看看我 |

教學資源

| 學習單、課本 | 筆記型電腦、相關配備、ppt、學習單、DVD影片 | ◎學習單、筆記型電腦及相關配備 ◎網址：昆蟲數位博物館、臺大昆蟲標本館典藏數位典藏、蝴蝶生態面面觀、搜文解字。 | 學習單、課本 | 課本、學習單 |

能力指標

| 國語文領域 B-3-1-9 C-3-1-4 E-3-2-2 E-3-3-2 E-3-7-9 E-3-7-10 | 國語文領域 B-3-1-5 B-3-1-9 B-3-2-10 E-3-2-2 自然與生活科技 1-4-1-1 1-4-5-1 1-4-5-6 | 國語文領域 B-3-1-5 B-3-1-9 B-3-2-8 B-3-2-10 C-3-1-4 C-3-3-8 E-3-7-9 E-3-6-8 自然與生活科技 1-4-1-1 1-4-5-1 1-4-5-6 2-4-1-2 | 國語文領域 B-3-1-9 C-3-1-4 E-3-7-9 E-3-7-10 | 國語文領域 B-3-1-9 B-3-2-8 C-3-1-4 E-3-6-8 E-3-7-9 E-3-7-10 F-3-5 |

三、教學活動設計

（一）章法教學

1.〈蜜蜂的讚美〉

原文

　　略。

賞析

　　藝術作品在反映主觀世界時無不有所側重，為了凸出某一特徵，就予以擴大、加強，使之佔有明確主導的地位，構成「側重」的藝術美；而「側」又是文章重心所在，有回繳整體、收束凸出的功效，能使作品更顯精鍊。〈蜜蜂的讚美〉一文，就是形成了「先平後側」結構。

　　首段，平提螞蟻、蝴蝶、蜘蛛、蠶、蜜蜂等幾種昆蟲；次段以下，再側注到既能博採、又能提煉的蜜蜂身上。作者分從「辛勤採蜜」（廣泛地吸收）、「重新釀造」（改變、消化和提煉）這兩方面來讚美蜜蜂，並以英·哲學家培根的話語，說明蜜蜂這一種改變和消化材料的力量，既不同於盲目堆集材料卻不肯思索的螞蟻式求知方式，也不同於主觀地隨意創造體系卻不肯學習的蜘蛛式求知方式。作者又由此聯想起許多藝術大師在廣泛求師、別出心裁地發揚一己的獨創性，並鍥而不捨地辛勤工作，與蜜蜂實有諸多共同之處。「江海能納百川，所以能成其大；泰山不讓土壤，所以能成其高」，不廣泛地吸收，則不能博大精深。對於工作、藝術創作均有深遠啟示的蜜蜂，實

是值得人們為牠獻上一頂桂冠！

結構分析表

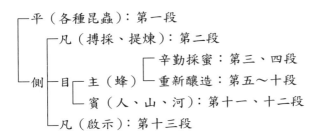

2. 楊喚〈小蜘蛛〉

原詩

> 要黏住小蚊子討厭的尖嘴巴。
>
> 要黏住小蒼蠅亂飛的小翅膀。
>
> 蜜蜂姐姐小心呀，
>
> 可別飛到這裡來給我蜜糖！
>
> 風兒把落花吹上我的網，
>
> 露水把珍珠掛上我的網：
>
> 最漂亮的呀，
>
> 是我家。

賞析

劉方平〈月夜〉：「今夜偏知春氣暖，蟲聲新透綠窗紗」，紗窗外，隱隱傳來陣陣的蟲鳴聲，聲聲洋溢著春氣初暖的喜悅。由「新透綠」一詞，我們可以推知這應是乍暖還寒的時節，連春氣捎帶而來的勃然生機都是簇新的；而且是由春蟲「偏知」，頗有「春江水暖鴨先知」的意味，呈現出別致新穎

的聽覺效果。詩詞中這一類的詠蟲詩,不僅生動地描繪了昆蟲的形態特徵,更賜予自然之美「再現」於文學藝術之中。楊喚這是一首將昆蟲擬人化的可愛童詩,也是如此。

全詩形成了「先因後果」結構。起首兩行,詩人藉由小蜘蛛的說話口吻,道出他要黏住喜愛吸吮人類鮮血的蚊子的嘴巴,也要黏住喜愛四處亂飛沾惹病媒的蒼蠅的翅膀,表達了對蚊子、蒼蠅的嫌惡之情。同時也表現出對蜜蜂姐姐的殷殷叮嚀,叮嚀她要小心,不要誤觸了自己所織就的一張捕蟲網。在物質上,有美味可口的食物可以享用;在視覺上,又有落花、珍珠等柔美而閃亮的飾物的妝點,因而在詩末,小蜘蛛欣喜而自得地說道:最漂亮的就是自己的家!深摯地表達了對自己家園的喜愛之情。

楊喚秉持著對生命充滿了熱情的一貫筆調,以兒童的觀點寫了這一首清新的小詩。「黏住小蚊子」、「黏住小蒼蠅」等事材的運用,既道盡了「蜘蛛網」的實用功能;請「蜜蜂姐姐小心」一語,又流露了孩童式的良善心腸。至於風兒、落花、露水、珍珠等精美詞彙的運用,則彰顯了「蜘蛛網」較少為人注意欣賞的藝術功能,這也展現了楊喚慧眼獨具、細膩多感的詩人特質。

結構分析表

```
        ┌─ 一（食物）┬─ 反（蚊蠅）:「要黏住小蚊子」二行
    ┌─ 因          └─ 正（蜜蜂）:「蜜蜂姐姐小心呀」二行
    │   └─ 二（裝飾）┬─ 落花:「風兒把落花吹上我的網」行
    │              └─ 露水:「露水把珍珠掛上我的網」行
    └─ 果（美麗）:「最漂亮的呀」二行
```

（二）〈李淳陽昆蟲記〉影片欣賞（節選）

請你用心觀賞影片，然後在空格處寫下正確的答案。

1. 看一看

（1）世界上的昆蟲，約出現在四億年前，不論環境如何險惡，昆蟲都可以存活下來，而且繁衍昌盛。至今，【　　　　】可說是地球上最能適應環境、分布最廣、種類最多的動物。現在已知學名的昆蟲將近【　　　　】萬種，約佔動物種類的四分之三，與我們生活在一起。

善於利用天然的保護色來保護自己的昆蟲。

（2）雖然有些動物以昆蟲為生，但地球上，種類最多、活得最優勢的，卻還是【　　　　】。其中最重要的一個原因是昆蟲的【　　　　】非常強，每產一次卵，往往有【　　　　】個。

（3）一般而言，昆蟲的卵既小又不顯眼，不易被【　　　　】察覺和加害。但為了能在這弱肉強食的世界裡存活下去，就需要有獨特的求生術。像這隻蠼螋，會細心照顧牠的卵，如果我們把卵搬到大太陽底下，牠會立刻把一個個的卵再搬到【　　　　】的地方。保護卵的工作，是負子蟲【　　　　】的責任，雌蟲把卵產在雄蟲的【　　　　】上，等卵孵化以後，空的卵殼自會掉下去。

（4）有些昆蟲善於模仿棲息環境，在型態、顏色與花紋上形成【　　　】色，這種【　　　】的能力，常能成功地保護自己。如竹節蟲的英文名字是【　　　】，意思是「會走路的樹枝」，真是傳神。【　　　】靜止時挺立不動，看起來就像是樹枝，常能避免被鳥類發覺。擬態的極致是「鳥糞蟲」，牠是【　　　】的幼蟲。刺椿橡吃了小蟲以後會把殘骸堆在【　　　】上，以偽裝欺敵。草伶的幼蟲，英文名字是【　　　】，意思是「揹垃圾者」，這種隱身術常能成功地騙過獵食者。鳳蝶的幼蟲，利用【　　　】來嚇退敵人。

象鼻蟲要產卵時，會先檢查葉片的彈性，檢查了一遍又一遍，滿意了，才會開始做捲葉苞。

（5）石蠶蛾的幼蟲用【　　　】做個庇護所，住在裡面，可以保護自己不被魚吃掉。水螟蛾的幼蟲，就地取材，用【　　　】做個小扁舟，住在裡面，以水生植物為食物。

（6）大部分的昆蟲是以【　　　】為生，因此，有些昆蟲的口器適合撕咬、咀嚼，就像牙齒一樣。有的只能用黏的，如蒼蠅。蝴蝶的口器，只能吸【　　　】。蜂的口器，可說是全能的，能咬、能嚼、能黏，也可以吸。有些，則是獵捕其他昆蟲為食物。牠們面對獵捕者時，可以逃脫、飛走或跳走。如捲葉蟲吐的絲，在空氣中變乾後會收縮，以使牠可以安穩的住在稻葉裡面。吹沫蟲從肛門排出有黏性的液體，然後用肛門內的氣門放出空氣，保護自己。

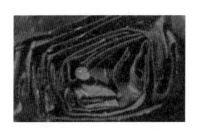

象鼻蟲忙了整整兩個小時，就只為了給幼蟲一個安全的家，母愛真是偉大啊！

（7）象鼻蟲要產卵時，會先挑選一個不老也不嫩的葉片，卻拉起葉綠，同時用嘴往下推，檢查葉片的【　　　】，來判斷這片葉子適不適合。如果滿意，首先，牠會在葉片基部的一邊咬出一個【　　　】字形的「切口」。然後開始把葉片折彎，並在葉片中脈的基部咬一個【　　　　】，使葉片失去大部分的【　　　　】，變得比較柔軟，容易折。再沿著葉片中脈，按照順序咬出一個個小洞，使【　　　】更容易折彎。要正式開始捲葉苞了，葉尖一捲好，立刻咬一個小洞，在洞內產下一個【　　　　】，繼續捲葉苞。捲到【　　　　　　】缺口的地方，停止捲，用力拉扯葉苞，把它旋轉到葉片【　　　　】後面，來固定葉苞。足足忙碌了【　　】個小時，完全是為了一個卵。

參考答案：

（1）昆蟲，一百萬。

（2）昆蟲，繁殖力，千百。

（3）天敵，陰涼，爸爸，背。

（4）保護，擬態，walking-stick，擬尺蠖，蛾，背，trash-carrier，臭角（發毒氣）。

（5）小石頭，水生雜草。

（6）植物，花蜜。

（7）彈性，L，洞，水份，中脈，卵，L字形，基部，雨。

2. 想一想

　　（1）李淳陽先生對昆蟲的行為做過長期的觀察、記錄、試驗後，認為：昆蟲也有智能，會思考；有感情，會猜疑；會健忘，也會發脾氣。觀賞完這一部影片，你對於這種說法，有何看法？

| |
| |

　　（2）在這部影片中，昆蟲的哪一種行為，最能引起你的興趣？為什麼？

| |
| |

　　（3）昆蟲如果跟人類一樣，也有「心」，也會過著「精神生活」。那麼，你覺得人類最應該向昆蟲學習哪一種精神？

| |
| |

（三）蟲蟲大蒐祕

　　請各組依據抽中的昆蟲主題，依下列的提示（或自由發揮），蒐集、整理相關資料，製成 power-point，上臺報告，與大家分享！

1. 昆蟲知識簡介

  （1）基本常識介紹

  （2）外形：如頭、胸、腹、足、翅等

  （3）習性：如食源、巢居、喜好、生育、遷徙、其他等

  （4）參考網站：

  ◎昆蟲數位博物館－蟲蟲總動員

   http://insect.cc.ntu.edu.tw/91insect/insect/cls/cls-01/cls-01-

   01.htm

  ◎臺灣大學昆蟲標本館典藏數位典藏

   http://www.imdap.entomol.ntu.edu.tw/

  ◎臺灣昆蟲與蟎類資源數位館

   http://timdm.tari.gov.tw/chinese/digital.php

  ◎蝴蝶生態面面觀 http://turing.csie.ntu.edu.tw/ncnudlm/

2. 藝術中的蟲蟲

  （1）繪畫、石雕、玉雕、瓷器、冊頁……，只要出現在任
    何藝術作品中者，皆可。

  （2）參考網站：

  ◎故宮文物數位博物館計畫

   http://www.npm.gov.tw/index.htm

  ◎國立歷史文物典藏數位化計畫

   http://www.ndap.org.tw/1_intro/org_nmh.php

3. 詩詞中的蟲蟲

  昆蟲，具有多種的象徵意涵，幽微地表達出歷代詩人心靈
深處的意旨。請蒐集相關的蟲詩蟲詞，如果能再加以細細賞
析，那就更棒了！

◎參考網站：

搜文解字 http://cls.admin.yzu.edu.tw/swjz/openwin2.html

（參考路徑：搜文解字／文學之美／唐詩三百首／資料檢索）

4. 其他

此項為加分題，請自由發揮。

5. 活動心得

參與了此次活動，請將自己的心得寫下來，與他人分享（約 200 字左右）。

附錄：「蟲蟲大蒐祕」評量表

這份自我檢核表，主要是幫助自己能了解自我在學習過程中各方面的優缺點，以做為下次修正的參考。請你依據各項目的實際情況，依達到的程度（5 表示完全做到，1 表示完全未做到），填寫下表（請打「✓」）。

項目	指　　　　　　　　標	5	4	3	2	1
掌握報告目標	1. 能切實掌握報告的內容，收集完整的資料，並做充分與精熟的準備。					
	2. 能循序漸進、有條有理地呈現報告的主題，最後也能有效地總結此次學習的重點。					
	3. 能依據主題設計 power-point 版面，以求與報告的主題密切配合，及風格的統一。					
活用報告策略	1. 能用心設計報告內容的形式、圖案與色彩，增強同學的印象。					
	2. 能切實結合課文內容經驗，以引起學習動機。					

項目	指　　　　　　　　　標	5	4	3	2	1
	3. 能設計問題，延伸問題深度，引導同學思考					
	4. 能掌握有效的報告時間與報告節奏。					
增進有效溝通	1. 報告時的音量、語速皆適中，口語表達清晰，也能適當運用板書。					
	2. 能運用眼神、面部表情、肢體動作，或移動位置等增進溝通的效果。					
學習環境營造	1. 能塑造熱烈參與的氣氛，並引導合作學習的同儕關係。					
	2. 能確實掌控教室秩序，並妥善管理同學不當的行為。					

◎我覺得自己這一組在＿＿＿＿＿＿部分做得最為成功，因為＿＿＿＿＿＿＿＿＿＿；至於在＿＿＿＿＿部分，則有再加強改善的空間。第＿＿＿＿組的＿＿＿＿＿部分最值得我向他學習，因為＿＿＿＿＿＿＿＿＿＿＿＿＿。

(四)「ㄈㄥ」言「ㄈㄥ」語

1. 請在下列（　）中填入正確的國字。

「ㄈㄥ」（　　　）纏蝶戀　　　「ㄈㄥ」（　　　）火連天

「ㄈㄥ」（　　　）筋多力　　　「ㄈㄥ」（　　　）豕長蛇

「ㄈㄥ」（　　　）芒畢露　　　「ㄈㄥ」（　　　）屯蟻雜

「ㄈㄥ」（　　　）擁而來　　　「ㄈㄥ」（　　　）靡一時

「ㄈㄥ」（　　　）信年華　　　「ㄈㄥ」（　　　）行草偃

「ㄈㄥ」（　　　）流倜儻　　　「ㄈㄥ」（　　　）目豺聲

2. 請將上列「『ㄈㄥ』言『ㄈㄥ』語」填入適當的空格中。

（1） 101 週年慶，吸引大批「血拼」族【　　　　　】。

（2） 「樹大招風」，【　　　　　】的人難免引起非議。

（3） 裴勇俊面露招牌微笑，【　　　　　】，傾倒許多「粉絲」。

（4） 正值【　　　　　】的她，年輕、漂亮，充滿自信。

（5） 他平靜如水的心，因【　　　　　】的情愛而掀起滔天巨浪。

（6） 鄭板橋的書法【　　　　　】，瀟灑俊逸。

（7） 獐頭鼠目，【　　　　　】的人，很難博得他人的好感。

（8） 孫燕姿「綠光」的歌曲，曾經【　　　　　】。

（9） 為政者能夠勤政親民，將能收【　　　　　】之效。

（10）那些遊手好閒的人【　　　　　】混跡在暗巷中蠢蠢欲動。

（11）在【　　　　　】中，能收到報平安的家書，是莫大的喜悅。

（12）綁匪如【　　　　　】，貪求無厭，一直向被害者予取予求。

（五）寫作

　　大自然蘊藏無窮的奧秘，只要懂得張開眼睛，用心觀察，就能窺得堂奧之美。例如，秦牧就是從蜜蜂的搏採和精煉等特質中，領悟到藝術家也需要搏採眾長和發揮獨創性，才能創造出優美的藝術作品。現在，請你以各組所研究的昆蟲為主角，

依觀察、記錄所得，自訂一個適宜的題目，化為一篇結構完整、並充滿個人獨特感受的文章（文長約 500 字左右）。

四、作品欣賞

(一)「李淳陽昆蟲記」想一想

1-1. 這部影片的製作人——李淳陽先生非常調皮，他為了試驗昆蟲的記憶能力，對昆蟲開了幾個特別的小玩笑。而實驗結果證明：昆蟲也會思考，也會健忘！不僅如此，牠們還有世界上最甜蜜的負擔——母愛。雖然我們還無法得知昆蟲的智商是否像我們一樣「高」，但由這幾個實驗可以得知，昆蟲也是有感情、有情緒的。

1-2. 母愛真是偉大，人類會為了繁衍後代而不惜賠上自己的生命；象鼻蟲也會為了確保小寶寶的安全，而不惜花上兩小時的漫長時光為牠布置一個舒服的搖籃。從選材、捲葉苞到固定葉苞，一切工程都精細得令人讚嘆。小象鼻蟲能在這充滿母愛的搖籃中成長，真是幸福啊！

1-3. 嬌小的昆蟲是自然環境中的「弱勢族群」，牠們沒有房子可以居住，沒有武器可以防身，稍一不慎便可能成為天敵口中的佳餚。雖然如此，偉大的小昆蟲「身小心不小」，牠們為了生存，不辭辛苦的在浩瀚的環境中奔波，毫不向命運低頭。反觀號稱自己為萬物主宰者的人類，擁有先進的科技、精密的武器，在這世界上的成就遠遠超越其他生物。但現今，許多人毫不重視自己的生命，常為了一點雞毛蒜皮的小事走上絕

路。相對於昆蟲不顧一切努力生存的偉大精神，人類實在太渺小了！（以上均為謝汶均的作品）

2-1. 我覺得昆蟲就像人類一樣，有感情，有智能，會思考；唯一和人類不同的，只是牠們的身體構造較人類簡單，大腦所能思考的也比人類少。為什麼象鼻蟲願意花兩個小時捲一片葉子，就只為牠的寶寶築一個溫暖的窩？又為什麼蜜蜂願意跑到幾公里以外的花叢採花蜜回來給幼蜂？我想，是因為「愛」。「愛」不正是與生俱來的力量嗎？所以，昆蟲有沒有感情？答案當然是有囉！

2-2. 最能引起我的興趣的是象鼻蟲，因為牠居然能夠用本能了解樹葉須先截斷葉脈，停止水分的輸送後才好摺，而且還會有耐心的找出柔軟有彈性的葉片後才開始捲葉子。還不僅如此，捲葉子所需耗費的時間居然是兩個小時！這種耐心，不是很了不起嗎？

2-3. 人類應該向昆蟲學習勤奮不懈的精神吧！因為昆蟲總是忙碌尋找著牠們的食物來源和養育下一代；因此，幾乎沒有休息過。例如螞蟻，除了蟻后，工蟻們每天都是在找食物、搬食物回巢穴。人類呢？「爸爸，我要這個我要那個！」「媽媽，我肚子好餓，煮東西給我吃！」小孩們會每天到外耕種供給自己食用嗎？不會！小孩們會自行出外賺錢供自己花用嗎？不會！小孩們會利用課餘時間多閱讀課外書籍或自動溫習功課嗎？不會！看！不夠勤勞嘛！所以，我們應該多向昆蟲們學習。（以上均為華介甫的作品）

（二）蟲蟲大蒐祕

1. 夏的歌手——蟬（學生 power-point）

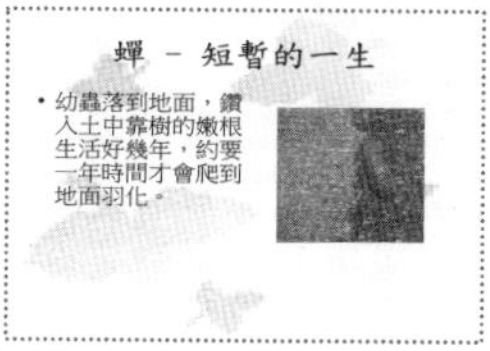

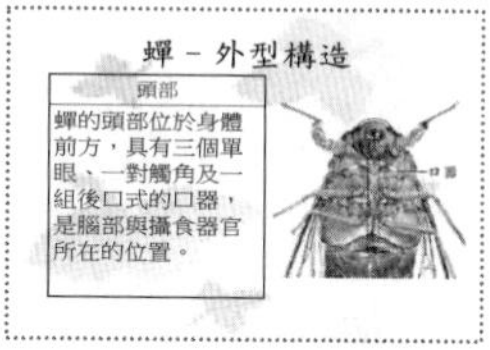

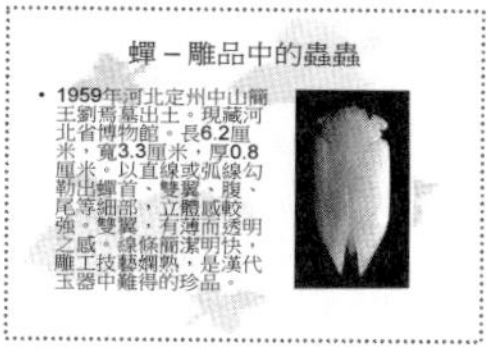

盛夏的歌手——蟬

組員：謝沈珍 伍茱絃（資料蒐集）
王�}清 張麗云（資料整理）
陳偉丞 郭保如（簡報製作）
黃于綺 陳宜蓉（口頭報告）

蟬－基本資料

- 蟬俗稱知了，因蟬鳴聲『知了、知了』而得名。
- 蟬生長的過程有四個時期包括卵、幼蟲、蛹及成蟲。
- 節肢動物門，昆蟲和身體皆分節，有三對附肢的節足動物又列入昆蟲綱，再依翅膀的構造又分成不同目，而蟬屬於同翅目，蟬科。

蟬－基本探討

- 蟬的變態方式屬於不完全變態。
- 蟬在幼年時期就有翅，其外骨骼會限制蟬的生長。
- 觸摸樣的口器，是堅硬的刺吸型式，得知其食物為樹的汁液。
- 蟬大多分布於溫帶至熱帶，但以熱帶為多。
- 蟬蛻是有用的中藥。

蟬－基本探討

- 蟬鳴是蟬的求偶手段。會鳴的都是雄蟬，而雌蟬因為沒有發聲器，所以也只有人叫她蟬『啞蟬』，但牠卻有專門捕捉聲音的耳朵（聽器）。

蟬－短暫的一生

- 幼蟲落到地面，鑽入土中靠樹的嫩根生活好幾年，約要一年時間才會爬到地面羽化。

蟬－短暫的一生

- 到夏晚花開時，蟬的幼蟲才爬上樹幹脫殼而去，變為成蟬。到樹根上去，成蟲通常於6・9月出現。成蟲只能活2-4個星期，經由唯吲啼引蟬，在短短的生命中要完成求偶、交配及繁衍下一代。

蟬－短暫的一生

- 成蟲多屬單獨性，但也有群聚而鳴的種類，鳴叫時間依種類而不同，但都有自己一定的時刻。
- 夏天，人們常可以看到碧綠的樹冠上，出現蠟黃的枯殼，這就是蟬的所為。蟬雖是樹木的害蟲，但又是著名的觀賞昆蟲。

蟬－基本構造

- 蟬的頭部略呈三角形，複眼大，單眼3個。
- 身體左右對稱。
- 各節身軀具有項節附屬部一對。
- 心臟位於背方，神經系統位於腹方。
- 以氣管呼吸；以馬氏管為主要排泄器官；生殖孔開口於腹部末端。
- 蟬的鳴叫聲是用緊接空腹裏一對似鈸般的「聲鼓」發出的。

蟬－外型構造

頭部
蟬的頭部位於身體前方，具有三個單眼，一對觸角及一組口式的口器，是臉部與攝食器官所在的位置。

蟬－外型構造

眼部
三個單眼，位於頭部中央，兩複眼間。它的功能只能辨別光線的明暗與物體的遠近，是複眼的輔助器官。

蟬－外型構造

- 蟬的觸角生長在頭部複眼間，每根觸角由多節組成。
- 觸角上有許多感覺器，與神經相連，具有觸覺、嗅覺與聽覺的功能，接收外界環境的訊息並傳送到腦部。

蟬－外型構造

刺吸式口器
這類口器適於穿刺動植物組織吸收汁液。

蟬－台灣特有種

- 臺灣騷蟬
Pomponia linears
體長約34～50mm，身體黑褐色；胸後緣和腹部有長橢圓形中空透明狀，成蟲每年6-10月出現在低至中海拔闊葉林中。鳴聲響亮，且有互相呼應之習慣，為各地郊區山林中最易鳴蟲。

蟬－成語中的蟲蟲

噤若寒蟬	像晚秋的蟬那樣一聲不響。比喻不敢說話。
金蟬脫殼	金蟬成蟲時要脫去殼。後比喻用計謀脫身。
蟬不知雪	蟬夏生而秋死，終生未曾見雪。故不知雪。比喻見見聞淺薄。
蟬腹龜腸	古人以為蟬食露，龜飲水。故借以比喻腹中飢餓空虛。
自鳴寒蟬	自比寒天的蟬不作聲。比喻沉默不言。

蟬－詩詞中的蟲蟲

詠蟬詩　　作者：駱賓王
西陸蟬聲唱，南冠客思深。
不堪玄鬢影，來對白頭吟。
露重飛難進，風多響易沉。
無人信高潔，誰為表予心。

蟬－詩詞中的蟲蟲

- 駱賓王因為曾為侍上書唐唐高宗，直言觸武則天將后位繼承李氏，觸怒了武則天，被誣以謀叛下獄，而在獄中寫下這首詩。
- 這首詩詞藉由感況，一開始就點出是枝頭的蟬叫。由於「南冠楚囚」的典故，點明自己正是階下囚的身分，對於故鄉的思念也特外的深了。對於故鄉的思念也特外的深了。而「玄鬢」、「白頭」兩鬢相對比，也隱含成這種不安的情緒。同時也暗用「蟬」，以自比，表示自己清高品質；同時以寒蟬「露重飛難進」、「風多響易沉」等，是駱賓王當中難得的珍品。

蟬－雕品中的蟲蟲

- 1959年河北定州中山簡王劉勝墓出土，現藏河北省博物館。長6.2厘米，寬3.3厘米，厚0.8厘米，以真蟬作模樣的玉蟬，體形較大，雙翼、雙眼、身體明晰可辨，造型古樸自然，線條簡潔明快，是漢代玉器中難得的珍品。

2. 夏夜的精靈——螢（學生 power-point）

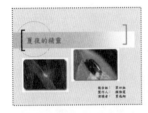

3. 心得

（1）由於之前我們已經做過類似的活動，所以這次各組在版面設計、報告的音量等方面，都比上次進步許多。我認為表現最好的是介紹螢火蟲哪一組，她們的內容充實，格式統一，還特別標注重點，更設計了一些有趣的有獎徵答，提高同學的參與感與注意力。尤其是報告者賈逸翔，口齒清晰流暢，她先將報告內容融會貫通後，再以最完美的方式呈現出來。我想，她已經像蜜蜂一樣，將資料提煉成自己的知識了。雖然這次各組的表現都有進步，但還是有些需要改進的地方，如秩序太吵，報告者笑場及排版沒有經過設計等，如果同學都能注意這些缺點並加以改進，相信我們的報告一定能更臻完美。（謝汶均）

（2）擔任口頭報告，我想最大的好處，便是能夠看到最後出爐的成品。而且，練習報告能力之餘，又能夠更加了解內容，例如，我現在已知道：螢火蟲如何辨雌雄，螢火蟲會發什麼顏色的光，以及螢火蟲有哪些種類。對於各種螢火蟲的特性，我也都能倒背如流，像黃緣螢、黃胸黑翅螢會發黃色光；紅胸黑翅螢會發橙色光；黑翅螢、端黑螢則會發黃綠色光；成蟲不會發光的是紅胸扁螢。黃緣螢的活動高峰是在晚上七點半左右，到八、九點就很少飛翔了。所以，自己在不知不覺中就成為螢火蟲專家了呢！

在讀到〈蟲蟲危機〉那一篇文章時，我才知道人類對螢火蟲的迫害有多麼大。開發山坡、沼澤地，使螢火蟲失去棲息的環境；光害使雄蟲無法找到雌蟲，無法達成交配的目的；河床不當的整治，使河岸成為水泥護岸，水生螢火蟲無法產卵，也

無法登陸化蛹等等。或許，有些人會認為，螢火蟲只是一種小昆蟲，就算消失也無所謂。但要記得呀！「螢火蟲喝的水，就是我們喝的水」，螢火蟲就像珊瑚，是生態的自然指標，保育牠們，也是為人類拓展出一條生路呀！（賈逸翔）

（三）寫作

1.〈生命閃爍的瞬間〉

世上最令人喜愛的昆蟲屬誰呢？我想，那是蝴蝶。牠，擁有一雙色彩斑斕的彩羽，有如一片絢麗的丹楓，也像雨後的那道彩虹，那樣的美麗，那樣的迷人。當牠展翅高飛時，你會誤以為是一隻鳥，但牠又是飛得那樣輕靈，不同於鳥的姿態。這時，你就會懂得，牠，為何如此受到眾人的喜愛了。

世上最令人厭惡的昆蟲屬誰呢？我想，那是毛毛蟲。牠只會在樹葉間蜷著身體，慢慢地蠕動爬行。牠那光秀秀的身體，看起來沒半點用處，大家對牠也都避之唯恐不及。但是，你能想像嗎？蝴蝶竟是由毛毛蟲蛻變而來的！

醜陋的毛毛蟲，經過蛹期，竟可蛻變成美麗的蝴蝶！毛毛蟲給人的第一印象是醜陋，是嫌惡；但當牠蛻變成蝴蝶時，大家對牠抱持的是什麼樣的態度？是喜愛？還是厭惡？大家已經拋開以往的成見，重新接納牠了。

人，是否也是一樣呢？縱然給人的第一印象是樸拙的近乎愚笨，但是經過一番努力，還是可以讓眾人拋開以往的成見，對自己產生不同的評價。或許，你會說，這很困難，無法辦到；但是，毛毛蟲在蛻變成蝴蝶的過程中，牠困在蛹中，失去了自由，無法行動，卻依舊鍥而不捨的繼續努力，堅持不懈。

也就是因為這一股堅定的信念，才能蛻變成美麗的蝴蝶。所謂「不經一番寒徹骨，焉得梅花撲鼻香？」即是此意。（賈逸翔）

2.〈蝴蝶的讚美〉

　　在花叢裡，到處都有蝴蝶的身影。牠們總是披著一襲絢麗耀眼的衣裳，在五彩繽紛的花叢中充滿自信地飛舞，好像要全世界都看到她那身美麗的衣裝。出神入化般曼妙的舞姿，從一朵鬱金香翩翩起舞到一朵百合花上，在這一首田園交響曲中，牠是不可或缺的主角。

　　大家都知道，蝴蝶不是一產下來就是繽紛美麗的樣貌，而是一隻醜陋又全身有刺的小毛毛蟲，自己覓食、生活，最後才蛹化成那色彩鮮豔的蝴蝶。也就是說，一隻美麗的蝴蝶背後有著辛苦的旅程，這道理就和人生是一樣的。一個人，如果要出人頭地，他的背後必定有著艱辛且吃苦的過程，經過挫折，磨練磨練再磨練，最後才有如此輝煌的成果！

　　美麗的蝴蝶，千奇百態，光是台灣就有三百多種呢！你認得多少呢？每年七月，可是眾蝶飛舞爭艷的月份。素有「蝴蝶王國」美譽的台灣寶島，更是綴滿了姹紫嫣紅的蝶影，「蝶蝶不休」，顯得熱鬧極了！婆娑蝶影真是令人陶醉啊！不管在都市或鄉村，只要你用心留意，要進入蝴蝶世界其實並不難，「萬物靜觀皆自得」應該就是這個意思吧！以後經過花叢時，請睜大眼睛觀察，相信你一定能看到蝴蝶最多采多姿的一面。

　　蝴蝶，蝴蝶生得真美麗！頭戴著金絲，身穿花花衣……。美麗的蝴蝶在田園交響曲中，悠閒地飛著……。（潘冠廷）

3. 〈火金姑〉

　　螢火蟲一生經歷了卵、幼蟲、蛹、成蟲的階段,生命只有短暫一年的時間,牠們最重要的任務,就是傳宗接代,一年又一年。

　　螢火蟲的發光有著特定的節奏,就像是牠們共同的語言,交換彼此的訊息,雄蟲尋找著亮光也尋找著雌蟲,完成傳宗接代的任務。

　　螢火蟲的俗名,也可稱為「火金姑」,牠象徵著火紅的溫暖與熱心。我們從一首台灣童謠,就可以看出螢火蟲所發出的亮光與寂靜黑夜所形成的對比:「西北雨,直直落,鯽仔魚,要娶某……日頭暗,找無路,趕緊來,火金姑,做好心,來照路……。」牠帶來了幸福、感動、熱情,以及窩心。日本著名的動畫卡通大師宮崎駿,也曾經製作一部非常感人的動畫卡通──〈螢火蟲之墓〉,主角之一的妹妹節子,在布滿螢火蟲的夜晚離開了她的哥哥,而那些螢火蟲就像是特地飛來祝福她。

　　螢火蟲身上所閃爍的光芒,是昆蟲界中所少見的,而且令人感到驚奇,這也為牠披上了一層面紗,帶給不曾接觸過螢火蟲的人們無窮的驚嘆。

　　螢火蟲就是這麼令人感到溫暖的昆蟲呀!滿天無數閃閃爍爍的螢火蟲,是無限希望、溫暖和幸福的最佳代表。(莊喻婷)

五、引導與省思

　　賞析〈蜜蜂的讚美〉、〈小蜘蛛〉等詩文之後，教師先播放影片，再發下學習單引導學生觀察與思索：除了「本能」，昆蟲也有「心」。繼而全班分組進行資料的蒐集與整理，對昆蟲進一步細部觀察，製成 ppt. 檔、或網頁形式，依序上臺報告（教師可先提醒、叮嚀學生上臺時應有的禮節與報告技巧），分享學習心得。最後，將所蒐集的資料話為一篇禮讚昆蟲的文章。

　　這一次，我們透過這種不同於傳統教學方式的活動來引導，學生們的興致顯得十分高昂，參與度相對提升許多。加上現代的學生活潑大方，又勇於發表意見，上臺報告後，他們仍津津樂道於整個過程中所浮現的每一種細微心情。如施佳伶說：

　　　　原來一隻小小的蝴蝶，有著這麼複雜的構造。在做報告
　　　　以前，我都不了解，這次真是讓我受益良多。

郭克婕也道出了他的體會：

　　　　因為有這次查昆蟲的機會，讓我對蝴蝶有更多的認識。
　　　　牠的蛻變使我感到驚奇，居然像「麻雀變鳳凰」一樣，
　　　　收穫真是不少。

透過活動也可以觀察每一位學生不同的人格特質、學習態度、以及和團隊互動的情形,由此發掘他們最真實的一面。關於此,不僅教師覺察到了,連學生自己也省察到了,如謝旻娟就如此說道:

> 這次的報告,讓我學到許多以前從未碰過的知識,也和大家一起分工合作,感覺真的很棒!

余榮恩更進而期勉自己也能效法昆蟲的精神:「我了解了昆蟲的習性,還有如何克服大自然中的障礙,這種精神,值得我們效法!」這些學習成效,已超出了我們當初的預期,算是意外的收穫。

雖然面對一些新穎的教學媒體、輔助教具時,會既新奇又不安,但這也是一種新的體驗與成長。由於上課時間有限,〈李淳陽昆蟲記〉影片(遠流事業出版公司出版)只能挑重點片段播放;又受限於著作版權,本書在呈現時需捨棄一些精彩圖片,有興趣的讀者可自行參閱。

乒乒乓乓學風度

一、設計理念

「運動家的風度表現在人生上，是一個莊嚴公正、協調進取的人生。」這一個誠摯的呼籲，從羅家倫〈運動家的風度〉所發出。所謂「運動家的風度」（Sportsmanship），就在於陶鑄「人生的正大態度」、「政治的光明修養」、「優良的民族性」；而這些正向、積極、樂觀的人格特質，在競爭漸趨多元的現今社會裡，更彰顯了它的可貴性。懷抱著這一種教育理念，乒乓球、籃球、羽球等各式球類的巡迴賽，也正好在八年級上學期如火如荼地進行，於是我們暫時脫離了傳統的書本與黑板，走出教室，與健體課程進行協同教學，令學生從書本中所學習的「君子之爭」、「服輸的精神」、「超越勝敗的心胸」、「言必信，行必果」等四大運動家風度，獲得在運動場上具體實踐的機會。

教師先將與本課相關的重要主題，分成「羅家倫這個人」、「羅斯福與威爾基」、「五四運動」、「運動家風度的故事」、「簡介《新人生觀》」等五大主題，經由「小組分工合作」的方式，進行資料的蒐集與整理，然後上臺報告，與同學分享；再經由評量表及學習單，引導學生回顧、省視整個過程的每一個最細微的心情與體會，進而化為文字，一一記錄下

來。

　　從中世紀網球運動發展出來的桌球運動，被稱為「Table Tennis」，即「桌上網球」。它是球類中最迷你的一種，不但可提供娛樂，更被列為奧運正式競賽項目。「競技場上秀風采」，藉由桌球單打比賽的設計，讓學生透過比賽方式，在運動中充分表現自己，又能遵守規則、服從裁判、不起衝突，學習相互尊重與君子風度。「回饋與補強」單元，則是依據學生的回饋進行教學反思，在最適當的時機做適當的補救教學，以補足之前教案設計不夠周延之處。

　　「街頭籃球」起源於美國的黑人社區，只要在城市廣場或街邊開闊處畫出半個籃球場大小的平坦硬地，豎立一個籃球架子，即可進行比賽。為了「補強」，也為了「順應民意」，於是，我們又多舉辦了一次「三對三鬥牛大賽」，讓學生再次親身體驗從比賽前的相互「握手」、「擁抱」，一直到比賽完畢後為對方說一句「感謝的話」、「祝福的話」的有風度的運動，也算是為這一次國文科與健體科協同教學的首次合作，劃上一個最圓滿的句點。

　　「類文賞析」則挑選了王鼎鈞〈水葫蘆〉、蘇軾《東坡志林‧劉凝之》這兩篇文章進行教學，令學生從中體悟在面對生活中無處不在的壓力、挫折時，宜培養自己堅韌、安靜而有自信的人生觀，以及從善如流、寬宏的風度與雅量。

　　運動教育最主要的目標，並非塑造一個一心追求「贏」的競賽者，而是在於塑造化育一種光明的態度、服輸與貫徹始終的精神，以及超越勝敗的心胸，讓每一個人都能成為自己生命中的勝利者！

二、教學架構表

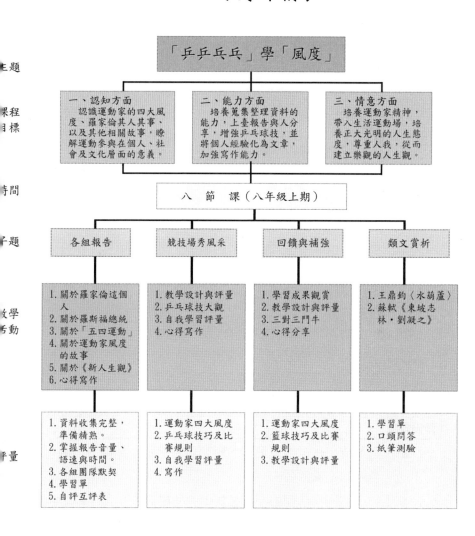

主題

課程目標

時間

子題

教學活動

評量

「乒乓乒乓」學「風度」

一、認知方面
認識運動家的四大風度、羅家倫其人其事、以及其他相關故事，瞭解運動參與在個人、社會及文化層面的意義。

二、能力方面
培養蒐集整理資料的能力，上臺報告與人分享，增強乒乓球技，並將個人經驗化為文章，加強寫作能力。

三、情意方面
培養運動家精神，帶入生活運動場，培養正大光明的人生態度，尊重人我，從而建立樂觀的人生觀。

八 節 課（八年級上期）

各組報告

競技場秀風采

回饋與補強

類文賞析

1. 關於羅家倫這個人
2. 關於羅斯福總統
3. 關於「五四運動」
4. 關於運動家風度的故事
5. 關於《新人生觀》
6. 心得寫作

1. 教學設計與評量
2. 乒乓球技大觀
3. 自我學習評量
4. 心得寫作

1. 學習成果觀賞
2. 教學設計與評量
3. 三對三鬥牛
4. 心得分享

1. 王鼎鈞〈水葫蘆〉
2. 蘇軾《東坡志林·劉凝之》

1. 資料收集完整，準備精熟。
2. 掌握報告音量、語速與時間。
3. 各組團隊默契
4. 學習單
5. 自評互評表

1. 運動家四大風度
2. 乒乓球技巧及比賽規則
3. 自我學習評量
4. 寫作

1. 運動家四大風度
2. 籃球技巧及比賽規則
3. 教學設計與評量

1. 學習單
2. 口頭問答
3. 紙筆測驗

三、教學設計與成果展現

（一）各組上臺報告

1. 小組分工表

◎分組上臺報告的主題有五，由各組組長代為抽籤：

　　（一）關於羅家倫這個人；

　　（二）關於美國總統羅斯福；

　　（三）關於「五四運動」；

　　（四）關於「運動家風度」的故事；

　　（五）關於《新人生觀》一書。

　　以下提示僅供參考，各組可自由發揮。請組長填寫工作分配名單、報告大綱：

組別	
主題	
資料蒐集者	
資料整理者	
製作者	
上臺報告者	
報告大綱	

　　注意：可製成 ppt. 或網頁形式，所有資料來源，都需附上參考網站、或書名。

◎請寫上自己這一次活動的心得（200 字左右）。

2. 第一組「關於羅家倫這個人」

（1）power-point

（2）活動心得

【1】這次的活動十分有意義，經由分組查資料、上臺報告，我們不僅充實了自我，更獲得了許多報告的技巧，可以說是一舉兩得。由於我們這組每個人都做好自己份內的工作，所以這篇報告才可以達到我們自己設定的標準，可見良好的工作分配有多麼重要。

我覺得第四組的報告最完整，也最流暢，她們的資料很豐富，報告者也將資料融會貫通，以自己的方式表達出來，更是唯一將資料經過自己的醞釀後，再以最完美的方式呈現出來的組別。（謝汶均）

【2】這次的報告，全組都很盡心盡力的完成它，尤其在蒐集資料的部分，蒐集完整而不馬虎。資料整理者與 ppt. 製作者更是合作無間！將過多或不重要的資訊刪除，而不被過於瑣碎的小事打亂。因此，所完成的報告，不但負責報告的同學容易掌握，也讓聽眾能更了解內容。

至於身為報告者的我，對這次上臺的表現並不怎麼滿意。不但語句唸得不夠流暢，錯字也連連；又因為有點緊張的關係，說話速度稍快，因而影響了報告內容的呈現。下次再上臺時，我可要時時提醒自己！（黃于珍）

3. 第二組「認識羅斯福總統」

（1）power-point

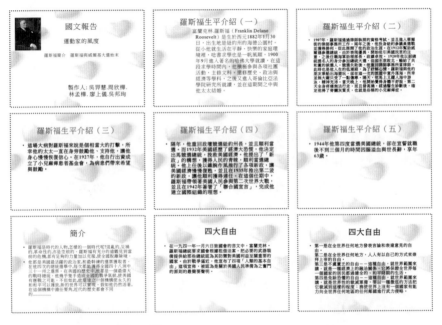

（2）活動心得

【1】經由這次的報告以後，更能深深的了解「運動家的風度」。所謂「運動家的風度」，大概就是說一個人要如何贏得漂漂亮亮，輸得乾乾淨淨。有時，輸贏並不是最重要，重要的是如何從中學習經驗，如何培養正確的態度。在戰場上，無論發生什麼事，也要以最真誠的態度接納對方。贏，要以最謙虛

的態度；輸，要以最誠心誠意的態度恭喜對方，要讓對方感覺到你的風度是滿分的。因為，贏，並不代表一切，最能夠代表運動家勝敗的是「風度」，坦然面對自己的「風度」。（林孟樺）

【2】這次報告的主題是關於美國總統羅斯福的介紹。在〈運動家的風度〉一文中，提到了美國總統大選時，兩位候選人羅斯福與威爾基在競選階段互相批評，但在結果揭曉以後，威爾基竟然是第一個發賀電給當選的羅斯福。不僅如此，在羅斯福任內，威爾基還幫了他不少忙！我覺得這種精神是讓人讚賞的。不要認為你的敵人就是壞人，他的意見可能都與我們相反，但別人也能夠提出合理、讓人欣賞的見解啊！所以我們要能學會包容、尊重與自己有不同見解的人事物，這就是真正擁有風度的表現。（廖上儀）

4. 第三組「關於五四運動」

（1）power-point

（2）活動心得

【1】在這次的報告中，我扮演上臺演說的組員，但表現得不太好，因為幾乎都是照著念。雖說其他組別上臺的組員也與我一樣，不過在口齒清晰上似乎不如她們。但在資料蒐集和整理的部分則不錯，資料可說是相當豐富，整理也井然有序，不會凌亂不堪。

這次除了更了解「五四運動」外，在上臺報告的部分也更上一層樓。不過希望下次可以改為負責蒐集資料、訓練蒐集和統整的能力；並在整理資料時，釀出我自己的知識蜂蜜。總之，從做這份報告之中獲益良多，而且所得到的，絕不少於在書本上所學的。（劉光達）

【2】我覺得這一次的報告能夠讓我們更了解「五四運動」，它的發生原因和經過。所有的組別裡，資料統整和報告最為傑出的，莫過於「關於運動家風度的故事」那組了！他們的資料齊全、圖片豐富，報告者事前也吸收了檔案之精華，使得他們的報告顯得更為精煉。報告「關於羅家倫這個人」的組別，資料的蒐集和版面設計更是令我驚嘆，在這個部分，我認為無人能與他們匹敵。

至於我們呢？資料查齊全了，動畫效果卻不佳！而且上臺報告的部分顯然遜色了一些。不過，我還是很高興能夠成為這份報告的一員。不論我所分到的工作是大、是小，做的結果是好、是壞，我都真實的知道，我盡力了！（華介甫）

5. 第四組「有風度運動家的故事」

　（1）power-point

　（2）活動心得

　　【1】看著同學的 ppt.，聽著同學的報告，我才了解到原來一個人要成功是要經過很多關卡並要堅持到底克服它們，就如同麥可‧喬丹一樣，不放棄自己熱愛的籃球，以球技彌補先天性的不足以達到自己所想要的目標；或者像劉俠女士般，雖不能再踏上運動場了，但她仍創立伊甸基金會，並參加各個有關運動的團體，不斷地對自己的最愛奉獻著，以另一種方式奮鬥著。「言必信，行必果」雖是成功的關鍵，但其中的態度也頗為重要，一顆謙虛的心可為自己帶來更大的成就，也帶來眾人的認同！（賴惟筵）

　　【2】這次報告，在製作方面沒有什麼深刻印象，因為我是負責口頭報告的部分。上臺前，我想著要如何讓報告更自然，並讓同學留下深刻的印象，而且報告時絕不能照著上面一

直唸，有時要抬頭看觀眾，也不能唸太快，儘量讓語句通順。想好這幾點，我便走上臺開始報告。但是一上臺，心情立刻一百八十度大轉變，看著臺下的同學，我忽然緊張了起來，之後由於太過緊張，便只看著 ppt.，照著上面的字唸，就下臺了，報告的非常呆板。我覺得這應是上臺經驗不足的關係，希望下次能有更好的表現！（賈逸翔）

6. 第五組「《新人生觀》簡介」

（1）power-point

新人生觀—書介紹 作者：羅家倫 第五組 組員：王翔霖、呂珆踩、柯珆瑜 曹竑傳、嚴天浩、賴郁蓁	建立新人生觀 建立新的人生哲學	第一：必須有應道德的勇氣 而把已失之勇 ‧道德的勇氣是強項應需要要的本領才會養成 有兩種決決條件： 1.天性須敦厚、善良 2.須有健全的體魄	第二：能負起知識的責任 ‧無論理阻止的、做工的、從商的、學商的、每一個人都有自己特別的知識的責任，力求每一個人的知識都能貼合知識。 ‧道德和知識是思想開始的動力。 ‧知識不但是知識，知識是力量，而且如識力量是引導社會的
第三：養成道德的風度 ‧先認識問題的本質 ‧論斷：「君子無不爭，必也矜持，揖讓而升下」其他的君子」。 ‧如此光明正大、有擔當的數學。 ‧氣養成健全的道德、勝不驕、有擔當的氣度。 ‧表現在人生上，是一個正義、公正、協調取的人生，要可而不惊勿的交往，絕不擊不柔驕的亂勿。	新的人生觀— 動的人生觀 ‧是把問題的一個一新的—主動、自動 ‧是要認識的的事的、把能力表現到的動時的上，以成入類的幸福之道 ‧確立新的人生觀，實現新的生活方式，是最倒而重要的事	‧資料來源 1. 新人生觀書本 2. 中學生網站（網絡資書會）： http://www.shs.edu.tw 3.（後甲國中國文典故站） http://163.26.9.12/ noise/hcjh-ca/3-07. htm#06	謝謝！ 老師.同學耐心的 觀賞及聆聽

（2）活動心得

　　剛開始，我們都自己做自己的，完全不理會團隊合作，導致我們做得十分辛苦。後來我們終於開始團隊合作了，工作效率之快，竟然比我們原先預期的快幾千萬倍。我忽然領悟了一件十分重要的事，那就是團結力量大，從今以後，我一定不會忘記團隊合作的精神。而且，團結力量大的道理不只這一個，還有另一個，那就是：很多隻螞蟻一起同心齊力把一塊蛋糕搬走，運回牠們的巢穴裡，大口大口地享受美食。謝謝老師教我

們做這一份報告,讓我們獲得這些從書本上無法得知的道理。
(呂昆霖)

7. 臺上風情

報告前,每一位組員向聽眾簡介個人負責的工作項目,行禮之後,再開始精彩的主題報告。一次成功的演出,有賴於全體組員的合作與分工;而臺下的同學,除了給予熱烈的掌聲,用心的聆聽,更是上臺者最大的支持。瞧!他們聽得多麼入神!

(二)競技場上秀風采

1. 教學設計與評量

從中世紀網球運動發展出來的桌球運動,是球類中最迷你的一種,既可提供娛樂,又是奧運正式競賽項目之一。本學期配合國文科〈運動家的精神〉,設計桌球單打比賽,讓學生藉由比賽的方式,學習培養相互尊重的運動精神。全班男女分組,單打循環賽,採 11 分制,三局二勝。其活動過程為:

【1】有 8 張球桌可同時進行比賽(太多組時,教師不易掌控,學生也無緩衝觀摩練習的時間)。

【2】球桌依序編號,男女各半(可視男女人數比例調整),每桌一個計分牌,二張裁判座椅。

【3】教師記錄台的位置，靠近女同學的半邊（女生規則較不熟，教師容易兼顧，適時指導）。

【4】全班男女分組，單打循環賽，11 分制，三局二勝。

【5】沒有賽程的同學由教師指派輪流擔任裁判。

評量方式及計分表格為：

【1】第一名 100 分，第二名 99 分，依此類推…（若班上有桌球校隊，則為 101、102…分）。

【2】每個名次的分數只差距 1 分，程度好的，競爭激烈，程度差的，只要認真參與比賽，也會有 80 分（一組 16～20 人），鼓勵學生自我挑戰，只要有進步，一切過程都值得。

【3】教師可以確認學生是否完全了解規則。

【4】對規則或技巧戰略有疑問時，能立即發問。

座號	姓名	1	2	3	4	戰績		名次	情意 +2	認知 -2	得分
						勝	敗				
1	A		×／○	○／×	○／×	1	2	3			98
2	B	○／×		×／×	○／×	0	3	4			97
3	C	×／○	×／○		×／○	3	0	1			100
4	D	×／○	×／○	○／×		2	1	2			99

2. 乒乓球技大觀

　　上場前，體育老師講解球賽規則完畢，由國文老師帶領全體同學再次溫習運動家的四大風度，然後對打者、計分者、裁

判者，各就各位，各司其職。每一段賽程結束，即派代表登記
比賽結果。下場時，不論是輸家或贏家，都別忘了來個熱情的
握手禮，感謝對手帶給自己一次美好的回憶！

3. 自我學習評量

（1）學習單

一、我的親密戰友	
二、在比賽過程中，我感到最困難的部分是：	
三、在比賽過程中，我感到最得意、最有成就感的部分是：	
四、在比賽過程中，令我印象最深刻的（或最有趣的）一幕是：	
五、關於這一次的活動，我的體會與最大收穫是：	
六、關於這一次的活動，我有更棒的點子：	

（2）學生作品

【1】

一、我的親密戰友	黃于珍、陳儷文、楊佳毓
二、在比賽過程中，我感到最困難的部分是：	在跟黃于珍對戰時，從5比5開始，接著就一直打到6比6、7比7、8比8……，直到10比10，最後我以12比10小勝。雖然我們只比了一場，但因為比太久了，之後比第2場時，就延誤了下課時間。
三、在比賽過程中，我感到最得意、最有成就感的部分是：	和楊佳毓對打時，因為實力相差太多，所以我慘敗。但跟黃于珍和陳儷文比時，大家實力差不多，所以我非常努力的打，希望有漂亮的戰績，結果這兩場比賽都打贏了。這是我最得意的部分。
四、在比賽過程中，令我印象最深刻的（或最有趣的）一幕是：	就是和黃于珍對打的時候，比賽一直沒有明顯的勝負，一直互相追趕贏的局數。兩個人打了一局又一局，還比到下課。我覺得這裡最有趣。
五、關於這一次的活動，我的體會與最大收穫是：	高超的技術還得配上完美的風度，若沒有運動家的風度，再完美的比賽也是枉然，比輸後互相咒罵更是不可取。也希望下次能跟不同的人較勁。
六、關於這一次的活動，我有更棒的點子：	這次的活動唯一的缺點就是時間太少，一般人都只比2～3場而已；比快的人也不過4、5場而已。下次的比賽我認為應該給我們更多的時間，這樣才能與更多不同的人比賽，使自己進步更快！（賈逸翔）

【2】

一、我的親密戰友	華介甫、黃泓銘、郭庭佑
二、在比賽過程中，我感到最困難的部分是：	在跟華介甫、黃泓銘對打時最困難，他們的實力都比我強，有心理壓力。不過在比賽中就不會有那種感覺了，反而比較放得開。最後當然是我輸了，不過這也是經驗的累積。
三、在比賽過程中，我感到最得意、最有成就感的部分是：	在跟黃泓銘對打時有不錯的成績，令我非常滿意。因為實力懸殊，能得到這樣的成績實在很好。而且比賽後也有所進步，這讓我發現累積經驗才是最好的學習方法。

四、在比賽過程中，令我印象最深刻的（或最有趣的）一幕是：	有一局華介甫使出他那「經典」的轉身發球，雖然說沒有「效果」，但「笑果」十足。那時，只要有看到的，都笑得匍匐不能起，似乎也有影響對手的效果，真是「高招」啊！不過這樣似乎不太光明磊落。但他應該只是搞笑，而不是影響對手。
五、關於這一次的活動，我的體會與最大收穫是：	在風度方面，我們這組做得還不錯。不過在賽前賽後的禮儀就沒有相當注重，這點可以改善。這次的活動，除了學習基本的風度和運動家精神外，在桌球的技巧上也有很大的進步。除了實戰，在觀看的部分也讓我有所進步。不僅完全的了解桌球規則，也做過裁判，這算是這次最意外的收穫。
六、關於這一次的活動，我有更棒的點子：	希望把桌球改成籃球，以每組 5 人，2 V.S. 2，1 人當裁判來分配；並注重禮儀和球品，培養風度，也增進籃球實力，而且也著實讓全身動了起來。（劉光達）

（三）回饋與補強

經由學習評量表的回饋與反思，學生們普遍反應可以再舉辦一次類似的活動以彌補第一次經驗的不足。於是我們依據實際的需求，又安排了一次以籃球為主題的活動，以滿足學生的請求。

1. 教學設計與評量

球類運動是體育教學活動中重要的一環，其中又以籃球為學生最喜愛的項目。活動過程共分為三階段，第一階段為全班基本動作練習，此階段的練習是為了後二階段的比賽做準備，共計四節課。第二階段為各隊的組合練習，此階段的練習是增進團隊的組合和默契，共計四節課。第三階段為正式比賽，依賽程表進行，有裁判、計分員和統計人員，共計四節課。以四人為一隊，將全班分為男生四隊、女生四隊，每隊實力應力求平均。

評量方式與表格：

【1】以 80 分為基準，教師觀察同學的表現，綜合→認真參與、運動風度、技術……等評分，☆100　◎95　○90　△80 ×-5　（如習慣性的違例、犯規、說髒話……等）。

【2】評量重點在「參與」，強調在比賽中有傳、投、攔截、運球等機會時能適時表現，也就是看過程「做得如何」。

【3】讓程度差的同學，勇敢嘗試，建立自信心，程度好的同學樂意協助同儕，在比賽中體會籃球是需要「協同合作」的團隊運動。

年　　　班　　籃球三對三　　　男女分組鬥牛　友誼賽

	A	評分	B	評分	C	評分	D	評分
男生組								

組別	A		B		C		D	
		勝	負	勝	負	勝	負	勝	負
場次								
A-B			B-D					
C-D			A-D					
A-C			B-C					

	A	評分	B	評分	C	評分	D	評分
女生組								

組別	A		B		C		D	
		勝	負	勝	負	勝	負	勝	負
場次								
A-B			B-D					
C-D			A-D					
A-C			B-C					

※比賽時間：八分鐘；不暫停。

☆100　◎95　○90

△80　一個×扣 5 分

2. 球技大觀

「揖讓而升，下
而飲，其爭也君
子」。比賽前、
比賽後，都來個
熱情的握手禮或
擁抱吧！

（四）類文欣賞

1. 王鼎鈞〈水葫蘆〉

正文

略。

賞析

〈水葫蘆〉旨在說明「竹子常常要彎下腰來減輕風的壓
力，但風不會永遠在吹，而竹一直生長，愈長愈堅韌」的道
理，文意淺顯，寓意深刻。全文採用了「先敘後論」結構，在
「敘」的部分，交代事情發生的前因後果，並經由友人的表
演，說明無論是從這一端、中腰、或另一端，對葫蘆施以壓

力，水中的葫蘆總是可以找到減輕壓力的方法與途徑，不令自己在壓力的氛圍中扭曲變形。友人也因而從中體悟，在面對生活中無處不在的壓力、挫折時，宜堅韌、安靜、而有自信的人生觀，故最後兩句是「論」的部分。

結構分析表

```
    ┌ 因:「有一位朋友……水葫蘆」
 ┌ 敘 ┤    ┌ 因:「我問這三個字的出典」
 │    └ 果 ┤
 │         └ 果:「他一聲不響……決不消沉」
 └ 論:「這就是我的人生觀」二句
```

測驗小站

（　）1. 作者先敘述朋友家中高懸「水葫蘆」三個大字，說明水中的葫蘆總是可以找到減輕壓力的方法與途徑的道理，最後再道出友人的人生觀。這是運用了哪一篇章修辭法？①點染法②賓主法③凡目法④敘論法。

（　）2.「水葫蘆」代表的是哪一種人生觀？①堅定自信②熱情活潑③謙沖自牧④奮發進取。

参考答案　1.（4），2.（1）。

2. 蘇軾《東坡志林》選

正文

　　劉凝之為人認所著履，即予之。此人後得所失履，送還不肯復取。又沈麟士亦為鄰人認所著履，麟士笑曰：「是卿履

耶？」即予之。鄰人後得所失履，送還，麟士曰：「非卿履
也？」笑而受之。此雖小事，然處世當如麟士，不當如凝之也。

賞析

　　同樣是發生了鞋子被鄰人誤認這一件事，劉凝之與沈麟士
的態度，反映了極其有趣的差異性。前者是始而「予之」，終
不肯「復取」；後者則是「笑」而「予之」，「笑而受之」。一個
「笑」字，點亮了讀者的眼睛，原來兩人之間的差別正在於此
呢！劉凝之所代表的應是不喜歡與人爭執卻又「有所執著」那
一類型的人吧！因此，孤芳而自賞的隱士情懷，總與世俗保持
了那麼一點距離。沈麟士就不同了，他從善如流，然然可可，
無可無不可，具有寬宏的風度與雅量。難怪因正直敢言、批評
時政而屢遭貶謫的東坡，要發出「處世當如麟士」，千萬不可
學劉凝之這樣的感嘆了。

結構分析表

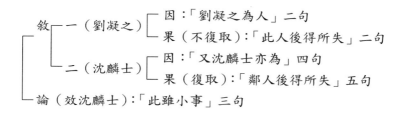

測驗小站

（　　）1.關於「履」這個字，下列敘述何者錯誤？①音
　　　　「ㄌㄩˇ」②在此指「鞋子」③在此當動詞用④若引
　　　　申為「實行」、「踐踏」，當動詞用。

（　　）2. 東坡認為處世應當向誰學習？①劉凝之②沈麟士③
　　　　鄰人④蘇軾。

（　　）3. 讀了此文，你覺得沈麟士主要是具有哪一種美德？
　　　　①寬宏的風度與雅量②潔身自愛不計恨③喜愛與人
　　　　分享④慷慨熱情重義氣。

參考答案　　1.（3），2.（2），3.（1）。

四、引導與省思

　　美國健康教育體育休閒舞蹈學會根據適能的觀點對健康提出了整體性的概念，認為健康是由「身體」（physical fitness）、「情緒」（emotional fitness）、「社會」（social fitness）、「精神」（spiritual fitness）、「文化」（cultural fitness）等五個安適狀態（well-being）所構成。這與羅家倫〈運動家的風度〉所提出的精神，實是異曲而同工，於是我們設計了這一個教學活動。

　　活動進行中，為了能確實達成預設的教學目標，在學生上臺報告前一個星期，教師要一一檢查各組的報告大綱與製作進度，並說明報告的技巧與禮節。同時也宜多利用學習單、播放球賽的錄影實況、以及學習評量表等設計，引導學生回顧、省視整個賽程的細微心情與體會，進而化為文字，一一記錄下來。如此做的好處是，學生可藉此進行自我省察與反觀自照的工夫，將每一次的學習內化為自己的生命能量；教師也可據此進行反思。

　　如楊佳毓就提出「希望下次能拍攝打『籃球』的情形」的建議，她的理由是：「應該十分有趣，而且這種運動項目要表現出『運動家風度』，應該很不容易吧！」也有人以為「可以用抽籤的方式決定對手」，因為「跟不同的人，才有更多機會學到更多東西」（黃于珍）。謝汶均則提出了一個很棒的點子：「下次如果還有這種競賽的活動，希望老師能讓我們在賽後，輸贏的雙方各說一句鼓勵對方的話，讓比賽得以更圓滿的結束！」也有同學在看了其他同學比賽實況的影片後，寫道：「我覺得比賽固然重要，但是風度也非常重要。像 31、32 號，比賽前非常熱情地相互握手，這一點我就沒有做到，所以在這方面，我還得再加強」（李昆霖）。依此諦觀，國文與體育的首次處女秀，成效還相當不錯哩！

以 眉 傳 情

一、設計理念

感覺，是一切美感活動的心理基礎。人的一切心理現象都是對刺激的回答，當人體的感覺器官因為接受刺激而產生興奮，興奮的結果就會形成神經衝動。此衝動沿著傳入神經傳達到神經中樞，通過中樞內的神經聯繫，再經傳出神經傳達到效應器官，就會引起不同的情感反應。

因此，人的感覺器官接收客觀世界的訊息，經過審美心理的運作後，就產生了種種的知覺美。文學創作，自然也會受到心理條件一定的影響。創作者運用自己的感覺器官（眼、耳、鼻、口、心等），去觀察、體悟外在一切的刺激物，然後與自己的情緒發生摩挲、踫撞，進行認識、思考、記憶與積澱等活動。所謂「隔雲見鐘，聲中聞濕，妙悟天開，從至理實事中領悟，乃得此境界也」（葉燮《原詩》），就指出了各種知覺（視覺、聽覺、嗅覺、味覺、觸覺等），能在審美感受之間相互挪移、轉化和滲透，建立聯繫，最後匯歸為心覺，以獲得內在的統一，這也就是西方學者所說的「通感」現象。「通感」，它可以使聲音有形，流水飄香，濃香著色，顏色知暖，嬌花吟聲，收到意境曲深、豐富新奇之美。

商禽〈眉〉是「五官素描」中的一個子題，詩人以充滿戲

劇性的二十字,道盡了喜怒哀樂所有心情變化。「新詩淺談」、「啊!與詩共舞」,旨在認識新詩的特質、新詩與散文之區別,並以小詩為例,藉由詩句填空,錘鍊詩情,琢磨詩意。

相同的五官造型,因應不同的眉型彎曲、角度傾斜,會予人產生不同的情緒感覺。為了增強教學效果,「繪畫中的喜怒哀樂」這一單元,特別商請視覺藝術教師到課堂支援,親自示範、設計教學內容,然後請學生繪製二種最常見的情緒或表情,並以文字敘述創作理念。

活動進行的過程中,因適逢七年級學生到飛牛牧場進行校外教學,製作「牛奶雞蛋糕」、「牛奶冰淇淋」,這恰好與此次的教學主題相互輝映,於是它也變成了寫作的材料。出發前,提醒學生用心觀察、體會製作過程的細微心情;回到教室,再以文字記下「與你相遇在脣齒之間」的所有感覺。為了有更好的學習效果,我們也試著在活動之前,進行「心靈地圖」、「最佳點子王」的引導,令學生明白:洞察力,就是領悟力;角度不同,觀察所得就會不同!

萬物靜觀皆自得,當春天的腳步愈來愈輕靈時,教室窗外那一長排的木棉也正綻放亮橙橙的花朵。無論是仰視、平視、或俯視,都可發現不同角度的美,還可以驚見各式鳥兒在枝椏間跳躍,「發現木棉」因而成為寫作的主角,觀察它的花、葉、枝幹與紋理,擁抱它那雄偉的樹身,用心享受一種零距離的親密接觸。

二、教學架構表

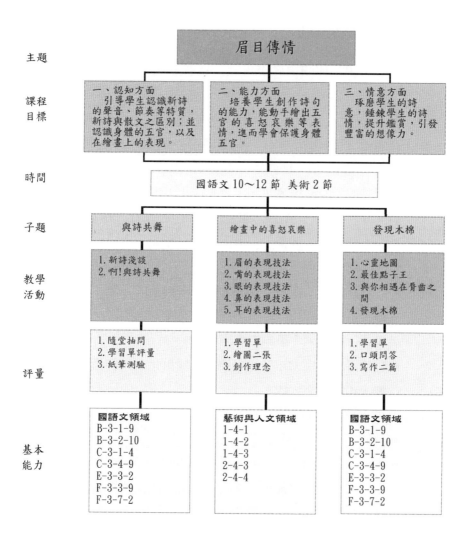

主題	\multicolumn{3}{c	}{眉目傳情}	
課程目標	一、認知方面　引導學生認識新詩的聲音、節奏等特質，新詩與散文之區別；並認識身體的五官，以及在繪畫上的表現。	二、能力方面　培養學生創作詩句的能力，能動手繪出五官的喜怒哀樂等表情，進而學會保護身體五官。	三、情意方面　琢磨學生的詩意，錘鍊學生的詩情，提升鑑賞，引發豐富的想像力。
時間	\multicolumn{3}{c	}{國語文 10～12 節　美術 2 節}	
子題	與詩共舞	繪畫中的喜怒哀樂	發現木棉
教學活動	1.新詩淺談 2.啊!與詩共舞	1.眉的表現技法 2.嘴的表現技法 3.眼的表現技法 4.鼻的表現技法 5.耳的表現技法	1.心靈地圖 2.最佳點子王 3.與你相遇在脣齒之間 4.發現木棉
評量	1.隨堂抽問 2.學習單評量 3.紙筆測驗	1.學習單 2.繪圖二張 3.創作理念	1.學習單 2.口頭問答 3.寫作二篇
基本能力	國語文領域 B-3-1-9 B-3-2-10 C-3-1-4 C-3-4-9 E-3-3-2 F-3-3-9 F-3-7-2	藝術與人文領域 1-4-1 1-4-2 1-4-3 2-4-3 2-4-4	國語文領域 B-3-1-9 B-3-2-10 C-3-1-4 C-3-4-9 E-3-3-2 F-3-3-9 F-3-7-2

三、教學活動設計

(一)新詩淺談

詩的意象,與語言密不可分,它著重在令讀者自行去感受、去挖掘、去把玩。商禽〈眉〉,以短短二十字,寫活了主題。第一節兩行,以只有翅翼卻無身軀的「鳥」作為比喻,寫活了靜靜橫躺在人額頭上的兩道濃密「眉毛」這一個「本體」,手法新穎。第二節兩行,道盡了「眉毛」可喜、可怒、可哀、可樂的所有心情變化,十分生命化,也充滿了戲劇性。

詩,是「思」、「情」、「趣」三者的複合體。我們可分從「形式」、「意象」、「節奏」三方面來加以認識。

1. 就「形式」而言

● 一首詩行數的多寡,排列的參差,段落的分際,甚至標點、符號的運用,都與「形式」有密切的關聯。其中,以詩行的排列,最具主導因素。

● 詩的形式,應力求多采多姿,千變萬化,由作者自由調整,才能渾然天成。

2. 就「意象」而言

● 詩的「意象」,與「語言」密不可分。

● 小詩的「語言」,儘量講求密度與純度(就是「求精」),務期以最凝鍊的文字,一舉達成表現鵠的。

● 如果說,散文像「散步」,詩就像「跳舞」。

● 詩的「意象」,著重讓讀者去感受、去挖掘、去把玩,

故它的語言必須是暗示的,而非說明的;是曲折的,而非直線的;是突兀的,而非平坦的。

● 詩語言的美,是創造的美。

● 愈深入的觀察,愈有新的發覺。

● 多方面的聯想會有多方面的形象出現,自然能在其中尋求最妥貼的一個。

3. 就「節奏」而言

● 詩的節奏,要注意是活的、勁健的,具有韻律美的。

● 詩和音樂一樣,不怕重複,字詞可以重複,如「青青河畔草,綿綿思遠道」、「他們唱醒了沉睡著的夜,他們唱醒了沉睡著的雲彩」,如此一而再、再而三地重複,節奏自然形成,達成迴環吟誦的效果。

● 或者在每段裡同樣出現特定的一個字詞,一個句子,也能形成節奏。

● 詩的節奏隨著字音的強弱,形式的排列,而有截然不同的變化,輕重緩急,完全取決於作者。

● 最後要注意「字的四聲」,平仄要間雜使用,也可使用同一音韻的字詞,以唸起來順口流暢為原則。(此部分參見蕭蕭《青少年詩話》)

(二)啊!與詩共舞

請你仔細推敲下列的詩篇,然後在空格中,填入最適當、最出色的詩句。

1. 洛夫的〈髮〉對意象的經營,十分賣力,想像力既豐沛又妙趣橫生,浸潤其中,流連忘返:

握起你的髮，

從指縫間漏下來的

竟然是長江的水

我在上游

你在下游

我們相會於【　　　　　　　】

2. 張健的〈掃〉，短短四行，卻把「掃」的感覺寫得活靈活現，尤其第二句當可算是神來之筆。

掃地擦黑板的值日生

不小心掃落一顆流星

愣在那兒

【　　　　　　　】

3. 瘂弦〈寂寞〉這首小詩的語言是跳躍的，想像是跳躍的，甚至連「寂寞」也跟著書籍跳躍起來。

一隊隊的書籍們

從書齋裡跳出來

抖一抖身上的灰塵

【　　　　　　　】

4. 張默的〈駝鳥〉，短短四行，內涵卻豐盈多姿。「悄悄」之上，僅多了一個「靜」字，便使得聲調從單調之中繁富動聽起來。

遠遠的

靜悄悄的

閑置在地平線最陰暗的一角

一把張開的【　　　　　　　】

5. 夏宇的〈甜蜜的復仇〉，不露痕跡就能輕巧地帶出令人
會心一笑的幽默感：

把你的影子加點【　　　　　】

醃起來

風乾

老的時候

下酒

6. 紀弦早期有一首四行小詩〈戀人之目〉，非常有味，傳
誦一時。特別是最末一行，把戀人的明眸描繪得十分傳神，早
已成為詩壇絕響。

戀人之目，

【　　　】而且【　　　】。

十一月，

獅子座的流星雨。

7. 方莘的小詩，雖然寥寥可數，但所寫皆是好詩，如〈開
著門的電話亭〉：

　　　一個孤獨少年說：

她的笑聲是【　　　　　】

【　　　　　】。

而我不是一座開著門的電話亭

唉，根本不是——

就連小小的小小的一枚【　　　　】

都不能投入。

（三）繪畫中的喜怒哀樂

（此部分由視覺藝術教師支援）

（1）人臉上最顯明的器官，大致有：眉、眼、鼻、嘴、耳等。
Q：臉部器官對於情緒表達的影響力？
參考答案：眉＞嘴＞眼＞鼻＝耳

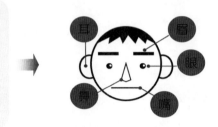

（2）眉－1
眉毛造型的種類，可分為這幾種。

（3）眉－2
Q：何種眉毛造型能予人敦厚樸質之感覺？

S.

說明：方正的造型，令人產生處世循規蹈矩、剛正不阿的情緒。

（4）眉－3
Q：何種眉毛造型能予人英勇威武之感覺？

S.

說明：此眉型厚實飽滿，且前後造型尖銳，令人產生不可侵犯、有勇有謀的情緒感覺。

（5）眉－4
Q：假如我要繪製一位美少年，可能會選擇哪一種眉毛造型？

S.

說明：中空未填色的眉毛，令人產生輕柔、細緻的情緒感覺。

（6）眉－5

Q：何種眉毛造型能予人奸邪狡詐之感覺？

說明：誇張彎曲、纖細的眉毛造型，令人產生心地狹窄、詭計多端的情緒感覺。

（7）眉－6

性別上的差異，也會影響眉毛的造型；例如右圖。

說明：男性的眉毛由方正造型轉變為纖細造型，其感覺情緒則由敦厚覷腆轉變成靈巧聰慧，並不令人覺得唐突。

（8）眉－7

性別上的差異，也會影響眉毛的造型；例如右圖。

說明：若女性的眉型由纖細轉變為肥厚造型，則令人視覺上感到唐突，甚至會失去原有的女性韻味。

（9）眉－8

影響眉毛表現情緒的重要因素，是：

傾斜角度

（10）眉－9

相同的五官造型，因應不同的眉型彎曲、傾斜角度，可以產生不同的情緒感覺。但由右圖也可以看出，端賴眉型的變化，並無法十分準確地表達出喜與樂的情緒。

（11）嘴－1
關於嘴巴造型的種類，可大
分為右列幾種：

（12）嘴－2
嘴巴用來表現情緒的重要因
素，主要是：

彎曲角度、開合大小

（13）嘴－3
由右列圖案之比較，我們可
看出由於嘴巴彎曲角度、開
合大小的變化，各種情緒張
力得到了更多的解放。

喜　　怒　　哀　　樂

（14）眼－1
關於眼睛造型的種類，可大
分為右列幾種：

（15）眼－2
眼睛表現情緒的重要因素，
主要是：

眼睛造型、眼珠光澤

（16）眼－3
Q：何種眼睛造型能予人失
落哀愁之感覺？

說明：黯淡無光澤的瞳孔，暗示著
失落的情緒感覺。而若將眼睛加上
眼淚，則可加深悲傷的情緒張力。

（17）眼－4
Q：何種眼睛造型能予人憤怒凶狠之感覺？

說明：無顏色的眼白，讓瞳孔更顯得清晰，表達出一種瞳孔放大的樣貌，進而透露出情緒高漲的感覺。

（18）鼻
鼻子的造型，可大分為圖右這幾種：

（19）耳
耳朵的造型，也可以大分為右列這幾種：

（20）
鼻子、耳朵在情緒表現上，較不具影響力的變化，較無法準確地表達出喜與樂的情緒。由右邊兩圖可以看出，即使將耳朵與鼻子去除，仍能使人感受到其所欲表達之情緒。在一般漫畫表現手法之中，耳朵與鼻子也常被繪製者所省略。

（21）請於 A4 紙上繪製二種自己最常表現的情緒或表情，並以 150 字左右敘述自己的創作理念。

（四）認識心靈地圖之一

圖（一）

圖（二）

首先，請你仔細地觀察圖（一）；然後，再仔細地觀察圖（二），請問，你覺得圖（二）中所畫的圖案應該是什麼？

| |
| |
| |

與大家討論並交換意見以後，我發覺：

| |
| |
| |

從這一次活動，我體悟到：

| |
| |
| |

（五）認識心靈地圖之二

圖（一）

圖（二）

　　首先，請你仔細地觀察圖（一）；然後，再仔細地觀察圖
（二），請問，你覺得圖（二）中所畫的圖案應該是什麼？

　　與大家討論並交換意見以後，我發覺：

　　從這一次活動，我體悟到：

（六）最佳點子王

洞察力就是領悟力，它是動機、努力加上毅力。若說需要是發明之母，洞察力就是為發明接生的助產士。請你仔細觀察，然後依據題目的提示產生聯想，答案愈新奇愈好。

1. 異中求同

所謂「異中求同」，就是在看來不相干的事情上，發掘其中意想不到的一面。你可以先列出最明顯的共通點，再列出其他相似之處，列得愈多愈好。

（1）刀子和湯匙有哪些共通點？

1	
2	
3	

（2）大王椰子樹和茄冬樹有哪些共通點？

1	
2	
3	

2. 同中求異

所謂「同中求異」，就是注意相關事物，分辨出它們的不同之處。可先列出最明顯的不同特性，再列出其他相異點，列得愈多愈好。

（1）蝦子和螃蟹有什麼不同？

1	
2	
3	

（2）蔥和韭菜有什麼不同？

1	
2	
3	

（七）與你相遇在脣齒之間

1.牛奶雞蛋糕

　　校外教學囉！而且最棒的是能吃到親手製作的「牛奶雞蛋糕」、「牛奶冰淇淋」，真是一大樂事啊！請你仔細回溫，然後寫下所有的美好感受。

　　（1）所需材料：

　　（2）製作流程：

　　（3）味道聞起來：

　　（4）放入口中時，心中的感受：

2. 牛奶冰淇淋

（１）所需材料：

（２）製作流程：

（３）味道聞起來：

（４）放入口中時，心中的感受：

3. 請將你所蒐集的個人獨特的體驗，化為一篇結構完整的文章（文長不得低於 500 字）。

（八）發現木棉

當春天的腳步愈來愈輕靈的時候，你「發現」教室窗外那幾棵插滿了亮橙橙花兒的木棉樹了嗎？沒錯！「木棉」，就是我們這次寫作的主角。請你動用「眼」、「耳」、「鼻」、「舌」、「身」等感官，啟動「視」、「聽」、「嗅」、「味」、「觸」等知覺，遇見它，喜愛它，了解它，和「它」用「心」談一場戀

愛！

　　1. 木棉的基本介紹（樹種、特色等，可以查書或上網搜尋，然後化為自己的文章，長約150字）

　　2. 站在教室的窗戶邊，靜靜欣賞，它給人的整體感覺是（50－100字）：

　　3. 盛開的，初開的，露出一點兒黃苞的，緊緊裹著綠色厚大衣的，這些花花朵朵佔據了木棉樹的每一根枝條，自信又自在地享受豔陽。細細觀察後，把它的花形、色彩，一個一個記錄下來。

　　（1）盛開的：

文　字（試以20字左右形容）	倩　　影 （請你動筆畫下來）

　　（2）初開的：

文　字（試以20字左右形容）	倩　　影 （請你動筆畫下來）

（3）含苞的：

文　字（試以 20 字左右形容）	倩　　影 （請你動筆畫下來）

（4）未開的：

文　字（試以 20 字左右形容）	倩　　影 （請你動筆畫下來）

（5）在枝椏間，我還發現了（將你的發現寫下來，若不知其名，可以就外形加以仔細描述）：

文　字（試以 50 字左右形容）	倩　　影 （請你動筆畫下來）

4. 站在木棉樹底下，當你抬起頭來仰望樹梢，它的「整體形態」（樹形）帶給人哪一種感覺（50～100 字）：

5. 請你安靜地走上前去，伸出雙手，用整個身體擁抱「木棉樹」最堅實的軀幹，它抱起來的感覺是（50～100 字）：

6.「細察其紋理」，它的枝幹摸起來的感覺是（50～100字）：

7. 我的心中，產生了許多美麗的聯想。（請將以上所蒐集的材料，化為一篇結構完整的文章，文長不得低於 500 字）

四、作品欣賞

（一）繪畫中的喜怒哀樂

1. 每個人都會有生氣、憤怒的時候，憤怒時臉色就會很難看。我畫的是非常生氣的人，眼神很凶狠，怒視著對方。嘴巴因為憤怒而咬牙切齒，而且張開得很大。頭髮全部豎立起來了，「怒髮衝冠」，和眉毛發火互相應和，表示已經怒火中燒，耳朵和臉也因怒氣而嚴重變形。所以在此奉勸大家不要常生氣，也不要惹人生氣，以免臉「扭曲變形」。

2. 這個人看起來很高興，高興到過了頭，以至於兩眼發

直，神情呆滯。我認為是因為突如其來的喜訊，所以表現出疑惑的、不敢相信的眼神。兩眼不協調是特意突顯太突然、令人不敢相信的樣子，其他的五官則有使他看起來比較老實的意味。每一個人都有自己表達情緒的方式，有的很奇怪，有的很好笑，有的則很嚴肅。（以上徐尚鼎）

3. 秦檜害岳飛的時候

五官皆用月牙形呈現，小鼻子小眼睛的樣子，一看，鬼才看不出來那一肚子壞主意的奸人像。滿口的尖牙，一咬馬上就吃定你了；鷹般銳利的眼，能死盯看準獵物；尖耳朵，顧名思義，肯定夠「尖（奸）」。臉色陰沉，有許多不可告人的計畫躲藏在暗處，不知在何時何地能「重見天日」！不過壞事一定會被揭發、接受刑法，只是成鬼之後又繼續盤算著一卡車的陰謀。

4. 妲己勾引紂王的時候

像這種似笑非笑的表情，如果是用在別人的臉上，就會變得很欠揍。不過，如果是用在千年狐狸精身上，可就能把所有男人給迷得團團轉了。眼睛是一個美

女臉上最重要的部位，既然是狐狸精，眼睛就一定得很會放電才行哩。鼻子、嘴巴一定要小，雖然鼻子對表情沒什麼幫助，但與面貌有極大的關係。具備以上的條件，再加上飄逸的長髮、姣好的身形，絕世美女就出爐了（好燙）！（以上藍昕）

（二）認識心靈地圖

首先，請你仔細地觀察圖（一）；然後，再仔細地觀察圖（二），請問，你覺得圖（二）中所畫的圖案應該是什麼？

> 穿戴整齊時髦，面貌整潔而且動作優雅的貴婦人。頭上有根羽毛，穿著貂皮大衣，由於豐衣足食，所以有點胖。

與大家討論並交換意見以後，我發覺：

> 經由大家的討論以後，有人說是年老的，有人說是年輕的。大家的看法不同，是因為前一張看過的圖像不同的關係。

從這一次活動，我體悟到：

> 人所看到的景物、想到的東西、所做的事情，都會因為環境不同、角度不同，而有所不一樣。此時，我們應從不同的角度多方面思考，才能做出公平客觀的判斷，看到事情的真相。對人也是一樣，外表看似平凡無奇，但在內心的深處，可能是燦爛美麗的。因此，和人相處時，不可只在乎外表，而是要重視內在。所以當大家因為環境、角度、經驗的不同，而有不一樣的看法、意見和感受時，要從多方面思考，將心比心，如此必能看清事情真相，而且處事圓融。

（薛文豪）

（三）與你相遇在脣齒之間

1. 牛奶雞蛋糕

（1）所需材料：

> 蛋黃、蛋白、砂糖、玉米粉、低筋麵粉、鮮奶粉、沙拉油

（2）製作流程：

> 先在蛋白中加入 100 克砂糖，其餘的加入蛋黃中，再分別打發蛋白和蛋黃，接著混合在一個容器中，慢慢的將它一一倒入紙杯，然後就可以放入烤箱了。等它出爐後，就可品嚐我們的收穫。而且，我們還不忘幫老師留了一個！

（3）味道聞起來：

> 我們還一邊做著冰淇淋時，就聞到了撲鼻的香味。奇怪，冰淇淋怎會那麼香？原來是烤箱裡飄散出來剛剛做的雞蛋糕的味道，香到簡直快要擦口水了。我的嗅覺正享受著呢！

（4）放入口中時，心中的感受：

> 端出了雞蛋糕，我先捏了一小塊試吃，甜甜的，鮮奶味特別的重，比起外面賣的，更香更軟，吃完一個，還想再吃一個，完全挑起了我的食慾。因為是自己做的，所以會更仔細地品嚐它的味道，也因此讓這雞蛋糕變得好吃極了。甜在嘴裡，也甜在心裡。

2. 牛奶冰淇淋

（1）所需材料：

> 砂糖、鮮奶、鮮奶油

（2）製作流程：

> 先加入砂糖，再加入鮮奶和鮮奶油慢慢的攪拌。當它漸漸凝固時，攪拌也變得愈來愈辛苦。當攪到快攪不動的時候，才把蓋子打開，此時，冰淇淋早已滿出來等著我們吃囉！

（3）味道聞起來：

> 一開始發下的那杯鮮奶，香氣逼人，大家不約而同的聞了又聞，可惜的是當它變成冰淇淋，香味好像也被結凍，漸漸的消失了。

（4）放入口中時，心中的感受：

> 　　轉著製冰器時，手幾乎快要瘓死了。之後吃到了有著濃濃奶香味的冰淇淋，差點就凍住了我的牙齒，但是仍然忍不住把它給吃光了。這麼辛苦做出來的東西不吃掉多可惜啊！吃完以後還口齒留香呢！

（秦振期）

3.〈令人耳目一新的校外教學〉

　　當我們坐上遊覽車的那一刻，便是我們放縱自己一天的開始，開始令我們難忘的校外教學。一上車，大家毫無隱瞞的拿出了手機和撲克牌，開始賭博、遊戲，變成了不受束縛的一天。但正當他們喊得破嗓之際，掃興的聲音傳出，原來已經到達目的地了，只好約定等上車以後再繼續「奮戰」。

　　隨著導遊走到這兒，走到那兒，沿路看見了一頭頭的牛羊，正悠閒的吃著草、睡覺，我們也在空地上跟著草包打滾。靠著同學彼此的默契，雖然多少產生了一些糾紛，但大家還是樂在其中。

　　吃午飯前，導遊們再三提醒我們不要吃太多，因為好玩又好吃的ＤＩＹ在等著我們。一走進教室，材料早已擺好等著我們。坐在材料前面，忍不住就手癢了，老師說一步我們做一步，幾乎沒有停下的時間，每個人都興致勃勃的做自己份內的事。我們先做的是雞蛋糕，每個人都謹慎的聆聽材料如何分配，深怕加錯了，造成全組的遺憾。當雞蛋糕送進烤箱時，我們又接著做另一樣美食——牛奶冰淇淋，材料是香噴噴的鮮奶、鮮奶油、砂糖。將材料全加入攪拌器後，我便開始轉動，轉了一會兒換人，等輪了一圈回來後，我就霸佔著不換人了。眼看就快好了，我想品嚐完工的滋味，轉著轉著，手都瘓了，

剛好冰淇淋也完成了。打開來後，大家爭先恐後，爭的就是那香醇的味道。正當快吃完時，香氣逼人的雞蛋糕也出爐了，都覺得比外面賣的還好吃，吃完一個還意猶未盡，向旁邊的同學要，要不到再向導遊要，就是不希望嘴裡的香氣散去。

上了車，又繼續玩牌，而且多了脫衣褲的花樣，甚至出現了男與男接吻的畫面。整部車子都是鬧哄哄的笑聲，這是從前不太可能出現的事。哎！七年級的校外教學，大家就可以high翻天了，等到八、九年級，不知道同學們還會怎麼瘋呢。（秦振期）

（四）發現木棉

1. 木棉的基本介紹

木棉科的家庭成員屬落葉喬木（冬天會掉光葉子），原產地位於印度，只有熱帶地區才可一睹她的美貌，還好1645年後就進口了。木棉的特徵是先開花後長葉，每當冬去春來，一個個墨綠色的花苞就成形了，這時的枝椏也開始光禿。到了花苞綻放之時，所有的黃葉通通掉光，使得逐一開放的橙紅色花朵，像一盞盞明亮的燈，增添了初春的暖意。

2. 站在教室的窗戶邊，靜靜欣賞，它給人的整體感覺是：

從窗口看著那些美豔的舞者，她的花瓣就是亮麗的舞裙，跳著一生只有一次的豔舞。與其說她是「英雄花」，倒不如說她是「豔娘花」，美麗的姿態，令人永懷難忘。

3. 盛開的，初開的，露出一點兒黃苞的，緊緊裹著綠色厚大衣的，這些花花朵朵佔據了木棉樹的每一根枝條，自信又自在地享受豔陽。細細觀察後，把它的花形、色彩，一個一個記

錄下來。

（１）盛開的：

文　字	倩　　影
盛開的花就像是一個正在跳著熱情舞蹈的舞者，爭相展現出最亮麗的一面，以獲得最佳讚許。	

（２）初開的：

文　字	倩　　影
正在等待成為下一個演出的美麗舞者，她努力的裝飾自己，準備盛開。	

（３）含苞的：

文　字	倩　　影
她就像是一位含羞的小姑娘，羞澀的準備接受世事的洗禮。	

（4）未開的：

文　字	倩　影
小小的孩子看著大舞者們在那兒跳著豔舞，期許自己也能像他們一樣，得到眾人的讚許。	

（5）在枝椏間，我還發現了：

文　字	倩　影
紅嘴黑鵯、綠繡眼站在枝椏間，就像個老師一樣，和其他鳥兒共同指導木棉花，使她們跳出最豔麗動人的舞蹈。	

　　4.站在木棉樹底下，當你抬起頭來仰望樹梢，它的「整體形態」（樹形）帶給人哪一種感覺：

抬頭仰望這棵巨大的樹，它宛如布下天羅地網一般，什麼都跑不掉它的布局。雄偉的枝幹又是如此的震撼人心，樹枝上卻點綴有美麗的舞者，可真是神奇啊！	

5. 請你安靜地走上前去，伸出雙手，用整個身體擁抱「木棉樹」最堅實的軀幹，它抱起來的感覺是：

當我走向前想要抱樹時，一碰到樹幹馬上跳開，因為實在是有夠刺人。堅硬的樹皮上有著大大的瘤刺，它給人的感覺就宛如一朵玫瑰一樣。

6. 「細察其紋理」，它的枝幹摸起來的感覺是：

木棉的枝幹其實和其他樹木一樣，細細的紋路錯綜複雜，摸起來粗粗、刺刺又澀澀的。上面還有一群螞蟻排成一直線在搬運著食物。

（劉宗毓）

7. 我的心中，產生了許多美麗的聯想。

（1）「勵」學火焰

逢春時，校園內的伴學好友——木棉，已按捺不住興奮，綻放了一朵朵小太陽，等待著開學時，蜂擁入校的孺子們。

琅琅書聲，隨著溫暖春風滲透到校園內每一個角落。青青子衿，看著枝枒上未開的綠琉璃，一股熱情擁上枝頭，含苞的「求知欲」漸成了火焰，在粗壯枝幹的支撐下，不知燃起了多少未來菁英的奮起。

生氣盎然，一群會飛的賓客接到了盛情邀約，趕來享受。他，不只是學子們的「知心」啦啦隊，更是鶴氅紳士們的酒宴。

這一個求學階段的時間雖不算長，但中學不像小學快活，也不像大學自由。在沉重壓力之下，他，必須要一面堅強頂著抵抗風雪的盾牌，一面又能時時給我們溫暖的陽光。他，默默的鼓勵，並看著腳下的小草成長，看著他們將開出亮麗鮮豔的花朵。

當小小的種子萌芽時，風的后羿正摧殘著漫天的豔陽，一隻隻火鳥掉落地面，化為灰燼，靜待在身旁。心想過了春天，火鳥們將變為種子，在風中萌發，展開翡翠般的翅膀，重生為潔淨的玉鳳凰。

有聚有散，樹底下這一批小草們都已茁壯，該是離別的時候了。微風徐徐，他們展開雙翼順著風飛向了下一個新天地。依然站立在校園內的他，以堅硬的粗枝，賣力的搖動著綠絲巾，像得道的老仙翁在祝福。一年進，一年去，一批草兒們道別了，就會有另一批種子又發出嫩芽。他，卻一直為脆弱的小草站崗。對這校園，他早已立下誓約：「求知欲」，不會隨著我的老而漸漸消逝，我願燃燒自己，點起火焰，為未來主人翁，盡一切，時時放出最溫暖堅定的「勵學」之光。（藍昕）

（2）英雄本色

每天行走在相同的路上，卻未見你即將開花的優美姿態；冬天時，我更忘了你是那為了同胞而壯烈犧牲的英雄。只把你當作是路旁的行道樹，點綴著單調的馬路。但今天，我可終於見到你了。

走在明德路上，這正是木棉花開的季節。我看見一排熱情的西班牙女郎，展開她們的隊伍，利用一種奇特的魔力，將她們的熱情像燃燒似的蔓延到整個世界。我被她們那身華麗的裝

扮給點醒了，這才發現「你們是什麼時候開花的啊？」我的心裡冒出了這個疑問，抬頭一看，才發現已經太遲了，因為木棉花直挺的身軀下已有掉落的花朵。你總是那麼安靜的展現曼妙舞姿；那麼沉默的結束自己的一生，好生惋惜就見妳這麼一眼，留戀你的背影，我竟錯過最完整的美。機會是不是也像這樣，如果慢了一步就失去了它？是不是就得再等下一次？花開花謝，還有來年可以等待，然而，機會去了，還有下次嗎？

進了教室，望著窗外的木棉，繼續思考這惱人的問題。高高在上的他，像是一位大將軍，管理軍中的一切事務，照料每一位小兵，給他們最好的照顧。就這樣，窗外的那棵木棉陪我到最後一堂課的下課鐘聲響起，我才和他道別。木棉樹好高好高，高到和天連成一線，高到我都看不見了！他像慈愛的天父，恩威並用，既不失威嚴，又使人覺得慈祥，每天陪伴我們。而且他永遠抬頭挺胸，不輕易說放棄，堅持不懈。

一朵朵木棉落在泥土上，凋謝的面貌仍與花開時相似，不見其枯萎，不易察覺即將死亡的跡象，在生命的最後一刻，容貌依然。在綻放的季節裡，稱職的演出，展現他獨有的火紅和昂然的生氣，直至生命裡的最後一刻，也不懈怠，這樣的精神，幾人能及？在百卉奇花中，唯木棉獨存。（賴喬郁）

五、引導與省思

這學期的最大特色，就是學期短、假期多、活動也多（如班級健康操比賽、詩歌朗誦比賽等，又適逢春雨不斷，等再次進入課程軌道時，木棉花幾已落盡，欲結起纍纍的果實了。為

了彌補這種不可逆的自然規律，除
了抓緊時機帶領學生下樓觀察、擁
抱木棉之外，又搶拍了木棉花開時
的盛景，以及紅嘴黑鵯、八哥、綠
繡眼、喜鵲等鳥兒在枝頭上跳躍的
情形，製成 power-point 和錄影
帶。

最後，也因受限於時間，五種
知覺感官中的「聽覺」訓練，最後
未能實踐完全。「啊！與詩共舞」詩句填充中有一些題目，則
稍偏離了學生的生活經驗（如〈開著門的電話亭〉，由於手機
的普及，現代學生少有打公共電話給心儀對象的經驗），引導
起來較為吃力。這七道題目的原詩句，分別是「一個好深好深
的漩渦」、「等老師打手心」、「自己吟哦給自己聽起來了」、「黑
傘」、「鹽」、「黑而且美」、「一把閃亮閃亮的銀幣角子」、「撒得
滿地叮噹叮噹地響」、「思念」。這些答案僅供參考，我們更鼓
勵學生激迸一己的靈思，尋求更清新、更有創意的詩句。

若就「觸覺」而言，它最主要的接收器官是「皮膚」。對
正處於青春期的國中生而言，最惱人的皮膚問題，非「青春
痘」莫屬！若就「味覺」而言，它主要的接收器官除了「舌
頭」，還有「牙齒」。也唯有經過「牙齒」的細細咀嚼，食物中
的養分才易為人體所吸收。注意牙齒保健，自是刻不容緩！

人的任何一種知覺活動，都離不開感覺。尤以視覺和聽覺
出現的次數最為頻繁，與美的關係也最為密切，有「美的知
覺」之稱。健教老師配合七年級下學期的健體課程，原本設計

有「只要青春不要痘」、「惱人的牙痛」、「有眼真好」、「身體的雷達」等單元，引導學生認識「生理上的五官」。但因教材涉及版權問題，出版時只能割捨這一大單元，十分可惜。

美術老師在課堂引導「繪畫五官」，以及學生上臺示範的情形。

在此，也要特別感謝健教科陳麗靜老師和視覺藝術科顏老師的支持，由於他們的加入，不僅讓這個教案的進行不再只是國語文教師的孤軍奮鬥，而是同事之間的熱情襄助，也讓整個教學內容的呈現更趨於完整。

觀察，就是藉助人的感官，有意識、有目的、細緻而深入地認識事物的知覺過程；它不僅要了解事物外部形態、現象特徵，更要通過對事物表層的分析，以探尋內在本質。藉助於比較，更可以發現「此物」與「彼物」的異同。「最佳點子王」就是著眼於訓練學生的觀察力、洞察力（這部分的原創點，乃是參見莎凡、佛莉契合著的《腦力激進》，天下文化出版公司印行）。作為學生分組討論主題的大王椰子樹、茄冬樹，是校園內常見的樹種，下了課的學生常在其下穿梭跑跳；至於刀子和湯匙、蝦子和螃蟹、蔥和韭菜，又是生活中十分熟稔的事物，有助於教學目標的達成。

　　「認識心靈地圖」是哈佛大學企管學院有名的實驗，它藉此說明面對同樣一件事，不同的人會有不同的看法；它無關乎邏輯，而是心理因素使然。教學重點在於把全班分成兩大組（最好是奇數排、偶數排拿的「圖一」圖案不同，而且，事前不可令學生知道），一組分發「少婦像（圖一）」，一組分發「老婦像（圖一）」，然後再令學生以文字描述「圖二」的女子的樣貌。結果實驗證明，第一眼看的是少婦像的學生，幾乎先入為主的認定「圖二」是一位少婦或妙齡女子；第一眼看的是老婦像的，也多認為「圖二」是位老婦人。

　　這個試驗充分顯示出，制約作用對我們的思維產生了多大的影響。一般人總認為自己的立場客觀、觀點正確，但試驗卻證明，別人的結論雖不同，卻不代表是錯誤的，只是每個人根據以往的經驗而有不同的詮釋。唯有對自己的思維以及經驗有更多的認識，才能為自身的思維負責，同時接納別人的看法與思維。也唯有如此，觀察與思索才能建立在比較客觀的思維上，打破舊傳統、舊思維，獲得大突破。

　　學生的心得也盡現於「學習評量」之中，如「我最喜歡的單元」，賴喬郁選的是「詩的演練」，因為：

> 在平常生活中，我們很少會去寫詩，尤其是新詩，雖然我們天天都在聽「新詩」（流行音樂），但是卻不怎麼了解。從這次的活動（特別是「詩」）使我的腦更活潑，轉得更快，想得更多。

至於「收穫最大的單元」則是「發現木棉」，因為：

要學會「觀察」且懂得「細察其紋理」並非那麼容易。藉著這樣一個單元，不僅讓我學會如何「觀察」，更使我學會如何體會大自然的美。

頂著衝天的直髮，佇立在枝頭的紅嘴黑鵯。

其他，張維琳、臺庭偉、藍昕等人也有這種體會。

陳瑜芳認為自己「收穫最大的單元」是「猜猜我是誰」，因為：「詩把器官加以美化，讓我多學了五官的描寫」；徐尚鼎則是：「知道敘述五官的方法不只一種，有很多詮釋的方式。」更有意思的是謝承儒，他雖寫著：「我討厭寫詩，很麻煩！」卻又勾選「啊！與詩共舞」為「收穫最大的單元」，可說真實表達了他的學習心得。

最喜歡「與你相遇在脣齒之間」單元的學生，是因為「可以吃冰淇淋」（呂宜恩）。「原來只要眉毛、嘴巴一改變，那個人的神情也就改變了」（徐昀瑋），是高達 42% 的人喜歡「繪畫中的喜怒哀樂」這個單元的原因。由此可見，教師的有心經營，對學習成效確實有其正面的助益。

千古一笑蘇東坡

一、設計理念

〈記承天夜遊〉成於元豐六年，此時，東坡已漸從政治迫害中敞開襟懷，因而發現了生活中無處不在的美感，故林語堂《蘇東坡傳》讚許它「已然成了散文名作」。如果不是對生命本身懷持著深厚的信仰與修養，東坡的人道精神，又怎能在歷經如此重大的人生苦難之後，「更加醇美，卻沒有變酸」（林語堂《蘇東坡傳》）？所以，我們希望透過書法、繪畫、攝影等不同視角的切入，引導、激發學生的學習動機；並善用多媒體資源，帶給學生一種嶄新的視野，從不同的向度走入東坡的心靈世界；進而透過自己的心、自己的眼，看見這世界的一切美好。

本教案共分為兩大單元。第一單元「赤壁遊」，先解析〈記承天夜遊〉；其次，結合故宮數位典藏「東坡在黃州」、「書畫菁華」等媒體資源，介紹東坡在黃州的生活及詩文創作。其中，最受古今文人一致讚賞的「寒食帖」、前後〈赤壁賦〉，更是介紹的重點。在現代科技的幫襯下，歷代的「赤壁賦」名畫不僅有了聲音、影像，還一一動了起來，帶給觀賞者一種身歷其境的感受，與東坡一起神遊赤壁，大大增強了學生的興趣和學習效果。最後，再以「我所認識的蘇東坡」為主

題，令學生練習寫作。

　　第二單元「美的饗宴」，主要是從視覺藝術的角度出發。人類美感的共通性，可大分為單純、調和、對稱、均衡、漸層、反覆、對比、比例、節奏、統一等十個原則。仔細觀察，我們可以發現無論是自然界或是人工建築物，到處都充滿了各種美的造型。也正是因為有了這些美麗的事物，人類的生活才能更精彩。在教學引導上，先複習七年級時所學過的「美的原理」，從舊經驗引發新動機，帶領學生認識各種構圖技巧，逐步進入攝影的天地；再利用假日到戶外實地拍攝，令課堂上所學的知識，得到具體實踐的機會，徹底落實「學中做」、「做中學」的教育理念。回到教室來時，請學生挑選一張或數張自己所拍攝的最滿意的照片，依據學習單的引導，化為寫作的素材，成為一篇結構完整、又具有美感體驗的文章。

　　當國語文和藝術與人文這兩個原本不相同的領域，因為彼此的激盪而產生新的「連結」時，就會產生突破性的創新。於是，我們這一群基層教師，在思考過程中「運用創造力」，在思考結果「表現創造力」，然後享受努力澆灌之後的甜美果實。

二、教學架構表

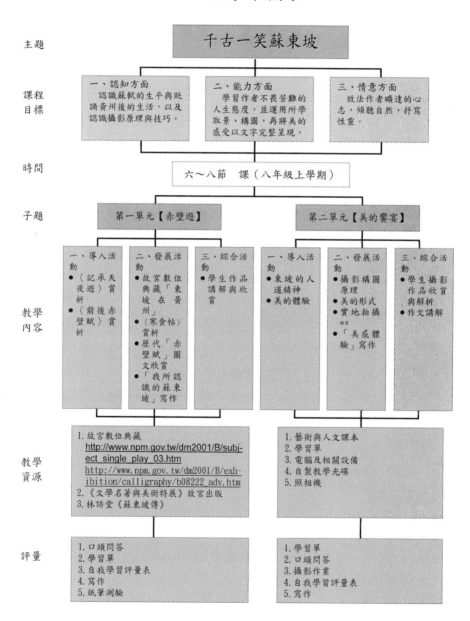

主題　千古一笑蘇東坡

課程目標
一、認知方面
認識蘇軾的生平與貶謫黃州後的生活，以及認識攝影原理與技巧。

二、能力方面
學習作者不畏苦難的人生態度，並運用所學取景、構圖，再將美的感受以文字完整呈現。

三、情意方面
效法作者曠達的心志，傾聽自然，抒寫性靈。

時間　六～八節　課（八年級上學期）

子題　第一單元【赤壁遊】　　第二單元【美的饗宴】

教學內容

第一單元【赤壁遊】
一、導入活動
●〈記承天夜遊〉賞析
●〈前後赤壁賦〉賞析

二、發展活動
●故宮數位典藏「東坡在黃州」
●〈寒食帖〉賞析
●歷代「赤壁賦」圖文欣賞
●「我所認識的蘇東坡」寫作

三、綜合活動
●學生作品講解與欣賞

第二單元【美的饗宴】
一、導入活動
●東坡的人道精神
●美的體驗

二、發展活動
●攝影構圖原理
●美的形式
●實地拍攝
練習
●「美感體驗」寫作

三、綜合活動
●學生攝影作品欣賞與解析
●作文講解

教學資源

1. 故宮數位典藏
http://www.npm.gov.tw/dm2001/B/subject_single_play_03.htm
http://www.npm.gov.tw/dm2001/B/exhibition/calligraphy/b08222_adv.htm
2.《文學名著與美術特展》故宮出版
3. 林語堂《蘇東坡傳》

1. 藝術與人文課本
2. 學習單
3. 電腦及相關設備
4. 自製教學光碟
5. 照相機

評量

1. 口頭問答
2. 學習單
3. 自我學習評量表
4. 寫作
5. 紙筆測驗

1. 學習單
2. 口頭問答
3. 攝影作業
4. 自我學習評量表
5. 寫作

三、教學活動設計

(一) 第一單元【赤壁遊】

1. 〈記承天夜遊〉賞析

正文

　　元豐六年十月十二日，夜，解衣欲睡；月色入戶，欣然起行。念無與樂者，遂至承天寺，尋張懷民。懷民亦未寢，相與步於中庭。

　　庭下如積水空明，水中藻荇交橫，蓋竹柏影也。

　　何夜無月？何處無竹柏？但少閑人如吾兩人耳！

賞析

　　元豐二年（1079），東坡因為「烏臺詩案」，被捕下獄；十二月，被貶為黃州團練副使，並於元豐三年二月抵達黃州。剛開始的時候，寓居於定惠院，不久之後才遷到了臨皋亭。元豐五年，在大雪之夜與家人築雪堂於東坡這個地方，開始自號為東坡居士。到了元豐六年（1083），東坡在黃州的生活慢慢趨於穩定，悲鬱的襟懷也自然地從剛開始的「憂讒畏譏，別具苦衷」的無窮傷感，轉為「光芒內斂」，再超脫為「回首向來蕭瑟處，歸去，也無風雨也無晴」的灑脫自然。〈記承天夜遊〉一文，記錄的正是東坡不避苦難、禁得起挫折之後，所展現的閑情逸致。

　　全文形成了「先實後虛」結構，分從記事、寫景這兩方面，具體點明夜遊的時間、地點、緣由與同樂者，並運用特寫

鏡頭、利用譬喻手法，生動描摹庭中月色和竹柏疏影。最後，緣景而抒情，道出美景隨處皆可見，唯「閑人得之」的旨意。

結構分析表

```
      ┌─敘事：「元豐六年」十句
  ┌實 ┤
  │   └─寫景：「庭下如積」三句
  └虛（抒情）：「何夜無月」三句
```

2.「東坡在黃州」影片欣賞

歷經「烏臺詩案」九死一生的東坡，來到了黃州，寫下了展現生活美感的〈記承天夜遊〉：「何夜無月，何處無竹柏，但少閑人如吾兩人耳！」現在，就讓我們觀賞這段影片，並且化身為東坡，發現生活中無處不在的美感。

（影片欣賞，請上網點選故宮數位典藏：

http://www.npm.gov.tw/dm2001/B/subject_single_play_03.htm）

3.「寒食帖」詩文析賞

原詩

自我來黃州，已過三寒食。年年欲惜春，春去不容惜。今年又苦雨，兩月秋蕭瑟。臥聞海棠花，泥汙燕支雪。闇中偷負去，夜半真有力。何殊病少年，病起鬚已白。

春江欲入戶。雨勢來不已。小屋如漁舟，濛濛水雲裡。空庖煮寒菜，破竈燒濕葦。那知是寒食，但見烏銜紙。君門深九重，墳墓在萬里。也擬哭塗窮。死灰吹不起。

賞析

「寒食詩」成於元豐五年（1082）。第一首開篇二句，是

全詩的引子，明點東坡謫居黃州已歷經了「三寒食」的時光。「欲惜春」、卻又「不容惜」，夢想與實際在一正一反之間流轉，道出了宦海浮沉、春光易逝的深沉悲感。長達兩個月的苦雨，又為全詩抹上一層荒涼蕭瑟的底色，海棠花飄送過來的香氣和夜半穿堂銜泥的飛燕，分從嗅覺與視覺一一烙印在臥病於床的詩人心底。詩末，接連兩個「病」字，既彰顯了東坡物質生活的貧瘠與精神生活的艱難，使得「鬚已白」的主人翁形象益發鮮明，又與上句的「雪」字遙相呼應，透顯出寒食節特有的冷寂氛圍。它的結構表為：

```
   ┌ 點 ┌ 先：「自我」句
   │    └ 後：「已過」句
   │      ┌ 時：「年年」四句
   └ 染 ┌ 底┤
        │   └ 空：「臥聞」四句
        └ 圖：「何殊」二句
```

第二首，詩人的視線落在「雨勢來不已」的屋外，凸出籠罩在濛濛水雲裡的「小屋」，予人風雨飄搖之感。「空庖」與「破竈」，「寒菜」與「濕葦」，再次說明了物質生活的困窘與詩人心中所承受的悲苦。繼而以「烏銜紙」這一個動作帶出寒食節，緊扣詩題，也不禁想起了千里之外的京城與家鄉。「孟嘗高潔，空懷報國之情」（王勃〈滕王閣序〉）；「此生遭聖代」（杜甫〈大曆三年春白帝城放船出瞿塘峽久居夔府將適江陵漂泊有詩凡四十韻〉），卻又仕途困蹇、不得歸隱，面對這種無路可走的悲苦困境，詩人雖也想學起阮籍「時率意獨駕，不由征路，車跡所窮，輒慟哭而反」（《晉書‧卷四十九‧阮籍傳》）

一般的「哭途窮」，無奈「死灰吹不起」，徒留一屋子的悲涼兀立在春雨不已的天地裡。它的結構表為：

```
      ┌實┌外：「春江」四句
  ┌因┤   └內：「空庖」四句
  │  └虛：「君門」二句
  └果：「也擬」二句
```

〈寒食詩〉（臺北故宮博物院藏）詩文之中猶帶有強烈的悲憤之情，展現了和〈記承天夜遊〉截然不同的生命風情。東坡運筆驅動著這種無法言宣的悲憤之情，使得字裡行間的點畫也因而隨之起伏波動，節奏變化，酣暢淋漓。無論是點畫成字，字連成行，或是綴行成篇，皆配合著內在情感的波動，體現了流麗舒展的生命姿態。

首行起筆，每一個字體的大小均等，字行間距也頗有秩序，透顯了尚稱平穩的心緒。第四行以後，字形則漸次轉大。到了第二段首行，詩人的意趣益加勃發，於是縱筆一放，字體轉大，結構、形體也因而或欹或側，變化多姿。如「不已」、「水雲」等字的行氣，雖稍顯收斂，「濛濛」二字，也迫促地困於紙尾；但到了「破竈」等字，則形成了大奔放，直至「塗窮」等字以後，才又再次凝斂，收束全詩。其中最醒人眼目者，當屬「年」、「中」、「葦」、「紙」等字的最後一筆，直貫而下，形成一長豎，使得全篇的布白、行氣以及章法，在嚴整之中又流蕩出一種疏宕的奇氣。難怪黃庭堅要為之讚歎：「東坡此詩似李太白，猶恐太白有未到處。此書兼顏魯公、楊少師、李西台筆意，試使東坡復為之，未必及此。」肌豐而神氣清，

可說是兼具了沉雄、顛逸與豐潤等豐富多樣之美。董其昌〈黃州寒食詩跋〉也題跋贊美：「餘生平見東坡先生真跡不下三十餘卷，必以此為甲觀。」(〈寒食詩〉書法之美及原圖，可上故宮網站：http://www.npm.gov.tw/dm2001/B/exhibition/calligraphy/b08222_adv.htm)

東坡的字體，短、長、肥、瘠，各有姿態。如「破竈」二字形成大奔放，「年」、「紙」等字的最後一筆，又直貫成一長豎。

4. 前後「赤壁賦」圖文欣賞

宋神宗元豐五年（1082）秋，四十七歲的東坡和客人泛舟於湖北黃岡城外的赤壁之下，見「江上之清風」，與「山間之明月」，心中有感，於是寫下了〈前赤壁賦〉。全文先點泛舟的地點，繼而描寫無邊的風月，再藉「吹洞簫者發出一段悲感，痛陳其胸前一片空闊」，說明「天地盈虛消長之理，本無終窮；況眼前境界，自有風月可樂，何事悲感」的道理，展現了東坡超然自在的襟懷。

同年十月，東坡泛舟復遊，寫下了〈後赤壁賦〉。〈前赤壁賦〉著重在抒寫實情實景，從「樂」字領出「歌」來；〈後赤壁賦〉則是抒寫幻境幻想，從「樂」字領出「歎」來。「一路奇情逸致，相逼而出」，難怪前人要深深發出「讀此兩篇，勝讀南華一部」（吳楚材評註《古文觀止》）的讚賞，並成為畫家

筆下創作的主題，常出現在歷代的繪畫之中。現在，就讓我們
尋著前人的畫作，與東坡一同神遊赤壁。

〈赤壁賦〉圖畫的表現方
式，可大分為兩種，一種是
「主題突出性式」，畫家選取
詩文中的某幾句詩文來作為鋪
陳的主題，吸引讀者的目光，
引發聯想，如宋‧無款「赤壁
圖」就屬此類。它以一葉扁舟
作為主景，小船中頭戴高冠者

金‧武元直「赤壁圖」

就是東坡，畫家以他回身仰望的姿態來暗示高聳的赤壁正位於
畫面之外，並將石壁安置在右上角，僅畫出赤壁的山腳與山石
的部分，將赤壁整個濃縮化、概念化。

又如金‧武元直「赤壁圖」也是選擇賦中「蘇子與客泛舟
遊於赤壁之下」、「縱一葦之所如，凌萬頃之茫然」、「江流有
聲，斷岸千尺」等詩句的意象，作為畫題。畫面中，連嶂如屏
的主山，高聳於讀者的眼前，形成「巨碑式」的北宋山水風
格。筆意勁健，好似以利斧斫出的山壁，凹凸鮮明，清晰又俐
落。一葉扁舟，泛遊於赤壁之下，通體以小點連綴成形。點之
跳動猶如音符，松林也因風成響，令全幅充滿了音樂性，帶給
讀者「飄飄乎如遺世獨立，羽化而登仙」的美好感受。

明‧顧大典所畫的是〈後赤壁賦〉「二客從予過黃泥之
阪」、「舉網得魚」的情景。全幅以清雅的綠色為主調，添上些
許紅葉表示秋景，筆調細緻，呈現一派幽靜恬然的景色。明‧
文嘉的「赤壁圖并書賦」繪的是〈前赤壁賦〉，前景畫出斜

坡，蒼勁的雙松枝幹交錯，立於水岸，出現在樹梢之間的一葉扁舟，正承載著東坡

及二客划向赤壁。波平而浪靜，一輪明月映照在水中天，只有赤壁下略見水紋，與「清風徐來，水波不興」等語意相契合。全幅色彩清秀溫雅，花青與石綠，交相呼應，一股沉靜的韻味，自然流洩而出。

另一種表現方式，屬於「故事性發展式」，整幅圖畫主要是依據〈後赤壁賦〉的內容鋪展而成，明、文徵明「後赤壁圖」就屬於此類。文徵明分圖為八段，第一景畫的是「今者薄暮，舉網得魚，巨口細鱗」的情景。東坡自雪堂歸來，恰逢二位客人過黃泥之阪。此時，月白風清，「人影在地，仰見明月，顧而樂之」，於是相邀還家，復遊赤壁之下。這是第二景。

「有客無酒，有酒無肴」，實是夜遊的一大憾事，於是東坡回到臨皋與妻子相謀，妻子說：「我有斗酒，藏之久矣，以待子不時之須。」第三段畫的就是這一個場景。

第四景是東坡「攝衣而上」，捨舟上岸的

明・文徵明「後赤壁圖」，上為「我有斗酒，藏之久矣」，下為「孤鶴橫江東來」。

情景。第五景畫的是東坡登上高巖之後，「劃然長嘯，草木震動，山鳴谷應，風起水湧」的情景。第六景描繪的則是「適有孤鶴，橫江東來」，戞然長鳴，然後向西而去。於是，第七景接著描繪夜歸臨皋就睡，忽然「夢一道士」，笑問東坡：「赤壁之遊，樂乎？」第八景是尾聲，東坡醒來，「開戶視之，不見其處」。全幅色調的鋪陳，濃而不膩，可說是趙孟頫以後文人青綠的畫法。

其他，尚有「剔紅赤壁圖插屏」、「掐絲琺瑯赤壁扁壺」、「雞血石赤壁圖」、「雕竹赤壁圖筆筒」等作品，藝術家採用不同的形式、不同的材料來表現〈赤壁賦〉這同一個主題。由此可見，世人多愛東坡雖歷經險阻而猶不改其曠達的人生風範，進而表現於藝術創作之中（有關前後〈赤壁賦〉圖，可上網點選：「時空之旅——蘇軾」http://cls.admin.yzu.edu.tw/su_shih/su_song/share/chi.htm）或故宮出版《文學名著與美術特展》）。

5. 我所認識的蘇東坡

經由以上的介紹，相信你對蘇東坡這個人，以及他在黃州的情形有了概略性的認識。現在，請你以「我所認識的蘇東坡」為主題，寫一篇 500 字左右的文章。

6. 作品欣賞

（1）活錯時代的蘇東坡

蘇東坡才華洋溢，是位豪放不羈的文人，也是歷史上不可多得的人才。他生性豪邁自由，從不在意別人的閒言閒語；因此，後世十分讚頌他的雄健灑脫。

但，蘇東坡大剌剌的個性，卻也是他致命的弱點，想說什麼就說什麼，想做什麼就做什麼，從不在意後果會如何。而好

臣們也常拿他的每一句話、每一首詩來大做文章，令皇帝對他
又愛又恨，既愛惜他的才華，又可惜他的豪放不羈。「何夜無
月？何處無竹柏？但少閒人如吾兩人耳！」崇尚自由的蘇東
坡，就算被貶到黃州當處處受人監視的團練副使，仍然有心情
在月夜與好友張懷民一同在承天寺的庭院中散步。由此可見，
蘇東坡灑脫的襟懷！

　　蘇東坡不適合當官，因為他太愛自由了。我想，他不僅不
適合當古時候的大臣，也不適合當現今的政客；因為今日有更
多的媒體埋伏在暗處，準備隨時抓政治人物的小辮子。古時候
的文人只靠寫作是不能過活的，一定要當官才能填飽自己和家
人的肚子；但許多文人又常因太過於直爽而與朝廷不合，於是
像蘇東坡這樣的文人就常落到這種最悲慘的下場──一再的被
貶官。不過今日文壇上有名的大作家比比皆是，如果蘇東坡活
在今日，相信以他這種自由的個性、豪放的風格，一定能像
《哈利波特》的作者 J. K. 羅琳一樣，光是靠寫作就可以成為
人人稱羨的大富豪，而不需要活得如此困苦。可憐的一代文豪
蘇東坡，你不僅活錯了時代，還虛度了錯誤的一生──以你的
才華，你的人生不該只是如此！（謝汶均）

　　（2）不屈不撓的蘇東坡

　　為官正直敢言、才華洋溢的東坡，因論政與朝臣不合，被
貶到了黃州、惠州，甚至是儋州等地。

　　〈記承天夜遊〉便是他被貶為黃州團練副使時所寫的一篇
日記，其內容是描寫某晚在承天寺的夜景，與友人張懷民一同
欣賞月色的情形。犀利的文筆生動的描寫出月色的優美與詩人
的心境，並感嘆世人為追求名利而無暇欣賞自然美景的種種。

原本平凡無奇的一篇小日記，在東坡的精心雕琢下，竟可流傳千年，這證明了這篇是千古佳文，百思不膩而千唸不朽。

如此聰穎的東坡，所寫出來的好文章當然不只這一篇，令後世所讚揚的好文章還有〈前赤壁賦〉、〈後赤壁賦〉等。如其中的「桂棹兮蘭槳，擊空明兮泝流光。渺渺兮予懷，望美人兮天一方」等，是多麼棒的詩句，多麼的令人回味無窮啊！讓人想要再看一遍，再感受一遍這些文字所帶來的意境與內涵。

只可惜啊！東坡就是太敢言論，如此的才華只能在那偏遠的黃州發揮，但他沒有怨恨，還能夠在困窘的環境中找到生活的樂趣，將自己的才學發揮的淋漓盡致，讓自己的文學成就不遜色於歐陽脩、王安石等人。或許，東坡真正讓人欽佩的不只是文學上的成就，而是在官臣們的屢屢打壓下，仍然能夠堅守自己的原則，堅守不屈不撓的廣闊心胸吧！（華介甫）

（二）第二單元【美的饗宴】

1. 美的形式原理

略。（請見「看『煙』在說話」。）

2. 攝影構圖原理

如果仔細觀察，我們可以發現自然界或人工建築物之間，到處充滿了各種美的造型。也正是因為有了這些美麗的事物，讓我們的生活更精彩。

●三角形取景構圖，因為具有穩穩支撐在底部的兩個角，所以容易帶給人一種安定的感覺。

●當人的眼球左右移動時，可以帶出最遼闊的空間感。故「水平」取景，予人寬廣之感。

●當眼球上下移動、「垂直」取景時，可以產生動感；若由下向上仰望時，又可予人崇高之感。

●人生來就喜歡「對稱」，眼睛中的肌肉因為平衡而形成的舒適與經濟，容易使人心生鎮定沉靜、莊嚴穩重之感。

●「透視」，可以帶出空間的層次感。當視線由近而遠的拉動時，自然會營造出深遠的感覺。

●人類追求美的最高境界，就是「和諧」，就是「善」。因此，「圓」的造型可帶給人團聚圓滿的美好感覺。

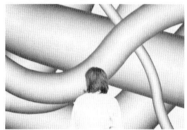

●「S」形構圖，除了造型本身就容易予人柔順之感，當視線隨之流轉時，又可帶來的律動感。

●「放射狀」有一種隨時要向四面八方拓展而出的動勢，所以容易予人奔放、無限延展之感。

●人的視線容易隨著「X形」的線條流動，然後在中心點產生聚焦作用，形成一種趣味中心。

● 「對角線」最易將畫面分割成份量相同的兩等份,帶給人一種明快的動感。

● 「黃金視點」在畫面上形成等比例的切割,視覺順著這個比例而行,也會形成律動感。

● 「V形」由狹小的底部向上開拓出去,由窄而寬的視覺效果,容易予人一種向上提升的飛翔之感。

3. 實地拍攝練習

　　請你利用假日到戶外,運用攝影技巧、構圖原理,以及美的形式原理,拍攝具有美感的人、事、物,讓課堂上所學的知識,能真正得到具體實踐的機會。

4. 美感大奇航

　　請你挑選一張或數張自己所拍攝的最滿意的照片,依據底下的提示產生聯想與想像(也可自由發揮)。然後將這些蒐集來的材料,結合美的原理,化為一篇具有美感體驗的文章(文長約 500 字左右)。

標題	
拍攝地點	
構圖類型	
美在哪裡	

5. 作品欣賞

（1-1）馬路的盡頭

標題	馬路的盡頭
構圖類型	透視的取景構圖，有深遠的感覺。
美在哪裡	馬路、路燈、汽車，一直延伸到遠方轉角，給人一種能夠透視遠方的感覺。

（1-2）漫長的河堤

標題	漫長的河堤
構圖類型	透視的取景構圖，有深遠的感覺。
美在哪裡	背景是一片樹林，河堤連接到盡頭，中間一座橋的橋下又流出一彎小溪，使人的壓力自然地得到放鬆。

（1-3）振興醫院

標題	振興醫院
構圖類型	對稱取景構圖，有端莊穩重的感覺。
美在哪裡	雙十字加上兩側對稱的設計，建築物前又是一片綠色草皮，使得整體看起來很美。

（1-4）水平大使館

標題	水平大使館
構圖類型	水平的取景構圖，左右兩側顯得十分寬廣。
美在哪裡	樓層的間隔井然有序，寬廣的高樓好像和藍天連起來一樣，非常美麗。

（1-5）〈攝影之美〉

　　我的攝影作業可沒那麼簡單，為了抓住美景，為了攝取貨真價實的優美景色，我可是千「米」迢迢的跑到了大使館、振興醫院等地。

　　在路途中，河堤的透視美成了我取景的材料之一，它的背景為樹林，漫長的河堤連到了盡頭，橋下彎出了一條小溪，欣賞它的同時便拍下了它。我繼續向前行！又尋到了透視取景的好材料，這是一條筆直的馬路，右排的汽車與左排路燈皆整齊的排列至遠方的車道才轉彎，予人透視遠方的感覺。但，這還不是最精彩的部分。

　　二十個國家的國旗一字排開，由下而上數來整整有十三層樓高的粉紅色建築物，那就是大使館。我之所以選擇拍攝它的原因，是因為它的建築風格有獨特的水平美，使人感覺左右更為寬廣。它的樓高幾乎連至天際，背景的藍天白雲與粉紅又形成了明顯對比。誰說欣賞藝術作品一定要到美術館去，這不是在告訴我們，藝術就在你我身旁。

　　最精彩的，是大家所熟悉的振興醫院，雖然大家都知道它的存在，但要是說起它的美在何處，可就沒有人知道了吧！它

的前方，是一整片綠色的大草地，由下至上，由左而右，不難發現它的建築是左右對稱的雙十設計；更因醫院周圍布滿綠色植物，可讓出來散散步的病人吸收到新鮮空氣，凸顯出醫院是「大地救護站」的功能，這不又是一件成功的藝術品了嗎？

　　經過了這充實的攝影作業之後，讓我真正學會的，是「生活處處都是美」，只看你我有沒有用心去體會。

（2-1）水簾洞

標題	水簾洞
構圖類型	水平、對比美、漸層美
美在哪裡	夜晚的燈光打在瀑布上，撲朔而迷離，令人眼睛一亮；加上漸層的水花，讓人因它的美而感動。它美到予人一種不真實的感覺，所以我把它稱為「水簾洞」，彷彿只是隔了一層薄薄的水花，水花後面就是美猴王與牠的臣民的仙境了。

（2-2）一盞明燈

標題	一盞明燈
構圖類型	圓形、對比美、對稱美、漸層美、調和美
美在哪裡	這盞明亮的燈是黑夜中的一點光亮，與背後的漆黑剛好形成強烈的對比；柔和的燈光打在牆的角落，燈影形成一種對稱美，而光的餘暉漸次灑在黑暗的牆壁上，更是絕佳的漸層美。這盞明亮的燈是失落中的一點希望，為迷途的人兒指引正確的方向。它，就是我家的「導航燈」。

（2-3）田園交響曲 1、2

標題	田園交響曲 1
構圖類型	放射狀、反覆美
美在哪裡	這片芋葉的葉脈從中心點蔓延到葉子的邊緣，呈現放射狀，而它下方的葉子，不論色彩、形狀都與它相似，形成了一種反覆的美感。
標題	田園交響曲 2
構圖類型	圓形、反覆美、漸層美、節奏美
美在哪裡	這株包心菜，以中心的圓，一層一層的向外擴大，反覆呈現了漸層的節奏感。它們每一吋的葉脈都是跳動的五線譜，露珠與蟲兒在它們的身上譜出了一個又一個美麗的音符。你聽！它們正在演奏一首來自大自然的「田園交響曲」呢！

（2-4）〈田園交響曲〉

　　這兩張綠意盎然的相片是在我家菜園子拍的，那塊充滿我童年回憶的綠地，可以堪稱大台北地區中蘊含最多美好回憶，孕育最多「蟲蟲生態」的世外桃源。

　　照片中重疊的綠意，是大自然鬼斧神工的傑作，構成了層層推進的反覆美及縈繞著自然韻律的節奏美。它們的每一吋葉脈，都是跳躍的五線譜；露珠與蟲兒，在它們身上跳出了一個又一個美麗的音符。身旁的雜草，則是畫龍點睛的配樂，身後的泥土，更是自然莊嚴的大舞臺！我彷彿在聆聽一場大自然演奏的「田園交響曲」。聽！點點雜草，奏出了令人為之振奮的前奏；接著，主角登場，輕快的旋律在葉脈上舞著，跳著，舞

動了我原本慵懶的四肢，也跳出了充滿純真與童趣的過往。

綠色，是希望的代表色。初發嫩芽的小樹，以青翠的綠色披上身，期望明年能像爸爸一樣，長得又高又壯。春天的草地，以濃鬱的綠色覆蓋著，期待明年還可以重現今日的盎然生機。而綠色的葉子，更使人有種「生命在我，希望在手」的感受！（謝汶均）

四、引導與省思

經由「網路資源」、「圖文欣賞」等活動的引導，學生不僅對東坡其人有了概略性的了解，對聯想力與想像力的訓練，也大有進步。如謝汶均〈活錯時代的蘇東坡〉，不僅題目訂得好，立意也清新可取，形成「先凡後目」結構，先總提東坡「才華洋溢」、「豪放不羈」的生命特質，底下再以「抑」、「揚」互現的筆法，條分縷析作者對東坡一生事蹟的看法，既愛其瀟脫的襟懷，又嘆東坡其實「不適合當官」；最後以「活錯了時代」，不能「像《哈利波特》的作者 J. K. 羅琳一樣，光是靠寫作就可以成為人人稱羨的大富豪」，以至於「虛度了錯誤的一生」，深寄惋惜之情於字裡行間。

華介甫〈不屈不撓的蘇東坡〉形成了「先點後染」結構，首段是開啟下文的引子與橋樑，二、三段承接上文，闡述〈記承天夜遊〉一文的內容與特色，以及閱讀〈前後赤壁賦〉的心得與體會；最後，以東坡能在「困窘的環境中找到生活的樂趣」，「堅守不屈不撓的廣闊心胸」作結，表達了對東坡的欽佩之情。

細細審度，我們可以發現攝影構圖法，與「空間類」章法中的「遠近法」、「內外法」、「左右法」、「高低法」、「大小法」、「視角變換法」等，其原理實是相通。人們要通過思維認識客觀世界的運動、發展、變化等規律，就不能離開對「意象」（狹義）的感知。「意象」，可說是一切「思維」（含形象思維、邏輯思維、綜合思維）的基本單元，「思維」也始終以「意象」為內容，故「意象」可以通貫「思維」的各個層面。因此，透過「標題」、「拍攝地點」、「構圖類型」、「美在哪裡」的提示，可以有效地幫助抽象思維尚未十分成熟的國中學生將思維歷程中所觀察到的「意象」以文字記錄下來。

由於活動單元連結了不同領域，事前最好能與視覺藝術教師多利用課餘時間進行細節討論，然後在各自的課堂上進行。如此一來，既不會耽誤教學進度，又可以因為彼此的激盪而產生突破性的創新，促進有效的教與學。

雲 影 天 光

一、設計理念

　　張秀亞〈雲〉（翰林版八上），以充滿想像與情思的筆調，鋪寫作者眼中所見、心中所感的雲，予人清新浪漫的深層享受。文中，作者運用了空間三維中「高」那一維所造成的高低變化，以及在時間上構成「先後」關係的條理來羅織文意，除了給人一種輕鬆、自由感，更由於符合事物本身發展的自然規律，容易使觀賞者經由靜觀、融合，終於達致崇高的情境。緣於此，設計了「由高而低」、「由昔（春）而今（冬）」兩個子題，加上修辭的條件限制，藉此來訓練學生「修飾文辭」、「運材布局」等特殊能力；再以梵谷（Van Gogh）、孟克（Munch）、盧梭（Rousseau）等畫家的雲為例，說明不同的藝術家對於「雲」的不同感受，引導學生獨抒自己性靈中的雲。

二、教學活動設計

（一）類文欣賞

　　陶弘景〈詔問山中何所有賦詩以答〉

原詩

> 山中何所有？嶺上多白雲。
>
> 只可自怡悅，不堪持贈君。

賞析

　　這一首清逸的小詩，是南朝齊、梁之際，隱居於茅山的陶弘景，為了回答梁武帝「詔問山中何所有」而寫，它形成了「先問後答」結構。首句，藉梁武帝的「詔問」點題，繼而就眼前景物談起，「嶺上多白雲」一句，將隱士不仕的高尚心志寓於筆墨之間。

　　「高峰入雲，清流見底」（〈答謝中書〉）。「清」與「高」，正是陶弘景一生品格的寫照。白雲，也因而成為隱士寄託情懷的象徵，如陶淵明〈和郭主簿〉：「遙遙望白雲，懷古一何深」；又如〈歸去來辭〉：「雲無心以出岫，鳥倦飛而知還」，都是明證。第三句中的「怡悅」一詞，既點明了隱居山林的自得悠然之情，「只」、「自」二字，又堅定地表達了拒絕出仕的心意，再順口拈出「不堪持贈君」，層層逼進，令堅辭之情，益加顯明。

結構分析表

```
┌問：「山中」句
│   ┌景（白雲）：「嶺上」句
└答─┤   ┌因：「只可」句
    └事─┤
        └果：「不堪」句
```

(二)「由高而低」寫作練習

張秀亞〈雲〉（節選）：

有時候，你走過一片淺灘，水面燦極麗極，如同向你訴說一個神奇的故事。抬起頭，原來水上的故事只是翻版，它的原作，寫在我頭上的一片晴空，天上的雲，比水上的更綺麗千萬倍。

這一段文字的結構，可畫成如下表：

```
┌ 低：「有時候……如同向你訴說一個神奇的故事」
└ 高：「抬起頭……比水上的更綺麗千萬倍」
```

作者在此，特意藉用烘雲托月、凸出主題的手法，以燦麗至極的水（賓）來襯托出更為綺麗的雲（主）。讀者的視線也自然地隨著低處的淺灘向高處移轉，由水連到天，拓展出更為遼闊的空間美感。行文之際，作者更善於運用想像力與鑲嵌、譬喻等修辭手法，緩和音節、修飾文辭、強調語意，以表情達意。

現在，請你張開各種知覺感官（視、聽、嗅、觸、心等）及想像的羽翼，以「內苑」為觀察的主題，並採用「由高而低」結構，自訂題目，寫一篇 200 字左右的短文。最少須運用一組「排比」句型。

(三)「由昔（春）而今（冬）」寫作練習

張秀亞〈雲〉（節選）：

面對著雲的幻景，你有時覺得春天來了，千萬朵白色的

花，點綴上千萬根枝梢；有時，你恍然覺得如在仲夏，成群的
天鵝棲身湖上，洗濯著牠們皎白的翎羽；有時你覺得好像是在
深秋，牧女手執柔鞭，驅著她心愛的群羊，走過了那著花的蘆
叢……。也許，你忽然感到冬天已經走來了，白色的雪，覆滿
了遠山近谷，只有天地相接處，閃露出那一條亮藍……。

這一段文字的結構，可畫成如下表：

```
┌─ 點（雲的幻景）:「面對著雲的幻景」
│      ┌─ 春（白花）:「你有時覺得春天來了」三句
│      ├─ 夏（天鵝）:「有時，你恍然覺得如在仲夏」四句
└─ 染 ─┤
       ├─ 秋（群羊、蘆花）:「有時你覺得好像是在深秋」四句
       └─ 冬（白雪）:「也許，你忽然感到冬天已經走來了」六句
```

此段形成「先點後染」結構，以「雲的幻景」作為開啟下
文的引子、橋樑；底下再依春、夏、秋、冬等時序的推移，列
舉了枝梢白花、皎白天鵝、群羊與蘆花、山谷白雪等意象，生
動傳達出雲的形貌與姿態，極力渲染雲彩的變幻之美。現在，
請你以「明德大道」為觀察的主題，並採用時間的順敘結構，
由「昔（春）」而「今（冬）」，自訂題目，寫一篇 200 字左右
的短文。而且，每一個季節都必須使用譬喻句加以摹寫。

（四）心中的雲

張秀亞筆下的「雲」，流露的是女性特有的細膩多感的溫
婉風情。這一朵雲，湧進了陳冠學的眼中，立即變成了惡魔與
妖巫的化身，充滿陽剛之美。這一朵雲，若飄進了畫家的繪布
裡，又會變成哪一種樣貌呢？就讓我們一起來瞧瞧吧！

首先，以梵谷（Van Gogh）為例，說明一位畫家對天空感覺的改變。1883 年的「田裡的農婦」，我們可清楚見到梵谷初期的風景畫厚塗法，他把雲朵塗得很厚，較無動態感，整體也透顯出冷峻的光芒。

到了 1889 年的「黃色的麥田」，已經完全沒有直線的筆觸，所有物體都呈現出捲曲著的線條。連生長在地面上的柏樹，也像一團黑色火焰不停地向天空噴吐。天空之中，也經常出現逗點紋（巴字形）或蛟龍翻滾形狀的雲彩。雲朵形狀的改變，也暗示了梵谷精神狀態的波動與擺盪。

1889 年，梵谷住進了聖雷米療養院，「聖雷米山丘」便是他在暫時恢復健康時所繪。扭曲、崩頹、上捲、翻滾的筆觸，短促有力，或排列，或糾葛，好像是從大地的深處噴湧出來。由此，也顯示了梵谷內心的苦悶，幾乎已經和宇宙的矛盾化為一體了。

梵谷一生中對於社會的不理解所作的抗爭，對於真善美的執著追求，以及生存中渾然一體的苦惱與歡樂，似乎都積蘊在天空的蔚藍裡。如 1890 年所畫的「奧維爾教堂」，就像是一隻冰河時期的巨獸匍匐著，令人感受到一股異樣的壓力。在火焰般的蔚藍天空下，激情的筆觸漩渦，一致朝著下方的大地，彷彿天空就快要塌下來一般。

這一幅則是畫於聖雷米時代初期（1889）的「星月之夜」。此時，梵谷眼中所窺見的都是深埋在靈魂深處的世界動態。每一顆大星、小星、新月都形成漩渦，迴旋於夜空之中。星雲與稜線，也宛如一條巨龍不停的蠕動著。所有的一切似乎都在迴旋、轉動、煩悶、動搖之中，在夜空裡放射出最豔麗的色彩。

孟克（Munch）的「吶喊」，完成於 1893 年。全幅以律動的波狀線和直線的筆觸畫成，細部則是由夕靄與薄暮的微光所暈染；加上路邊欄干的透視縮畫法，與右崖下空虛部分的緊張關係，醞釀出不安的空間感。畫家為了將個人的體驗集中化、深刻化，用來表現人在走投無路、絕望地發出吶喊聲的情形，特意把低垂的雲彩染成帶狀的、恐怖的血色，並把它畫成如熱血般地紅，令色彩裡迸發出聲音來。

　　雲，在不同的畫家的彩筆下，可展現出不同的生命風情。例如，盧梭（Rousseau）的「椅子工廠」（1897年左右），整個畫面上充滿了工廠這個龐大的建築物，可能為了強調郊外清爽的氣氛，所以垂釣者、撐傘者，都畫得特別小。此時，成縷的雲，緩緩地向上昇騰，既表現了一種穩定的力量，又使紅色屋頂顯得更加醒目。

　　從作畫的筆觸和天空的浮雲畫法來看，「塞納河畔」應是和「椅子工廠」為同時期的作品。遼闊寧靜的天空，可以清楚見到煙囪頂上的煙，水平地向畫面的左方飄去，塞納河裡也因風興起了陣陣的漣漪，令整畫幅洋溢著清澄、安寧的詩意。盧梭曾說自己是以「大自然為師」，在這幅風景畫，確實可以看見他的內心也正隨著雲彩，自在地舒展開來。

　　又如這一幅繪於1897年左右的「睡眠中的吉普賽女郎」（節錄），衣服的色彩和整個畫面的色調，都富有幽雅的、異國的神秘情調。觀賞者的視線，會順隨著「水壺→樂器→人物→獅子」的次序流動，然後再從「獅子翹起的尾巴→月亮→水壺」，令整個畫面形成一種圓弧形的、生生不息的律動感，拓展出最遼闊的空間感。天空裡，沒有一片雲彩，給人澄明寧靜的感覺。如果以一種極單純的眼光來欣賞，可以發現作品中流露著豐富的情感及善意的人性，這是鑑賞盧梭繪畫時不可忽略的特色。

到了強調「痛苦會過去，美會留下」的生命鬥士雷諾瓦手中，雲彩綻放的是另一種生命的光彩。例如「塞納河的拖船」（1869），雷諾瓦以動態的水、雲和拖船為畫面的中心，鋪展成一種清新自在的風貌。尤其對於雲彩自由自在的描寫，使得這幅畫成為走向印象派作風過渡時期的重要作品之一。

又如「威尼斯的總督府」（1881），整個畫面可分為青色的天空和水兩部分。雷諾瓦以流暢的筆觸描寫流動的雲彩與波光瀲灩的水面，上下交相映，織成一種溫潤、飽滿的律動感，總督府和聖馬可廣場也沐浴在燦爛的陽光裡。全圖富有率直喜悅的視覺享受，形成一首色彩豐富的交響詩。

現在，請你根據自己的經驗與想像，以抒情的筆調，寫下心中的雲。字數在 200 字左右，而且，最少一定要使用一種譬喻修辭法。

三、作品欣賞與教學省思

修辭原是「達意傳情」的手段,以適應題旨情境為第一義,期能經過作者主觀的設計與調整,使它達成精確而生動的原則,以增強文章的感染力與說服力,而章法探討的則是篇章內容的邏輯結構;因此,這個設計,正可以訓練學生「措辭」、「運材」與「佈局」方面的特殊能力。

在「由高而低」寫作練習部分,先以張圖云〈內苑中的舞會〉為例說明:

下課鐘響了,學生們紛紛往教室外跑,卻沒有人注意到那黃昏底下的內苑。黃昏底下的內苑,泛著金黃色的光芒,那道光芒穿透過椰子樹長長的葉子,形成地板上美麗的波痕。微風輕輕吹過,讓那美麗的波紋變成了活潑的波浪,輕快的在內苑中跳舞,讓內苑整個兒熱鬧了起來。此時,鳥兒唱著悅耳的歌,就像舞會上的伴奏,花木左右搖擺著,他們是最忠實的聽眾。咦?那最重要的指揮家是誰呢?當然是佇立在最前面的孔子!他領導著所有的人,演奏著扣人心弦的歌曲,歌頌著這美麗的讀書天堂。

八年級的教室位於三樓,因此,作者的視線順隨著「金黃色的光芒」、椰子樹印在「地板上美麗的波痕」,自然地落在內苑,正是形成了「由高而低」的空間安排。唯一美中不足的是,「排比」句型的呈現不明顯,這是可以再加強的地方。

　　由於這是學生第一次嘗試做「由高而低」的視覺觀察，初始的整體表現並不是十分理想。但在做過範文的講解後，「由昔（春）而今（冬）」的寫作練習，已可以看出他們的進步。其中，以王彥淳把「明德大道」擬之為「跳著曼妙舞姿的女郎」、「像母親」、「像教練」、「像飽受北風摧殘的老者」的表現最為凸出：

　　從窗外望過去，就像叢林似的明德大道啊！你為何如此的美麗？

　　春天的明德大道，綠意盎然，讓人的心情開朗，風一吹，就像是在跳著曼妙舞姿的女郎，跳著，跳著，夏天來了。

　　夏天的明德大道，像母親一樣，一個一個的張開自己的手臂，為我們擋住炙熱的陽光。擋著，擋著，秋天來了。

　　秋天的明德大道，像教練一般，不斷的指派工作給我們，也不斷的訓練我們，而他的落葉，就是我們的酬勞。

　　冬天的明德大道，像飽受北風摧殘的老者，不過他還是忍了下來，因為他要保護我們，直到永遠。

　　在這篇文章中，「跳著，跳著，夏天來了」與「擋著，擋著，秋天來了」兩句，在上下文意的連貫上發揮了相當大的作用，生動又自然，不僅音韻錚鏦，而且意象精美，值得喝采！

　　實際進行寫作時，有些學生會要求變換季節的次序來抒寫，在以「鼓勵」代替「限制」的大原則下，我們也接受學生做適度的調整。例如吳邦珣就是依「夏→秋→冬→春」的順序來描寫她眼中所見的「明德大道」：

蟬聲大作，樹木翁綠而茂盛，好似美麗的維也納森林，這是夏天的明德大道。汗流浹背的孩子們，從這裡通往疲累又快樂的運動之路。

涼風徐徐，黃色的葉子們，帶著秋天的祝福從天而降，這是秋天的明德大道。秋天的它，是仁慈的，沒有夏天的酷暑難耐，也沒有冬天的殘酷寒冷。喜愛它的孩子們，從這裡通往平步青雲的成功之路。

冷風蕭蕭，偽善的樹木們開始盡情的嘶吼。殘暴的北風顯露出邪惡的本性，它想要摧毀美好的一切。堅毅不拔的孩子們，從這裡通往崎嶇的學習之路。

然後，春天降臨了。美麗的春神沿著雲梯緩緩落下，明德大道頓時生氣盎然。春天的明德大道，是孩子苦盡甘來的幸福之路。

季節不同，景觀、心情也隨之不同，因而興發「疲累又快樂的運動之路」、「平步青雲的成功之路」、「崎嶇的學習之路」、「苦盡甘來的幸福之路」等種種不同的聯想。雖然她並未完全達成「譬喻法」的條件規定，但所表現的無限的學習潛能，實在令人讚嘆。

一切移情作用都起於類似聯想。雲何嘗能飛？泉何嘗能躍？我們卻常說雲飛、泉躍；山何嘗能鳴？谷何嘗能應？我們卻常說山鳴、谷應，這種心理活動就是「移情作用」，就是把自己的情感移到外物身上去，彷彿覺得外物也具有同樣的情感。學生在「心中的雲」部分的表現，正印證了這一點。

　　如賴惟筳把「雲」比擬為「偉大的魔術師」，又譬之為「朵朵白花」、「活潑可愛的魚兒們」、「頑皮的孩子」，加上個人獨特的聯想力與想像力的發揮，表現自然出色：

　　多采多姿的雲啊！身為魔術師的你現在變成什麼了呢？是宛如春天中綻放的朵朵白花？還是像活潑可愛的魚兒們般在那蔚藍的大海中來去自如、悠然自得呢？或者你已經變成了那頑皮的孩子，躲在山奶奶的懷抱中，享受那溫暖的柔情，讓大伙兒找不到你。

　　彷彿萬花筒般的雲啊！你現在變成了什麼了？一定是那白茫茫的雲海吧！那是你最偉大的魔術，總是令人遺忘那些痛苦的傷疤，將我緊緊擁抱在你的懷中，享受那少有的平靜。

　　雲啊！你真是偉大的魔術師！（賴惟筳）

　　賈逸翔則是從畫家一枝彩筆下所飽蘊的各種不同風情的「雲」產生聯想與想像，寫下了一篇寓有個人思想見地的文章來：

　　雲，在梵谷眼中是扭曲的；雲，在孟克眼中是血腥的；雲，在雷諾瓦眼中是燦爛光明的；雲，在我的眼裡則是祥和安穩的。雲，反映了人類心靈最深處的思想。在梵谷情緒不穩、苦悶恐懼時，看在他眼裡的雲當然是扭曲變形的；而在對生命充滿不安的孟克眼裡，儘管雲彩是多麼的美麗，在他眼中依然是恐怖而血腥；在崇尚自然的雷諾瓦眼裡，祥和美麗的雲彩正是自然的寫照。雲，反映了人類最真實的情感。

　　由「童年」而「再長大一點」而「現在」,「雲」照出了華介甫「一路成長的軌跡」。思緒的腳,循著時間的腳步,依序向前推移鋪陳,既流露了作者澄明朗澈的慧點,也點亮了所有人的心眼:

　　晴朗的天空,有時只有藍色一片,但那種情況並不常見。最美麗的,最令人賞心悅目的天空,一定是有那一大片的雲,那奇形怪狀的雲,那如魔術師般令人驚奇的雲,那才是美。童年看雲,是平凡無奇的一片白;再長大一點,它不再那麼平凡,它變化萬千,現在是兔子,一轉眼,馬跑來了,各式各樣的動物都來了。現在的雲,它給我回憶。「那是我以前看過的那一朵雲!」我有時心裡想著。看著雲,就好像看到了以前的自己,好像照出了我一路成長的軌跡。

行車過枋寮

一、設計理念

　　成於民國六十一年，距今（九十七年）已有三十六年之久的〈車過枋寮〉，是余光中依照車行所見，藉著經驗與想像的交織，所寫下的洋溢鄉土氣息的新詩。三十年的長度，可以令一塊土地產生桑田滄海的替換。「昔」與「今」，「過去」與「現在」，並列在一起，加強了時空流變的感受，也使他的詩不僅有橫斷面的寬度，更有歷史的縱深。尤其，今日的屏東，已不再是以甘蔗、西瓜、香蕉為經濟的主要來源，代之而起的是黑珍珠、漁產這一類可以帶來較高經濟收入的農漁產業，這是在欣賞這首詩時不能缺少的感知。

　　上海美術電影製片廠所繪製的水墨卡通動畫〈三個和尚〉，以身穿紅、藍、橘三種顏色衣服的矮、高、胖三個和尚為「主」，以菩薩及小老鼠為「賓」，發生了一段十分逗趣而且發人深省的故事。它的情節安排、結構布局，採用了和〈車過枋寮〉一樣的「先因後果」結構，相當值得提供給學生做為訓練觀察力、記憶力、聯想力、想像力和思維力的教材。

二、教學活動設計

（一）章法賞析

余光中〈車過枋寮〉：

原詩

略。

結構分析表

```
    ┌─一（甘蔗）：「雨落在屏東的甘蔗田裡」十一行
  ┌因─二（西瓜）：「雨落在屏東的西瓜田裡」十一行
  │ └─三（香蕉）：「雨落在屏東的香蕉田裡」十一行
  └果─甜（水果）：「正說屏東是最甜的縣」二行
      └鹹（海）：「忽然一個右轉，最鹹最鹹」三行
```

賞析

　　按照客觀事物的因果關係來安排組織材料的「因果」法，符合人們認識活動和思想發展的邏輯，可以全面了解事件的原委，對事物的本質作出正確的判斷，得到一種省力的快感，產生閱讀的興趣。它可上溯至甲骨文獻，如張秉權《殷虛文字丙編》所收錄的第 368 片武丁時期的甲文：

　　癸巳卜，爭貞：今一月雨？王占曰：丙雨，一，二，三。
　　癸巳卜，爭貞：今一月不其雨？一，二，三。
　　旬壬寅雨。甲辰亦雨。

「癸巳卜」十四句，是「因」；「旬壬寅雨」二句，就是「果」。可見「因果」法在甲骨文例中的運用不僅屢見不鮮，而且手法純熟。

全詩依照時間推移的順序，通過一個又一個空間形象的接續，帶出屏東的特產與風景。第一節，詩人以豐富的想像力，從甜甜的甘蔗，聯想到鄉野旺盛的生命力；「長途車駛過青青的平原」二句，在此具有承上啟下的作用。第二節，從纍纍的西瓜聯想到「圓渾的希望」，顯示農村的富庶美好。第三節，以肥肥的香蕉寫屏東物產的富饒，並加添了牧歌、牧笛等聽覺摹寫，擁有活潑的音樂性。正因甘蔗是甜的（原因一）、西瓜是甜的（原因二）、香蕉是甜的（原因三），才有「屏東是最甜的縣」的結果出現。

它多建立在視覺摹寫上，如第一節的「雨落在屏東的甘蔗田裡」四行，是「近」景，直述眼前所見之景；「從此地到山麓」三行，是「遠」景，描繪甘蔗種植面積之大，詩人的視線，由近處向遠方移動。至於「長途車駛過青青的平原」二行，視線又拉回詩人所搭乘的「長途車」身上；「想牧神，多毛又多鬚」二行，視點再次由「近」而推展至全畫面。相同的手法，也運用於第二節和第三節前面十一行。這種相似的空間經營形式，產生了極其深遠的流動感和漸層美。

詩中更大量運用類疊修辭，加強節奏感，增添旋律美。又以甘蔗田、西瓜田、香蕉田，做為有形的線索；至於象徵自然的生命力的牧神，則是無形的線索。這兩條線索，統合、貫串了全詩。

第三節最後五行，「正說屏東是最甜的縣」二行，承上文

「甜甜的甘蔗、甜甜的西瓜、甜甜的香蕉」而來；恰與「最鹹最鹹」三行，藉著味覺的變化，形成由「甜」而「鹹」的狀態變化，兩相比較，不僅使得屏東的甘蔗、西瓜、香蕉更甜美，也在此得到一個完滿的結論。

（二）新詩仿作

請你仿造余光中〈車過枋寮〉第一節前四行的形式、句法，並改變其中的地點、水果與疊字形容詞，試作四行詩。

雨落在 屏東 的 甘蔗 田裡，
甜甜 的甘蔗甜甜的雨，
肥肥 的甘蔗肥肥的田，
雨落在 屏東肥肥 的田裡。

（三）摹寫練習

想像，是詩的靈魂。沒有想像，就沒有詩。因此，寫好一首詩的秘訣，就在於大膽放開各種知覺，領略其中的色、聲、香、味，引發聯想，產生想像。請試以一種「水果」為例，挑戰自己！

（　　　）的紅（視覺），讓我聯想到：＿＿＿＿＿＿＿＿

（　　　）的香（嗅覺），讓我聯想到：＿＿＿＿＿＿＿＿

（　　　）的甜（味覺），讓我聯想到：＿＿＿＿＿＿＿＿

（　　　）的＿＿＿＿（＿＿覺），讓我聯想到：＿＿＿＿＿＿

（　　　）的＿＿＿＿（＿＿覺），讓我聯想到：＿＿＿＿＿＿

（　　　）的＿＿＿＿（＿＿覺），讓我聯想到：＿＿＿＿＿＿

（四）最佳男／女主角換（　　　）做做看

　　請任選一種你最喜愛的水果，為它寫一首結構完整的新詩。題目自訂，並替它畫上美麗的圖案！

（五）三個和尚故事多

　　水墨動畫〈三個和尚〉影片中，身穿紅、藍、橘三種顏色衣服的矮、高、胖三個和尚，發生了一段十分逗趣而且發人深省的故事。請你仔細觀賞影片，並用心觀察每一個角色的細微變化，然後回答下列的問題。

1. 看一看

【第一節】

（　　）衣小和尚出現　──→　二隻（　　　　）穿飛　──→　小和尚跌倒，見一小烏龜，小和尚的動作是：（　　　　　　　）　──→　仰頭望山，山頂有廟，入廟拜觀音。　──→　拿下淨瓶，瓶中（　　　），楊柳（　　　　）。　──→　下山挑水，小和尚下山時，一右一左、一左一右地轉變方向，代表：（　　　　　　）　──→　挑水回來，倒水入缸。舀水入瓶，枯萎的柳枝（　　　），菩薩的眉眼（　　　　）。　──→　坐在蒲團上，唸經敲木魚。　──→　日升，挑水，日落，敲木魚。這一連續鏡頭總共出現（　　　）次，代表：（　　　　　　　）　──→　跑出一隻小老鼠（第一次出現）　──→　小和尚拿木梆子（　　　），

偏過臉偷笑，這個動作表達了哪一種心理：（

　　）。

參考答案：紅、鳥雀、把牠扶正、無水，枯萎、山路蜿蜒、
　　　　　復活（有了生機），笑了、三、日復一日、敲牠、
　　　　　壞事得逞又有點不好意思。

【第二節】

（　　　）衣高和尚出現。——▶
一隻（　　　）款款飛，高和
尚從懷中取出（　　　　）
插在地上引開蝶。——▶見廟上
山，小和尚舀水請高和尚飲
用。沒水了，高和尚下山挑水
入缸——▶日升日落，兩個和尚
念經敲木魚於廟中。——▶日
升，高和尚挑起水桶出了廟門，想了想又走回，要求
（　　　　　　　）。——▶兩人抬水桶下山，打水回來，
因為小和尚佔便宜，高和尚不抬了。小和尚第一次想到的解決
方法是（　　　　　　　），高和尚不服；小和尚又想了一
個以（　　　）測量求等距的方法，兩人始抬水回廟。——▶
夜來對坐敲木魚，小老鼠（第二次出現）躲在高和尚的
（　　　　　），高和尚的反應是（　　　　　）。——▶
愛計較的兩人，背對著背敲木魚。

參考答案：藍、蝴蝶、一朵紅花、小和尚一起挑水、以手測
　　　　量、尺，鞋子裡、敲牠一記。

【第三節】
（　　　）衣胖和尚出現。──
（　　　）在左上方照射，胖和尚的
皮膚由（　　　　）變為（　　　）
轉為（　　　　）。──見湖，飲
水，皮膚由（　　　　）轉為
（　　　）。──脫鞋涉水過湖，
魚兒跑入（　　　）邊的鞋子。
──　見山廟，植於廟旁的是（　　　）樹。──入廟，飲
水，水沒了，胖和尚挑水入缸，三個和尚搶水喝。──坐於
佛前，各自從懷中取出乾糧食用，結果三人都（　　　　）。
──（　　　）衣小和尚拿淨瓶水飲用，菩薩的臉（　　　），
三人搶成一團。──日升，日落，無人肯挑水。──打雷
了，三個和尚的反應是（　　　　　）。結果天晴無雨，三
人閉目而坐。──小老鼠（第三次出現）吃（　　　），火
燒布簾，濃煙密布，發生火災了。──三人接力合作挑水滅
火，火勢終於撲滅；小老鼠（第四次出現）又來了，三人齊
吼，結果小老鼠（　　　）。──鏡頭一轉，（　　　）衣胖
和尚在山下打水，（　　　）衣小和尚在山頂接水，（　　　）衣高
和尚提水入廟。他們合力發現了聰明解決問題的方法。──
菩薩又笑了，三人各捧一碗水喝，全片結束。

參考答案： 橘、太陽，白，粉紅，紅、紅，白、右、柳、噎
著了、紅，無奈、拿桶子接水、蠟燭、嚇死了、
橘，紅，藍。

2. 想一想

（1）影片中的菩薩總共變了幾次臉？請具體指出祂的眉
眼變化。

| |
| |
| |

（2）具有穿針引線效果的小老鼠在影片中共出現了四
次。第一次出現惹得小和尚促狹之心大起，敲了牠一記。第二
次是在小和尚與高和尚兩人計較誰該挑水給誰喝而彼此不快時
出現，第三次更引起一場小火災。請問，小老鼠在這部影片中
可能的代表寓意是什麼？

| |
| |
| |

（3）矮、高、胖三個不同造型的和尚，穿著不同顏色
（紅、藍、橘）的衣服，又各以不同的小動物（鳥雀、蝴蝶、
魚兒）陪襯出場，深具變化之美。然而三個小和尚出場的模式
卻又極為相似，皆是從頭部、身體、小動物、望山、入廟、喝
水，依次敘述，小異中有大同，呈現統一的美感效果。請問這
種情節安排、結構布局的方式，還可以運用在哪方面？請舉實

例說明。

（4）配樂可以為一部成功的影片達到鋪展情節、渲染氣氛、增添光彩的效果。在這部影片中，你覺得哪一段的配樂最出色，使得故事情節更為精彩，更引人入勝？為什麼？

（5）在這一部影片中，你最喜歡哪一個角色？請說說喜歡的原因。

（6）請寫出觀賞之後的心得感想。（內容可包括情節大意、故事主旨、心得、精彩鏡頭、喜愛的角色、配樂、色彩等，文長約 500 字左右。）

三、作品欣賞與引導省思

美學家克羅齊說：「詩的材料泛流在所有人類的性靈中，只有表現，才能使詩人成為詩人。」〈車過枋寮〉形式整齊，筆調歡欣，運用了大量類疊手法來營造意象，描繪的又是臺灣最盛產、最常見的水果，相當適合以此為示範，引導國中一年級學生練習寫作新詩。

類疊，形式簡單，易於學習；又有音節的琮琤之美，易引人眼目。這是由於一個字、詞、語句的反覆出現，比單次出現更能打動讀者的心靈，生發一種彈性與平衡的美感效果。它的技巧雖屬平常，但若捨棄不用，一些文學作品將會因而大為失色。「新詩仿作」的設計，就是想要引領學生領略新詩的節奏韻律美，如這三件作品：

雨下在埔里的枇杷園裡，
長長的枇杷長長的雨，
美美的枇杷美美的園，
雨下在埔里美美的園裡。（桑詩雅）

光照在果園的蘋果樹上，
香香的蘋果香香的光，
水水的蘋果水水的樹，
光照在果園水水的樹上。（戴宜婷）

風拂過家鄉的蓮霧樹上，

粉粉的蓮霧粉粉的風，

嫩嫩的蓮霧嫩嫩的葉，

風吹過家鄉嫩嫩的葉上。（陳怡蓉）

　　把各種事物的形狀、聲音、氣味、色澤、情態等感受，描繪出來，增強描摹對象的鮮明度與真實感，可以明白刻印在讀者的腦海裡，而清晰化、深邃化、豐富化和生動化，正是「摹況」修辭的功用。第二張學習單，帶領學生實際體味，生發驚人的聯想和想像。如夏文茹的「柳丁」：

視覺：黃黃的，顏色偏橘些，還一點一點的，有一點像月
　　　亮呢！

嗅覺：甜甜的，但不會太甜；酸酸的，又不會太酸。

味覺：水水的，汁很多，很「ㄅㄧㄤˋ」唷！

觸覺：仔細一摸，會有粗糙的感覺。

　　其他，如「蓮霧」「有一種淡淡清香的甜味」，在「視覺」上「像一顆在打轉的陀螺」，產生了類似聯想。在「視覺」上有著「紫紅色的鮮豔外表，看起來像個迷你小蘋果一樣」的「櫻桃」，它的「觸覺」就「像是光滑的瓷器表面，沒有粗糙的感覺」，質地精美，予人一種美好本質的聯想。「草莓」呢？「長了好多的黑頭粉刺」的聯想，帶給人「視覺」上的驚奇。至於「葡萄」的「味覺」享受，「甜中帶酸，酸中帶甜，足足有九九八十一種變化」，簡直是味蕾之海驚異大奇航的翻版

了。

　　蓉子《青少年詩國之旅》以為，詩的創作就像是「一顆種子」，從泥土出生的變化和路徑。一首新詩，不管是行數的多寡、排列的參差、段落的分際，甚至標點符號的運用，都與形式有密切的關聯。字詞、形式的重複，可帶來勁健的、不息的韻律美；運用聯想，發揮想像，把不相干的事物放在一塊兒，尋求新的關係、發展新的意義，「詩想」就可從此滋生。至於什麼是散文的語言？什麼是詩的語言？詩人蓉子以為可從外形上、從表現上、從本質上，來加以區別；詩人蕭蕭更以童謠式的歸納法，一語道盡：「一精二舞三重複，四美五韻六不盡」。國中階段的孩子，正是愛詩、寫詩的年齡，只要給予適當的啟發與引導，自有精彩詩作的誕生。如蔡秉勳因「關公、劉備、張飛，猜一種水果」這一道謎語的觸發，而寫了「荔枝」這一首充滿節奏、童趣的新詩：

　　　多麼潔淨的白呀！
　　　這是劉備的白，
　　　劉備的白，
　　　有如清官的清廉那樣白，
　　　心地坦白的白。

　　　多麼忠義的紅呀！
　　　這是關羽的紅，
　　　關羽的紅，
　　　正是烈士的熱血那樣紅，

義薄雲天的紅。

多麼勇敢的黑呀！
這是張飛的黑，
張飛的黑，
就像包公的顏面那樣黑，
鐵面無私的黑。

多麼悲壯的三結義，
多麼拍案叫絕的義結金蘭，
他們的故事，
千萬年之後，
一樣永垂不朽。

　　一、二、三節的形式反覆齊一，正是仿自余光中〈車過枋寮〉的結構；「荔枝」的紅皮、白肉和黑子，取來與劉關張桃園三結義的民間故事相結合，更大大豐富了詩作的義蘊。雖說其原創點來自於謎語，但孩童的創發力，已足以令人驚嘆和佩服。

　　若能將原本各自獨立的學生作品修潤串連成「組詩」，作為詩歌朗誦比賽的主角，那一定更具不凡的意義。如這一首串起了「榴槤」、「水梨」、「蕃茄」、「葡萄」的〈水果之歌〉，就曾真實扮演過這一種角色：

不怕遺臭萬年

如海膽般令人敬畏有加。

但 還是有人為它垂涎三尺,

　　還是有人為它食指大動。

榴槤啊!你不愧是水果中的龍頭老大!

芝麻點點的面頰,

愣頭愣腦的身軀,

打開心門

卻如未經琢磨的水晶,

又像永遠不化的冰。

水梨啊!你是水果中的和氏璧!

害羞的你

在綠葉中隱藏著青澀,

眾人的目光下,

臉兒一日紅似一日,

當化作盤飧,躺在沙拉缽中,

才恍然

安靜的蕃茄啊!你也有熱情如火的心!

一團團圓盾,

一支支短槍,

短兵相接

圓盾擠向短槍,

短槍刺穿圓盾,

結果　你盾中有槍，
　　　　我槍中有盾，
大家繞成串串葡萄！

想果農們
辛勤，勞苦，
不管風吹日曬，
不管霜降雨淋，
用他們的血汗　換來
香香的榴槤
脆脆的水梨
酸酸的蕃茄
甜甜的葡萄
在人間高唱著
水果之歌！（卓珍珍老師提供）

　　觀察的精義，在於通過對事物表層的分析，探尋內在本質。片長約 15 分鐘的水墨動畫卡通〈三個和尚〉，正是訓練觀察能力的好教材。

　　影片播放前，可先提醒學生要仔細觀察（先不要發講義）。影片播放完畢後，再發下學習單（「想一想」），請學生回顧影片的內容情節，依照題目的提示作答。等學生填寫完畢（若有一些細節無法記得，請學生不要緊張，因為會再播放第二次），老師先依據學習單上的題目，仔細說明每一個角色背後所代表的象徵意涵，藉此提示觀察的重點、對象與技巧。講

解完畢，再播放第二次。由於已有題目設計的引導與說明，學生多會細心觀察並補填之前遺漏、錯誤之處。

　　經過講解與再一次的影片觀賞，學生們也大都打開了心眼，觀察得更用心。例如他們會聯想到採用同樣形式結構的〈車過枋寮〉、樂曲、電影等；也注意到了老鼠在這一部影片中，代表的是「負面意義的象徵」，起了畫龍點睛的作用。神案上不言不語的菩薩，則以祂的眉眼變化來配合情節的推展，實在是有趣極了。大部分的學生多觀察到菩薩的眉眼變了四次，只有少數更為細膩的學生觀察到有五次。原則上，只要學生能具體指出三次以上的眉眼變化，我們即給予肯定。

　　〈三個和尚〉動畫影片之所以成功，除了是「賓」、「主」角色的選撰與安排獨具匠心，情節鋪展得宜，還有一個不容忽視的決定因素——配樂。成功的配樂可以為全片達到渲染氣氛的效果，學生對此充滿了興趣，也有個人獨到的體會。而且人人喜愛的片段，都不盡相同。至於面對自己最喜愛的角色時，有人就像「看見了自己小時候惡作劇的模樣」，由影片角色而與自身經驗產生了聯想，流露出孩童似的天真稚氣，不禁令人莞爾：

　　（1）總共五次，第一次是在小和尚剛上山，為淨瓶中的柳枝澆水的時候，菩薩笑了。第二次是三個和尚都不願意挑水，結果菩薩露出無奈的表情。又一次是小和尚噎著了，於是喝了淨瓶的水，結果三個和尚竟搶起淨瓶來，菩薩驚訝的張大眼。第四次是因為老鼠咬蠟燭引起火災，菩薩眉眼驚慌。經過了這次火災，三個和尚終於

願意不計較，合力取水，結果楊柳青了，菩薩又笑了。
（孫春雅）

（2）像〈車過枋寮〉就是這一種類型。另外，一首曲子也可以發現它有一個固定的旋律，或許是一小節，也或許是一整段；然後整首曲子就在這一個固定旋律下環繞，或在「調」或在「音層」上作變化，使得同中有異、異中有同。不妨聆聽〈綠袖的衣裳〉、〈Do Re Mi 之歌〉。（林博智）

（3）我覺得小老鼠在片中所代表的，可能是人的潛意識裡存在的「自私」、與「好計較」。和尚在我們的觀念裡，多是和善，慈悲的，但在片中卻因自私而犯了錯。三個和尚爭執不休，小老鼠也穿插其中。自私自利必有報應，小老鼠就這樣帶來了一場火災。和尚們合力撲滅火勢後，終於了解合作的重要，也把自私、愛計較的「小老鼠」給革除了。（趙家萱）

（4）我覺得火災時的配樂最精彩，和劇情的發展配合得淋漓盡致。原本寧靜的寺廟忽然緊張起來，節奏也由慢加快，增添一分緊張的效果，讓人沉浸在劇情裡。當火被撲滅的那一剎那，隨著樂曲節奏的改變，有種令人心安而終於鬆了一口氣的感覺。（林玉婷）

（5）我最喜歡的角色是老鼠，雖然牠是個負面意義的

象徵，但從觀賞角度來看，牠總是在最寧靜的氣氛中跑出來搞蛋，讓看影片的人發出會心一笑，似乎是看見了自己小時候惡作劇的模樣，也為這部影片增添了喜劇的效果。（趙家萱）

　　至於心得寫作的部分，有一些聰慧穎悟的孩子，運用了賓主法來組織材料，表達個人獨到的體會與見解。如蔡秉勳的〈心中的蹺蹺板〉，或許是受到了豐子愷〈窮小孩的蹺蹺板〉一文的影響（我們曾以此文做為課外補充教材），他以小時候玩過的、具體的「蹺蹺板」為「賓」位素材，來凸顯出無形的、抽象的「心中的蹺蹺板」（「主」），申論觀賞後的心得。取譬相當新穎，意象的傳達也十分準確，字裡行間更道出了個人獨到的見解，不禁為他喝采：

　　　　我們小時候應該都玩過蹺蹺板，或者看過別人在玩蹺蹺板。我們都知道，蹺蹺板都是向重的一方傾斜，但是，你知道每一個人的心中，也都有一座蹺蹺板嗎？
　　　　我們心中的蹺蹺板，一端是善，一端是惡。心存善念多於惡念，蹺蹺板就往善的一方傾斜；若心存惡念多於善念，則剛好相反。人世間的善惡往往不公平，一分惡念，往往比一百分善念還要重。例如〈三個和尚〉故事中，若菩薩代表善，老鼠代表惡，則比老鼠大上好幾十倍的菩薩，影響力卻比老鼠小了許多。由此可見，惡念的影響力遠比善念大。
　　　　你的蹺蹺板是向哪一邊傾斜的呢？是善？還是惡？

　　由於這一次的活動，是經由影片的欣賞，引導學生學會如何觀察、思索，並提出個人的見解。因此，在題目的安排與設計上，頗經一番思量。例如，「三」，就代表了「多」；所以，矮、高、胖三個和尚的三種體型，其實就是隱指了世間各式各樣體型的人類。而紅、藍、橘等三種衣服顏色，是「三原色」的代表（為了顧及視覺效果，螢幕上以彩度更飽和的橘色替代），千千萬萬種的色彩都可以經此「三原色」調配出來；一如「愛計較」、「好嫉妒」等本性，在不同的人的身上會展現出各種樣貌。諸如此類的細節，以及三種陪襯小動物（鳥雀、蝴蝶、魚兒）、出場模式，或是情節、動作與音樂的搭配等，都需要在第二次觀賞影片前特別說明、引導，學生才能依尋途徑，登堂而入室，窺得箇中奧妙。

鷸蚌總是愛相爭

一、設計理念

　　寓言，篇幅雖小，但情節生動，多於寫人敘事之際寄寓深刻的哲理；所以，諷喻寄託和故事情節，形成了兩條緊密相連、不可或缺的臍帶。如柳宗元的〈三戒并序〉，除了〈序〉是全文的總綱，交代寫作動機外，〈臨江之麋〉、〈黔之驢〉、〈永某氏之鼠〉，就是三則故事，以表達「依勢以干非其類」、「出技以怒強」、「竊時以肆暴」的諷喻之意。

　　〈鷸蚌相爭〉也是一則流傳甚廣、寓意豐厚的故事，被上海美術電影製片廠取作為創意的元素，又經由想像力創造了一些陪襯角色，以強化視覺效果，形成一部老少咸宜的卡通動畫。若能透過題目設計，和以文字為媒介的《戰國策》文章作一比較，定可增強學生的創造力。多採用因果邏輯結構來安排篇章的寓言故事，十分適合用來訓練學生寫作議論文。如選自《韓非子》的〈守株待兔〉、〈買履取度〉、〈濫竽充數〉等三篇文章，即是如此。

二、教學活動設計

(一)〈鷸蚌相爭〉章法賞析

正文

蚌方出曝,而鷸啄其肉,蚌合而拑其喙。鷸曰:「今日不雨,明日不雨,即有死蚌。」蚌亦謂鷸曰:「今日不出,明日不出,即有死鷸。」兩者不肯相舍,漁者得而并禽之。

賞析

〈鷸蚌相爭〉的典故源自《戰國策・燕策》,是蘇代遊說趙惠王不宜攻打燕國時所虛構的故事,以闡明「今趙且伐燕,燕、趙久相支,以敝大眾,臣恐強秦之為漁父也,故願大王之熟計之」的旨意。

蚌張殼曝於日下,鷸伸出尖長的鳥喙啄食其肉,於是趕緊閉合的蚌殼夾住了鷸嘴。作者藉由蚌鷸之間一問一答的對話,彰顯雙方劍拔弩張、互不退讓的僵局,終而落得雙雙被漁夫捕獲的結果。鷸、蚌不相讓,是「因」;漁翁得利,是「果」。這一段文字,藉著一則簡單的動物寓言,形成「先因後果」結構,由「偏」而「全」,提煉出寓意深厚的哲理。

結構分析表

```
          ┌ 因 ┌ 先:「蚌方出曝」三句
    ┌ 因 ┤    └ 後:「鷸曰」八句
    │    └ 果:「兩者不肯相舍」句
    └ 果:「漁者得而并禽之」句
```

（二）〈鷸蚌相爭〉影片欣賞

1. 看一看

（1）蚌，出現在水底，吃了兩小魚。 ── 魚兒在水中嬉遊，由一線（　　　　）帶出漁翁正在捕魚。 ── 可憐的漁翁捉不到半條魚，只捉到了一隻（　　　　），又怕跑掉了，漁翁以（　　　　）蓋住牠。 ── 此時，飛來一隻（　　　　）（鳥名）立於石上，然後俯衝入水，捕獲了一尾小魚（牠先在石上把魚甩昏了再吞食，所以人們又稱之為「魚狗」）。請問，牠是先吞下魚頭，還是魚尾？（　　　　）為什麼？（　　　　）。 ── 舉著長長的鳥喙正在刷整羽毛的鷸見了（牠的頭頂有一根長長的飾羽，表示已到了繁殖期），馬上飛奔過來搶食。兩隻鳥一邊爭奪一邊飛舞，飛過了小船邊，帶出了在不遠處出曝的（　　　　），吸住了漁翁的視線。在陽光的照耀下，蚌殼內閃亮出一道耀眼的光芒，那是一顆（　　　　），於是漁翁快速划近蚌殼，想捕捉蚌，結果：（

　　　　）。 ── 沒有任何收穫的漁翁，飲盡了葫蘆裡的酒，頹倒舟中休息；那一隻烏龜連同竹簍，一塊兒掉進河裡去了。

（2）翠鳥又捉到了一條（　　　　），鷸再次來搶食；結果，蟲掉進了（　　　　）裡。 ── 鷸費盡了九牛二虎之力，才從蚌殼裡拖出蟲子。吃了蟲子，意猶未盡，於是打起蚌肉的主意。 ── 鷸向後抬起腳足，結果被蚌夾住了。掙脫之後，氣壞了的牠大啄蚌殼，蚌卻一點兒也不

為所動。此時，漁翁慢慢划了過來。━━━ 鷸捉來一隻小魚丟擲在蚌的身旁，這是為了：（　　　　　　　）。

━━━ 不管鷸如何引誘，蚌就是不肯張開蚌殼。━━━ 蚌三番兩次以水柱噴鷸，鷸鳥高高飛起，然後俯身衝擊蚌；又在石上磨利嘴爪，這是為了：（

　　　）。━━━ 鷸、蚌爭鬥不已，被蚌夾住了長喙的鷸，鼓動著翅膀，拖著蚌四處竄飛。此時，在一旁窺伺良久的（　　　　）急急趕了過來，一舉擒獲了兩者。

參考答案：

（1）魚鉤，烏龜，竹簍，翠鳥，魚頭，順著魚鱗生長的方向吞食，蚌，珍珠，蚌合起殼，投入水裡。

（2）蚯蚓，蚌，誘使蚌打開殼，蚌不為所動，敲開蚌殼，漁翁。

2. 想一想（1～5則的字數不得低於50字）

（1）請你說一說，由上海美術電影廠所繪製的水墨動畫卡通〈鷸蚌相爭〉，與《戰國策・燕策》所記載的「鷸蚌相爭」，有哪些地方不相同？

（2）它增加了哪一些情節？這樣改編，你覺得可以產生哪些效果？

（3）在這部影片中，你最喜歡哪一個角色？它的哪一個
特點最吸引你？

（4）你覺得影片中哪一部分的情節最有特色、最精彩？
為什麼？

（5）請你說一說自己經由「影片的觀賞」、「題目的引
導」，一步一步進行觀察與思索，這樣的活動安排，對寫作可
以產生哪一些好的影響？

（6）最後，請你觀賞影片之後的心得。（字數約 150 字
左右）

（三）寓言故事啟示多

請你仔細閱讀以下三篇寓言故事，然後挑選其中一篇，自訂一個適宜的題目，抒寫 300 字左右的讀後心得。

1.〈守株待兔〉

正文

宋人有耕田者，田中有株。兔走，觸株折頸而死。因釋其耒而守株，冀復得兔。兔不可復得，而身為宋國笑。

賞析

綜觀全文，可以發現它也是形成了「先因後果」結構。「因果」法，許恂儒《作文百法》說它是我國開化最早，可以上溯至甲骨文獻的篇章結構類型。若用於記事，可以引起讀者閱讀的興趣，全面了解事情的原委；若用於議論，可以幫助讀者弄清客觀事物發展變化的前因後果，全面地認識事物，更好地對事物的本質作出正確的判斷。所以，它符合人們認識活動和思想發展的邏輯，因為宇宙中所有的現象或事實，並非偶然發生，而是必有其「所以然之理」。人類依據這種因果律，用來推求事物「所以然」之理，自是健全而可靠。如本文，因為「田中有株」，所以才有兔子「觸株折頸而死」這一件事產生；也因為宋人平白得到了一隻死兔子，心生貪念，荒廢耕種，才會落得「身為宋國笑」這一個結果來。

結構分析表

```
┌ 因 ┌ 因：「宋人有耕田者」二句
│    └ 果：「兔走」二句
│    ┌ 因：「因釋其耒而守株」二句
└ 果 └ 果：「兔不可復得」二句
```

2.〈買履取度〉

正文

　　鄭人有且置履者，先自度其足而置之其坐，至之市而忘操之，已得履，乃曰：「吾忘持度。」反歸取之，及反，市罷，遂不得履。人曰：「何不試之以足？」曰：「寧信度，無自信也。」

賞析

　　因果法，是按照客觀事物的因果關係來安排組織材料的一種結構方式。它可以由事情發生的「原因」，順推出事情的「結果」，使讀者自然而然地掌握行文的脈理。「自度其足」的鄭人，因為將「度」放在位子上而忘了帶到市集，於是急急忙忙返回家中拿取。費時往返的結果，自是買不到鞋子。文末，韓非子以別人「問」、鄭人「答」的形式，把一個「寧信度，無自信」、捨本逐末的愚者形象，生動傳神地凸顯了出來。

結構分析表

```
┌ 因 ┌ 因：「鄭人有且置履者」六句
│    └ 果：「反歸取之」四句
│    ┌ 因：「人曰」二句
└ 果 └ 果：「曰：寧信度」三句
```

3.〈濫竽充數〉

正文

　　齊宣王使人吹竽，必三百人。南郭處士請為王吹竽，宣王說之，廩食以數百人。宣王死，湣王立，好一一聽之，處士逃。

賞析

　　情節的進程愈具有「因果性」，帶給讀者的時間感就愈強。由於它容易產生規律美，又符合事理展演秩序的順推式結構；因此，寓言故事最常採用因果法來安排布局，〈濫竽充數〉也是如此。齊宣王愛聽三百人齊吹的大合奏，南郭處士「濫竽充數」的機會因而得逞；等到喜愛「一一聽之」的齊湣王登位，南郭處士自然是僅落得「逃」這一個下場了。

結構分析表

```
    ┌因┌因：「齊宣王使人吹竽」二句
    │  └果：「南郭處士請為王吹竽」三句
    │
    └果┌因：「宣王死」三句
       └果：「處士逃」句
```

三、欣賞與省思

　　藉助於洞察力，藉助於異中求同、同中求異的比較，可以發現此物和彼物的異與同。以文字為媒介的文學作品，遇見了以水墨、聲音、影像為媒介的卡通動畫，撞擊出最美麗的創意火花：

（1）水墨動畫卡通比文章多了一些角色，多了水中游來游去的小魚和可愛的烏龜，也多了被翠鳥啄起起的小蟲和因為釣不到魚而喝醉酒的漁翁。卡通動畫比較活潑、生動、有趣，更能吸引讀者的目光，產生深刻的印象。（李柏緯）

（2）本來簡短的故事，因為增加了許多新的劇情，例如翠鳥的出現、漁翁捕不到魚、蚌殼裡的珍珠、蚌會噴水柱、以及鷸對蚌展開強烈的攻勢等，都增添了更多的故事性。（張永郁）

（3）我最喜歡蚌。因為牠給人的感覺最「與世無爭」，連漁翁想取珍珠時，牠也只是跳回水裡，面對鷸的誘惑時也無動於衷；直到鷸展開強烈的攻勢，才開始對鷸噴水槍。牠那種只想保護自己並無殺生之意的模樣，我很喜歡。（張永郁）

（4）鷸旁多了一隻翠鳥作配角，牠不僅和翠鳥搶食物，蚌把食物夾住了，還用盡了各種方法要打開蚌殼。蚌卻始終緊閉，結果一打開殼就把鷸的嘴給夾住了。鷸揮動翅膀拖著蚌四處竄飛，就是為了要甩掉牠。就在這時候，一旁窺伺良久的漁翁一次就抓住了鷸和蚌。這個劇情比課文生動多了。（黃麗穎）

（5）經由「影片觀賞」、「劇情回顧」、到「影片再度觀賞」、再到「答案檢討」，可以考驗記憶力以及觀察力；藉由題目的引導，可以讓人仔細回想劇情，進而訓練思考力。這種方式能讓我們在寫作時，以自己的話語仔細寫出自己的想法，這樣就能讓文章顯得更有內容。（張

永郁）

（6）「鷸蚌相爭」跟「螳螂捕蟬，黃雀在後」的寓意，其實是差不多的，牠們都只急於眼前的獵物而沒有注意自己周遭的危險。看一看，想一想之後，會發現在現實生活中也有類似的情形產生……。例如，有時新聞會報導百姓投資時都只看見眼前的利益而忘了防備之心，等到發現被詐騙集團欺騙了才欲哭無淚。所以，看到好處時，一定要三思，先計畫好，有所防備再下手；不然就會像「鷸蚌相爭」或「螳螂捕蟬」裡的鷸、蚌、螳螂和蟬一樣，處在危險之中還不自知呢！（王怡茜）

（7）這部影片，最重要的是在說明鷸鳥和蚌兩者互不相讓，最後都被漁夫給抓走了。這部水墨卡通動畫非常有特色，作者把情節做得更生動更活潑，讓看過的觀賞者能夠有很深的印象。影片中，我最喜歡蚌，因為牠那小小的身軀居然可以把鷸鳥的腳緊緊抓住，令我非常佩服。而且，經由這樣的寫作方式，可以增加我們的觀察力，讓我們獲得更多的寫作題材，寫出來的文章也可以更棒。（王怡雯）

　　藉由學習單回顧影片的內容情節，再依題目的引導深入思索，學生更能進行細部的觀察。此外，耿定向也有一篇充滿諷喻性的寓言〈假人〉，被上海美術電影製成了動畫片〈草人〉，文學搭配動畫藝術，作為激盪學生想像力的課外閱讀，效果十分良好。其原文如下：

人有魚池，苦群鷠竊啄食之，乃束草為人，披蓑、戴笠、持竿，植之池中以懼之。群鷠初回翔不敢即下，已漸審視，下啄。久之，時飛止笠上，恬不為驚。人有見者，竊去芻人，自披蓑、戴笠、持竿，而立池中。仍下啄，飛止如故，人隨手執其足，鷠不能脫，奮翼，聲「假假」。人曰：「先故假，今亦假邪？」

寓言故事，有情節，有出人意料的結局，又多形成簡明易懂的因果邏輯結構；若再配合蔡志忠所繪的《法家的峻言・韓非子說》（時報文化出版），圖與文相映生輝，對學生寫作力的提升自有助益。如林昌役〈守株待兔讀後心得〉，在平淡的文字裡，論述了他所獲得的啟示：

寓言故事啟示多，我們能夠從各種的寓言故事，得到啟發，像我就從〈守株待兔〉這一篇寓言故事當中學到了一些為人處事的道理。

宋國，有一個在田裡耕作的農夫，在工作之餘，碰巧看到一隻兔子，因為跑得太快撞到田地旁的樹而死了，於是農夫心想：「哈哈哈！今天竟然可以得到一隻兔子，真是不勞而獲。」從此以後，農夫以為只要靜靜的等待，就會有兔子自動送上門來，於是他開始放下耕作的工具，不再耕種，但是卻沒料到兔子從此不再出現了，最後大家都嘲笑這個成天想要不工作就得到利益的農夫。

從這一個故事，我發現一個傻傻的農夫以為只要等待就能有所收穫，這是一件不可能的事。但是相反的，只要肯努力，

並設定單一目標，集中精神，相信就能得到很多的收穫。

　　許維伶寫的是〈買履取度〉的讀後心得：

　　曾聽過「買履取度」的故事嗎？有人要買鞋子，卻不相信
自己的腳，實在是太沒自信，也太捨本逐末了。

　　現代社會中，常常有人跟隨明星或名模穿著樣式大同小異
的衣服，只要流行任何一種穿著，就跟著去做，這也是不相信
自己本身的美麗而跟著流行走，這不就跟買履取度裡的鄭人，
不相信自己的腳一樣的道理嗎？我生平最討厭的就是跟流行，
我覺得那是既多餘又浪費錢，所以我從來都沒要求媽媽買給我
什麼。每個人的價值觀不同，因此看法也會不一樣，衣服或任
何流行的事物，我都是以舒服來作判斷。希望大家都能夠發現
自己的內在美，並且發掘出來，相信自己，那你一定能成為最
漂亮的人！

　　陳依德〈當個實實在在的有能力者〉一文，題目訂得好，
在內容的表達與闡述上，也頗為貼切；與「濫竽充數」的寓
意，恰形成正反對比，彰顯了全篇的旨意：

　　人在做每一件事時，都需要專注的心，但專注的前提是必
須擁有自己的本事，而本事要靠自己的努力得來，自己擁有一
身好本領，走遍天下都有可容身之處呢！俗話說：「真金不怕
火煉」，若有真實的能力，又何必害怕別人給予你的任何考驗
呢？人的一生會經過無數個考驗，唯有能力足夠之人，才可面

對上天或周遭的人給自己的種種考驗，而不是在還沒開始做任何事前，就評斷自己是個無能力者，臨陣脫逃，這真是讓人感到好笑之舉。文中提到，「處士逃」就是沒有真正去下工夫來做「吹竽」這一件事，真正下工夫的人一定是在日常生活中，大小事都可做得十分完善的人。完善的下工夫，對每個人來說，都是對自己一項極大的挑戰，若能成功渡過這項挑戰，他日不論做任何事，必定可以信心大增、完成考驗！

陳律行則是以「真誠的人，最美麗」這一個結語，提出對「濫竽充數」這一類人的警示：

這個故事在述說一位南郭處士，幫皇帝吹竽，當時皇帝喜歡聽上百人一起吹奏，所以也沒人會發現其實那位南郭處士根本就不會吹，只是來領錢的。直到有一天，皇帝去世，新皇帝雖也喜愛聽以竽所吹奏的歌曲，不過湣王認為獨奏比上百人所吹的音色更美，所以喜歡把吹竽的一個個叫來，好好欣賞，這下可好了！那位天天騙吃騙喝的南郭處士就得跑啦！

這個故事告訴我們，凡事要以自己的努力來換取，千萬不要得自己不該得的，也千萬不要對自己不誠實，這樣才是個成功的人，才是最真實的自己，因為「真誠的人，最美麗」！反之，有些人做事不老實、總是抱著「反正也沒人會發現」的觀念，這樣反而自食惡果、害了自己。

江姿穎〈濫竽充數——沒本事〉一文，反求諸己，以做個具有「一技之長」、「過得心安理得」的人來自我期許：

　　南郭處士沒本事，也要裝懂吹竽，下場便是逃之夭夭，真是「早知如此，何必當初」！一開始就腳踏實地不是更好嗎？所以說，「一枝草，一點露」，只要肯付出、肯努力，在你眼前，將是那一片光明；反之，如果常投機取巧，魚目混珠，下場必將和南郭處士一樣，自食惡果。

　　南郭處士的例子，就是在警惕我們，凡事要靠自己努力，好工夫要日積月累。不懂時，便要虛心求教；了解時，便要態度謙虛，成功的道理就在這裡。

　　在現代社會中，像南郭處士的行為，已是十分普遍，總有人喜歡混水摸魚，最後多半是被「炒魷魚」，與其這樣，那我寧可學會一技之長，以求三餐溫飽。因為，對我來說，只有這樣，才能過得心安理得。

木蘭與女媧

一、設計理念

　　神話，是斡旋於意識與潛意識之間的審美創造，它既反映了先民對自然的敬畏之情，也幽微地說明了先民對自然現象的詮釋意圖；因此，它在「不實」的背後，寓有「不實」背後的一種理由或理想。

　　我們若從女媧造人、補天、制嫁娶之禮等神話傳說，以及《詩經・大雅》：「厥生初民，時維姜嫄」、《白虎通》：「太古之民但知其母，不知其父」等文獻記載來看，可以窺見沉澱在漢民族文化底層之中的母神信仰。「煉石以補天」，原本是為司馬中原〈走進春天的懷抱〉一文所設計的教學活動，由於女媧博土造人、護民愛人的母神形象，又可和〈木蘭詩〉裡所描繪的女英雄形象遙相契應；於是，我大膽地讓木蘭遇見女媧，利用迪士尼〈花木蘭〉卡通影片和上海美術電影製片廠的〈女媧〉動畫等資源，引導學生寫作。

二、教學活動設計

（一）〈木蘭詩〉章法賞析

正文

略。

結構分析表

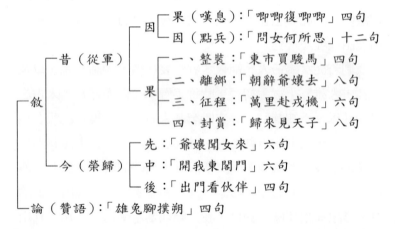

敍
├─ 昔（從軍）
│   ├─ 因
│   │   ├─ 果（嘆息）：「唧唧復唧唧」四句
│   │   └─ 因（點兵）：「問女何所思」十二句
│   └─ 果
│   ├─ 一、整裝：「東市買駿馬」四句
│   ├─ 二、離鄉：「朝辭爺孃去」八句
│   ├─ 三、征程：「萬里赴戎機」六句
│   └─ 四、封賞：「歸來見天子」八句
├─ 今（榮歸）
│   ├─ 先：「爺孃聞女來」六句
│   ├─ 中：「開我東閣門」六句
│   └─ 後：「出門看伙伴」四句
論（贊語）：「雄兔腳撲朔」四句

賞析

　　這首詩形成了「先敍後論」結構。首段，以設問方式，說明木蘭代父從軍的原因。這是整個故事的前奏、引子，為後面的整裝、出征、凱旋，預先鋪路。

　　「東市買駿馬」四句，藉木蘭快速整裝軍備的情形，與下文的征程、凱旋相呼應，也和恢復女兒身後的形象產生了映照的效果。「朝辭爺孃去」八句，以「朝」、「暮」、「黃河」、「黑

山」等由近及遠的時空推移，點出行軍速度之快和征途之所見所感，以襯托木蘭對父母的思念之情。它除了具有引出征程的作用，又與榮歸時的歡喜心情形成鮮明的對照。「萬里赴戎機」六句，先寫出征的節節勝利，次寫征戍的苦寒生活，再寫歷經長期征戰後凱旋歸來的情景。在這個部分，詩人以精煉之筆，勾勒一個「智勇雙全」的女英雄形象。

「歸來見天子」八句，緊承上句的「歸」字，以問答的方式，鋪陳木蘭的軍功與天子的封賞，高明地襯托木蘭之孝和保家衛國之忠。「爺孃聞女來」以下，順著故事情節的發展，敘寫木蘭榮歸、家人重聚、換上舊裝、同伴驚惶的情形。「雄兔腳撲朔」四句，既是木蘭的自豪語，也是作者對木蘭的頌揚，頌揚木蘭巾幗不讓鬚眉的智慧與英勇。全詩不避雷同地運用了大量的類疊語句，反覆吟詠，既生動描繪出主人翁的神態，又呈現和諧有致的節奏感，形成民歌特有的情調。

（二）〈花木蘭〉影片欣賞

1. 單于出場，木蘭從軍

（1）一幅中國山水畫帶出了長城 ⟶ 一隻（　　　　　）出現 ⟶ 邊疆守將點下（　　　　　　　），單于火燒軍旗，旗上的圖騰是（　　　　　）⟶ 鏡頭跳接至皇宮城門，門上的圖騰是（　　　　　）⟶ 將軍觀見皇上。

（2）將軍（英武形象）以為：京城士兵即能保家衛國 ⟶ 皇上（道家形象）堅信：小兵也能立大功。

（3）鏡頭轉至木蘭以（　　　　　）手寫毛筆字，寫下（　　　）、（　　　）、（　　　）、（　　　）八字在手

上 ━━► 狗帶著鏡頭奔向祠堂 ━━► 父親焚香，把香插在香盤上，（　　　　　）第一次出現 ━━► 北方的祖先牌位是（　　　　　） ━━► 雞狗在祠堂，雞飛狗跳，預示此次相親將會（　　　　　）。

（4）祖母為木蘭準備的吉祥物是（　　　　　）━━► 梳洗打扮的過程，以略敘手法帶過（因為這不是重點）━━► 梳髮時，木蘭自己撥下前額的一小綹髮絲，這可反映出木蘭（　　　　　　　　）的心理 ━━► 祖母為木蘭簪上髮簪（髮簪第一次出現），髮簪是女性的象徵。

（5）相親失敗 ━━► 在花園，父親為木蘭戴上髮簪（第二次出現），說：「這一朵花遲了，但一定開得更美麗！」暗示：（　　　　　　　　　）━━► 戰鼓聲起，軍師傳旨徵兵，每戶派一位壯丁，劇情出現轉折 ━━► 軍師與木蘭的第一次衝突：男人說話，女人不得插嘴（暗示當兵保家衛國是男人的職責，為下文木蘭削髮從軍的抉擇做一伏筆）。

（6）父親接旨時將拐杖交給母親，這表達的是（　　　　　　　　）━━► 父親取劍，由映在牆上舞劍的影子（虛寫），我們知道他跌倒了，表示其父已（　　　　　　）━━► 雨夜，坐在石像神龍下的木蘭，從窗中的光影見到母親對父親的不忍不捨之情，毅然代父從軍 ━━► 木蘭在父親枕邊放下（　　　　　）（第三次出現），代表她決定女扮男裝，放下女性形象從軍去。

（7）木蘭在祠堂，上香祈求祖先庇佑 ━━► 木蘭男扮女裝之場景，鏡頭的轉換俐落快捷，顯示她的決心。

（8）父親追出門外，（　　　　　　　）掉在地上（第四次出現），表示此後木蘭正式以男裝出場。

【參考答案】：

（1）鷹，烽火臺，龍，龍。

（3）左，婦德、婦言、婦功、婦容，木須，石碑，失敗。

（4）蟋蟀，想要做自己。

（5）木蘭將也有自己的一片天空。

（6）男性的尊嚴，年老，髮簪。

（8）髮簪。

2. 神龍不神，木須出場

（1）木須的出場：有著失敗的、不光榮的過去，是大家取笑、調侃的對象，是出糗、出狀況的麻煩人物（這一點和木蘭的出場是相似的）。━━▶ 被喚醒的祖先們在吵架時，小小不起眼的木須只能在一旁看（　　　　　）━━▶ 巨大的龍，石像神龍的崩毀，代表神龍不神；與小蟋蟀、木須等小昆蟲相較，形成一種強烈的（　　　　　）：小兵也能立大功（暗暗呼應皇上之言）。

（2）單于大軍捉到京城探子（單于第二次出現）。單于的寵物是一隻（　　　　　），與木蘭身邊無用的木須，恰成強烈的（　　　　　）━━▶ 單于留下（　　　）人回京城去送信，此時為何要以黑幕代過？可能的原因是：（　　　　　　　　　）。

（3）木須與木蘭碰頭了 ━━▶ 木須藉（　　　　）以放大自己的

影像，叫木蘭的馬為（　　　　），木蘭以為木須是一隻
（　　　　）。

（4）將軍與李翔及軍師出場，將軍定下計畫：在
（　　　　）關，攔阻單于的大軍 ⟶ 第一次進入營
區，木蘭與（　　　　）產生肢體的衝突（為後續的情
節做一伏筆）⟶ 李翔問木蘭的名字時，木蘭為何要吐
痰？因為：（　　　　　　　　　　）。

（5）第一天受訓，木蘭出發了，木須講了一句話：
（　　　　　　　　　）；這句話為結尾時木蘭接受
萬人歡呼，木須所說的「我的小寶貝終於長大了，還救
了大家！」做一有力的伏筆 ⟶ 木蘭睡遲了，阿堯喚她
叫（　　　　）⟶ 李翔要阿堯手提兩個鐵錘拔下
柱子頂端的箭，這兩個鐵錘，一代表（　　　　），一
代表（　　　　），這兩項特質也正是這支軍隊目前欠
缺的。

（6）〈男子漢〉歌曲的出現，快速交代軍事訓練的過程。阿
堯接住木棍丟給木蘭的場景共出現（　　　　）次。第
一次，阿堯以木棍（　　　　　　），此時，大家的訓練
成果是（　　　　　　）；第二次，阿堯把木棍傳給了木
蘭，大家的訓練成果是（　　　　　　　　）。藉著這一
個小小動作的轉變，表示軍事操練有了大大的進步。

参考答案：

（1）報紙，對比。

（2）鷹，對比，一，避免血腥鏡頭出現。

（3）火，母牛，蜥蜴。

（4）同蕭，阿堯，表示自己是男人。

（5）我的小寶貝要上戰場了，米粒小子，勇氣，紀律。

（6）二，絆倒木蘭，慘不忍睹，卓然有成。

3. 對決同蕭關

（1）單于出現時的場景多是什麼色系？（　　　　　）因為
　　這色系代表（　　　　　）━━ 鷹銜來的是一只
　　（　　　　　），單于將領們——嗅聞，說：是
　　（　　　　），來自高山；有白毛，是來自（　　　　）的
　　良馬；有（　　　　）味，是大炮，因此猜測皇上的軍
　　隊駐守在同蕭關。

（2）小蟋蟀打軍書，是配上（　　　　　）的聲音 ━━ 木須
　　送軍書給軍師是騎（　　　　　）。

（3）士兵高唱〈佳人歡迎我〉，以貫串出發征討的旅途 ━━
　　眾人士氣高昂，齊聲歡唱至最高潮，鏡頭帶至戰後殘敗
　　的同蕭關 ━━ 木蘭在地上拾起了布娃娃，這表示
　　（　　　　　　　）；金寶撿來將軍的頭盔，這表示
　　（　　　　　　　）；木蘭獻祭布娃娃於劍旁，是對死者的
　　哀悼。

（4）軍隊遇上單于大軍襲擊。單于與木蘭，鷹與木須，是一
　　個顯明的對比。木蘭發射火箭炮，引起（　　　　　），
　　掩埋單于大軍；救起李翔，展現她巾幗不讓鬚眉的智慧
　　與勇氣。 ━━ 木須喊：「你這個爛炮兵！」是因為
　　（　　　　　）

參考答案：

（1）黑，殘酷無情，布娃娃，黑松木，京城，硫磺。

（2）打字機，熊貓。

（3）單于過來了，將軍陣亡。

（4）雪崩，他以為木蘭要射單于。

4. 身分揭穿，京城突圍

（1）木蘭受劍傷，暴露女兒身 ⟶ 單于復出，混入京城，帶起故事另一高潮 ⟶ 李翔獻劍，（　　　　）奪劍，拋給蹲在（　　　　　）的單于（他隱身於垂脊上的眾多神獸之中，這個意象實在太經典了！）⟶ 皇帝被擄至宮內，木蘭獻策：以（　　　　）爬上宮柱（這一個場景，與木蘭爬上木柱取得李翔所射出的箭，兩者是相呼應的）。

（2）單于與皇上，匈奴將領與嬪妃，鷹與木須，單于與木蘭，都是一剛一柔的強烈對比：柔能克剛、小兵能立大功、悠悠故難量。

（3）單于追木蘭，追至屋頂。木蘭以（　　　　）制服單于的劍（你還記得木蘭與媒婆的衝突嗎？裡頭也有扇子！）⟶ 木須駕著（　　　　）擊倒單于 ⟶ 皇上謝木蘭救了大家，全民拜倒，在這榮耀的一刻，木須擦著淚說：「我的小寶貝終於長大了，還救了大家！」與前文呼應。

（4）故事進入尾聲，年邁的父親坐在花園中思念女兒（木蘭相親失敗時，父女兩人在這兒有一段溫馨的對話，你還

記得嗎？），身旁的花兒開始飄落，表示（　　　　　）的
推移。

（5）木蘭光宗耀祖，木須得了守護神的地位，（　　　　　）在
敲鑼打鼓；（　　　　）和（　　　　　）再次衝入祠堂，有
（　　　　　　　　）的效果。故事在祖先呼喚「木須」
的聲音中圓滿落幕。

參考答案：

（1）鷹，屋脊，領巾。

（3）扇子，煙火炮。

（4）時間。

（5）蟋蟀，雞，狗，前後呼應。

5. 寫下自己心中的觸感

（1）觀賞完這一部影片，留給你印象最鮮明深刻的劇情
是哪一段落？

| |
| |
| |

（2）在這個故事裡，你最喜愛的是哪一個角色？它有什
麼吸引你的特點？

| |
| |
| |

（3）請你就片中人物的選擇、情節的安排、色彩的運用……等，或是其他任何能引發你的豐富聯想的事項，以 500 字左右詳述自己的體會與感受。

（三）煉石以補天

女媧是中國歷史神話傳說中的女神。《太平御覽》說她仿照自己的模樣，用黃土和水，創造了小泥人。因速度太慢，於是揮舞一根藤條，令噴灑出來的點點泥漿都變成了人；又制訂嫁娶之禮，延續人類生命。於是，女媧和伏羲、神農，成為華夏民族的三皇。《淮南子·覽冥訓》也記載，女媧曾經冶煉五色石以補蒼天，傳說雨後出現的彩虹，就是補天神石的彩光。請你仔細觀賞影片，然後依提示作答。

1.〈女媧〉影片欣賞

（1）鏡頭下的女媧，與天空中（ 　　　 ）形的星座相繼出現。 ➡ 女媧身上以（ 　　　 ）裹身，以符合上古時期先民的衣著。女媧向左向右長呼嘯吟，獨坐在漫漫洪荒之中。 ➡ 兩隻（ 　　　 ）游了過來，帶出此時女媧正獨坐於（ 　　　 ）畔。 ➡ 見了水，女媧（ 　　　 ），照見了自己的孤單。 ➡ 女媧的腦海中，浮現出一個自身的影像。 ➡ 於是，女媧以（ 　　 ）和（ 　　　 ），仿照自己的樣子造出了一個個小泥人，性別是（ 　　　 ）。 ➡ 女媧見泥人全是女性，於是再造了（ 　　 ）性泥人。 ➡ 男女對舞、群舞，分開，會合，再分開。會合時的形狀，頗似一團（ 　　　 ），其原因可能是：（ 　　　 ）。

再分開時，隊伍中間出現了三、四個（　　　　　）。這
代表了（　　　　　　　　　　　）。━━ 女媧見了此
景，改以（　　　　　）搏土造人，於是成千上百的泥
人，步上了舞臺。━━ 心滿意足的女媧，蜷身抱膝，坐
於天地洪荒之間。

（2）火神（　　　　　）與水神（　　　　　）出場，火神的造
型似（　　　　　），全身為（　　　　）色系，符合「火」
的特質。水神的造型似（　　　　　　），全身為（　　　）
色系，符合「水」的特質。━━ 兩神踩腳蹬地，飛上山
頂，水火相鬥。━━ 火神擲出頭頂的標誌，水神也擲出
標誌，兩者在人間追逐打鬥，水火無情，塗炭生靈，百
姓爭相走避。━━ 女媧以一片（　　　　　），救起百
姓（這頗有諾亞方舟的意味）。━━ 水火二神，猛然一
撞，「碰！」「碰！」「碰！」天裂了個大縫，山石崩落，
壓死了百姓。━━ 女媧抬頭見天裂了，於是飛上天（這
個優雅逸致的飛天姿勢，取材於敦煌壁畫）。━━ 山谷
間，先是升起了一縷縷的煙，繼而發出一道道五彩光
芒，這表示：（　　　　　　　　　）。━━ 煉了五彩
石，女媧飛升以補天，如是反覆者多次。━━ 起初很順
利，泥人也在山谷間歡欣鼓舞；但因天洞崩裂得愈來愈
嚴重，最後出現了一道類似（　　　　）形的大裂縫，於
是女媧以（　　　　）來補天，天才得以補平。━━ 地
上的泥人見女媧捨身以補天，紛紛哭泣。此時，女媧所
補的天空中，出現了一個（　　　　　　　）形狀的星
座，見證了女媧補天的神話傳說。

參考答案：

（1）M，樹葉，魚，湖，臨水照鏡，黃土，水，女性，男，泥漿，人是泥土做的，小孩，繁衍後代，藤條。

（2）祝融，共工，牛，橘，蝦蟆，藍，葉子，女媧在煉石，大字，自己，M。

2. 想一想

（1）水神和火神吵架，結果撞毀了支撐天地的柱子，天出現了大窟窿，地也陷成一道大裂紋。你對這個神話傳說有什麼看法？

| |
| |
| |

（2）你對女媧煉石補天的神話，產生了哪一些美麗的想像？

| |
| |
| |

（3）女媧先造女人再造男人的傳說，與西方上帝依自己的樣子造了亞當，再取亞當的一根肋骨，又造了夏娃的傳說，兩者雖有異曲而同工之妙，但又透顯了許多的差異。請你思索之後，說說自己的看法。

```
┌─────────────────────────────────────────────┐
│                                             │
├─────────────────────────────────────────────┤
│                                             │
├─────────────────────────────────────────────┤
│                                             │
└─────────────────────────────────────────────┘
```

（4）除了華夏民族，搏土造人的神話傳說，也常可見於其他民族。看完了這部影片，請就你的觀賞心得與體會，說說這其中可能蘊涵的深意。（關於這個問題，學者專家們目前也還沒有找到真確的解答。只要言之有理，你可以大膽地放縱自己豐富的想像力、創造力來作答）。

```
┌─────────────────────────────────────────────┐
│                                             │
├─────────────────────────────────────────────┤
│                                             │
├─────────────────────────────────────────────┤
│                                             │
└─────────────────────────────────────────────┘
```

（5）無論是女媧、水神、火神，或是泥人們在一起狂歡群舞時的情景，都不脫離最原始的造型——線條。請問，作者運用了大量的「線條」元素來構圖，可以在這部影片中發揮什麼作用？產生哪一些相輔相佐的效果？

```
┌─────────────────────────────────────────────┐
│                                             │
├─────────────────────────────────────────────┤
│                                             │
├─────────────────────────────────────────────┤
│                                             │
└─────────────────────────────────────────────┘
```

（6）你發現了嗎？在這部影片中，除了人類用來表達喜、怒、哀、樂、愛、惡、欲、驚、恐等最原始的情感所發出的聲響外；整部影片，從頭至尾，都沒有運用「語言」。因為有了「語言」這一個進行溝通、交流的思維工具，人類的歷史文化才產生了大躍進。請問，影片之所以不運用「語言」這一

個工具，它的用意是什麼？可以產生哪一些美好的效果，以帶
給觀賞者更大的震撼，產生更大的想像空間？

| |
| |
| |

　　（7）最後，請你自訂一個適宜的題目，並將以上問題的
答案，融為一篇 600 字左右的文章。

三、欣賞與省思

　　由於〈花木蘭〉影片所需的時間較長，為了不耽誤進度，
我們大都利用班週會等課堂分段觀賞；為了有較好的教學效
果，每播放一個段落就得暫停下來，一一解說人物的選擇、情
節的安排、色彩的運用等可能代表的意涵，然後經由「想像」
這一神性的視力拓展心眼，誕生精彩的作品。例如，令陳儷文
印象最鮮明的劇情是：

　　　　觀賞完這一部影片，留給我印象最鮮明深刻的劇情是軍
　　　事訓練的課程。除了背景音樂〈男子漢〉十分吸引人之
　　　外，整個雖快速帶過，但在短短的時間內，軍隊便由一
　　　盤散沙到訓練結果有成，是十分令人欣慰的。

　　她也說明了自己最喜愛的角色是老奶奶：

我最喜愛的角色為木蘭的奶奶，雖說在整部戲裡，老奶奶出現的場景並不多，但她幽默的言談和與眾不同的行徑，除了讓人跌破眼鏡外，更為這個故事增添了不少「笑果」。

性格不同，喜愛的對象自然也不同，華介甫最喜歡的是單于：

因為他居然能夠靠著他的騎兵步隊，一路戰勝北朝的軍隊，而且被大雪掩埋後還能活著出來。最了不起的是殺進城裡，爬到皇宮屋頂還沒被發現，這證明了他是個具備聰明才智和勇氣的大首領。若少了他，匈奴大軍可能也贏不了那麼久吧！

詼諧老奶奶、陰鷙單于、搞笑木須，烘襯了一部成功的影片。當然，最受歡迎的還是木蘭。如謝汶均的〈女英雄花木蘭〉：

在中國的歷史上，能成為英雄的女子屈指可數，而花木蘭就是其中之一。木蘭以過人的機智及勇氣救了全中國的人民，也使她的芳名名垂青史，她由一位平凡女子一躍成為中國女英雄的傳奇事蹟，更是後世所津津樂道的對象。
迪士尼以精湛的手法將木蘭與單于的強烈對比描寫得淋漓盡致──一個身材纖細、長相標致；一個身材壯碩、長相粗獷。製作人刻意加強木蘭的柔弱及單于的剛強，

使觀眾產生視覺上的懸殊感；但最後，木蘭卻以機智及
勇氣打敗了強大的單于，同時也標明了本片的主旨——
柔能克剛。除了剛柔對比外，製作人還運用了幾種特別
的手法製造影片效果，如：以扇子、髮簪象徵女性，祠
堂中的雞飛狗跳為相親的失敗鋪陳，而皇上的消瘦形象
更是符合了無為而治的道家精神！

紅花雖美，也需要綠葉陪襯。一部成功的影片，不僅要
以精彩的故事為主軸，還必須有出色的音效及色彩來襯
托。這部影片以黑色系突出了單于的陰險、凶詐、狡
猾，讓觀眾對這位陰沉的匈奴王又多了幾分畏懼。木蘭
及伙伴們在軍事訓練的過程中所高歌的〈男子漢〉充滿
了陽剛味，也增強了整個軍隊的雄壯之感。

花木蘭，就如同庭院中那一朵遲開的花兒。它的延遲，
是為了吸取天地日月更多的精華，以綻放出最燦爛的光
芒！

「煉石以補天」六道題目，分從搏土造人的神話傳說、線
條意象、語言聲音等角度來探討這部影片可能蘊涵的深意。有
一些問題，教師得事先多花費一點心神加以解說，激發學生的
想像，才能獲得相對理想的成果：

（1）因為水神和火神吵架，天空被撞毀了一個大窟
窿。縱使這故事聽起來十分的「不真實」，卻充滿了許
多的想像和童趣，也開啟了我對神話的許多聯想。（陳
儷文）

（2）為了修補水神、火神因打鬥而撞毀的裂洞，女媧煉石補天，最後甚至不惜自己的身體將洞補起來。猶如母親們為了兒女不辭辛勞的奔波，有時連健康都不顧了。這種犧牲真的十分令人感動。（陳儷文）

（3）最早的中國人是母系社會，所以他們認為人類的創始者是女性的女媧，女媧再以自己的模樣造出了第一個人類——女人。西方呢？則認為人類的創始者是男性的上帝，上帝再以自己的樣子創造了第一個人類——男人。可見人們會因生長背景及想法的不同，創造出完全相反的神話。（謝汶均）

（4）人類常會因為自己主觀的想法而創造出許多美麗的神話，我想，人類的祖先認為人是由泥土做成的，才會創造「女媧造人」這個神話。不過想一想，我們的老祖宗還真是言之有理呢！因為草食性動物的食物——草，就是從泥土裡長出來的。牠們將草轉化成體內的養分，我們吃牠們，將牠們的肉轉換成我們的肉，所以說人類是由泥土做成的，真是一點也不為過啊！（謝汶均）

（5）作者運用了大量的「線條」構圖，表示上古世界人類簡單的思想。影片中人物的身體結構就如同由幾條線相互串連而成的「線條人」，簡單得令人一眼就看出其蘊藏的內涵。不僅如此，它也充分表達了上古世界中的生物都是如此單純、不複雜，沒有一點兒心眼，毫無隱秘。（謝汶均）

（6）語言，是一個國家文明的代表，我們可以從語言

間的差異分辨出其獨特的風格。可是，最原始的、最單純的、最能感動人心的卻不是語言，而是聲音！聲音可以感化一切，就如同影片剛開始時，女媧向左右兩邊吶喊，而傳回來的，除了自己的聲音外，還是自己的，充滿了濃濃的孤獨，令人覺得一股沉重的氣息壓在心中，不禁使人感到不捨。有時，語言也是壓抑情緒的工具，反而聲音最能散發情感，使萬物充滿生機。（賴惟筵）

（7）影片中沒有出現任何語言，符合了考古學的發現——世界上剛開始出現的人類，只會用吼叫、怒號來表達自身的情感，並沒有可以進行溝通、交流的思維工具「語言」。這部影片充分運用了這個道理，使觀賞者更會費心思猜測劇中人物所要表達的意含，也增加了趣味性。（謝汶均）

（8）語言、文字的發明和創造，是人類歷史演進的一項重要指標。早期，人類沒有辦法用共同的語言或是使用共通的文字溝通，僅能使用肢體代替口語表達，用喜、怒、哀、樂等表情代替文字交流。這部影片使用極少量的聲效，十分具有「原味」，不會令人有太現代的感覺。（陳儷文）

　　題目設計的用意，就在於從各個不同的面相進行觀察與思索，蒐集寫作的材料，免除了腸枯思竭的窘迫。然後再利用這些材料化為一篇好文章。如王彥淳的〈中國的女超人〉，文意清新有趣，前後也交相呼應：

傳說火神和水神吵架，兩人大打出手，水神一個迴旋踢，火神一個過肩摔，說時遲，那時快，砰的一聲！水神以光速撞斷了不周山。瞬間，天崩地裂，鬼哭神嚎，從天上掉下來的巨石打傷了人們。就在這緊張的時刻，女媧出現了。她左手一砍，害人的大鱉死了；她右手一揮，傷人的毒蛟死了。女媧砍下鱉足當柱，以毒蛟為繩，讓天再度被撐起來；又煉五彩石放入破洞之中，就這樣，人間恢復了和平。

女媧的神奇傳說還不止這一則，東方的女媧和西方的上帝，一人先造女再造男，一人先造男再造女，怎麼會有那麼巧的事？或許是上帝知道女媧先造了女人，所以為了兩性平權，就先造了男人。由此可見，古時就有正確的兩性觀。生命的起源來自於大地，從女媧搏土造人的傳說就能了解一二。因為植物從大地中吸取了養分，動物再從植物中吸取養分，動、植物死後又回歸大地，自然的規律不斷輪迴。

這部影片中，作者運用了大量的線條元素來構圖，這是由於上古的先民十分淳樸，想法又簡單，而線條正是圖畫中最簡單的構圖元素。而且，古時沒有立體的概念，線條構圖可讓人一眼就看出其中的道理。此外，「語言」雖然可以使人們的表達更詳盡，但上古人民個性單純，並沒有太多的想法；所以影片裡只運用了原始的情感，沒有「語言」。

觀賞了這部影片，我覺得如果當初水神和火神肯彌補自己無心犯下的錯誤，可能就不會隨著神話遺臭萬年了，

或許還會成為人間的美談呢！

賈逸翔〈人類的起源〉也充分運用了蒐羅的材料，化為一篇可圈可點的絕妙好文：

> 「往古之時，四極廢，九州裂。天不兼覆，地不周載，火爁炎而不滅，水浩洋而不息，……」；於是女媧煉石以補蒼天，拯救眾生，終為填補天之大縫而犧牲己身，與天地合而為一。人們雖悲痛欲絕，卻再也喚不回女媧了，再也喚不回那位搏土造人、被喻為華夏民族之母的女媧了……。
>
> 話說上古時代，天地相距不過幾尺，於是盤古開天，卻因過度勞累而臥於天地之間，化為泥土。而後女媧來到人間，眼見天下萬物皆備，唯獨少了個「人」！便捏黃土造泥娃，當作自己的伙伴。女媧見人間萬物俱備，便心滿意足地沉沉睡去。共工怒觸不周山，造成天地出現了許多裂縫，大洪水沖散了泥娃的部落，祝融之火燒毀了小泥娃的房屋，大家再度向女媧求助，從沉睡中醒來的女媧看到原本美好的大地，竟被破壞到這種地步，忍住悲憤之情，再度為子民奮戰，煉彩石補蒼天，斬龜足撐四極。最後，雖然彩石補足了大部分的裂縫，但還是有一道大缺口尚未填滿。女媧害怕整片天再度崩塌，於是以自身填補了那道裂縫。如此悲壯的傳說，就這樣流傳至今。
>
> 女媧娘娘造人的傳說或許是杜撰的，但它確實也有幾分

根據。中國的歷史年代夠久遠，上古的人民生活都是以農業為主，靠天地吃飯，十分的貼近土地；說人類是黃土造的，一點也不為過！

有人說，天空出現的彩虹，就是女媧補天神石的彩光。你相信嗎？

謝汶均的〈人類的母親〉，表現也十分出色：

人類常會因為自己的主觀想法，創造出許多美麗的神話故事，有些是說給孩子聽的床邊故事，有的則是為了詮釋這大千世界許多的自然現象，「女媧補天」就是其中之一。

影片一開始，在一片天籟之中，女媧與天空中Ｍ形的星座相繼出現，女媧被著樹葉的身影在廣闊的大地裡顯得格外孤獨，於是女媧仿照自己的樣子做了幾個有男有女的小泥人。作者運用了大量的「線條」構圖，表示上古世界人類簡單的思想。影片中人類的身體結構就如同由幾條線相互串連而成的「線條人」一般，簡單得令人一眼就看出其蘊藏的內涵。

小泥人們原本和女媧在大地上過著幸福快樂的日子，但好景不常，水神和火神吵架，把天撞出了一個大窟窿，支撐天的大石頭開始往下掉，洪水也無情的侵襲著人類賴以維生的大地，百姓爭相走避。善良的女媧煉五彩石補天，以彌補祝融和共工所犯下的錯誤，最後甚至用自己的身體補天，讓百姓得以安居。偉大的女媧不愧是人

類的母親，為了孩子，連性命也可以賠上；由此可知，母愛真是一種令人意想不到的神奇力量。

這部影片得以出類拔萃之處，在於它引人深思的內涵及依據考古而編成的劇情。古時候的人類還不懂得養蠶取絲，只能以獸皮、樹葉裹身，所以女媧的穿著也只有幾片葉子，象徵著上古時代人類的衣著，而女媧飛升補天的美姿更取材於敦煌壁畫！影片中沒有出現任何語言，也符合了考古學的研究──世界上剛開始出現的人類，只會用吼叫、怒號來表達自身的情感，並沒有可以進行溝通、交流的思維工具「語言」。這部影片充分運用了這個道理，使觀賞者更會費盡心思猜測劇中人物所要表達的意含，也增加了影片的趣味性。

參考文獻

一、專著（依姓氏筆劃排序）

Linda Campbell, Bruce Campbell, Dee Dickinson 著，郭俊賢、陳淑惠譯《多元智慧的教與學》，臺北：遠流出版公司，1998 年 12 月 1 日初版一刷。

Thomas Armstrong、Ph.D. 著、李平譯《經營多元智慧》，臺北：遠流事業出版公司，2003 年 1 月 1 日 2 版 1 刷。

仇小屏《文章章法論》，臺北：萬卷樓圖書公司，1998 年 11 月初版。

王孝廉《中國的神話與傳說》，臺北：聯經出版事業公司，1977 年 10 月第 2 刷。

王維鏞《語言與思維》，福州：福建教育出版社，1996 年 5 月第 3 刷。

王德榮編《中國京劇藝術人物造型》，北京：五洲傳播出版社，1999 年 9 月第 1 版第 1 刷

台灣省野鳥協會《野鳥原音——山之籟 5》，臺灣：玉山出版社，1999 年。

台灣野鳥資訊社《台灣野鳥圖鑑》，臺中：台灣野鳥資訊社，1991 年 4 月。

朱光潛《談文學》，臺北：專業文化出版社，1989 年 5 月初版。

吳兆南編著、范國智、吳兆南繪《京劇臉譜集》，臺北：吳兆

南相聲劇藝社，2001 年 9 月初版。

吳楚材選注、王文濡評校《古文觀止》，臺北：華正書局，1998 年 8 月版。

呂清夫《造形原理》，臺北：雄獅圖書股份有限公司，1989 年 9 月 7 版。

李元洛《詩美學》，臺北：東大圖書公司，1990 年 2 月初版。

李丕顯《審美教育概論》，青島：海洋大學出版社，1991 年 1 月第 1 版第 1 刷。

李淳陽《李淳陽昆蟲記》，臺北：遠流事業出版公司，2005 年 6 月 3 版 1 刷。

李淳陽《李淳陽昆蟲記‧DVD》，臺北：遠版出版事業公司，2005 年。

宗白華《宗白華全集》，合肥：安徽教育出版社，1996 年 9 月 1 版 2 刷。

宗白華《美從何處來》，臺北：蒲公英出版社，1986 年。

林書堯《色彩學》，臺北：三民書局，1983 年 8 月修訂初版。

林書堯《基本造型學》，臺北：三民書局，1983 年 8 月修訂初版。

林語堂著、張振玉譯《蘇東坡傳》，臺北：大漢出版社，1983 年 3 月再版。

法布爾《法布爾昆蟲記全集》，臺北：遠流事業出版公司，2005 年 2 月初版 4 刷。

邱明正《審美心理學》，上海：復旦大學出版社，1993 年 4 月 1 版 1 刷。

侯健《文學通論》，北京：北京大學出版社，1986 年 5 月 1 版 1 刷。

姚一葦：《戲劇與文學》，臺北：聯經出版事業公司，1989 年 9 月初版

國立故宮編輯委員會編輯《文學名著與美術特展》，臺北：國立故宮博物院，2001 年 4 月初版 1 刷。

張春榮《一把文學的梯子》，臺北：爾雅出版社，1993 年 7 月 10 日初版。

張紅雨《寫作美學》，高雄：復文圖書出版社，1996 年 10 月初版 1 刷。

張默《小詩選讀》，臺北：爾雅出版社，1988 年 9 月 10 日 3 印。

曹國麟著、王少洲繪《國劇臉譜藝術》，臺北：漢光文化事業股份有限公司，1992 年 7 月 5 版。

許天治《藝術感通之研究》，臺北：臺灣省立博物館，1987 年 6 月初版。

陳多、葉長海等主編《中國京劇》，上海：上海古籍出版社，1999 年 10 月第 1 版第 1 刷。

陳滿銘《國文教學論叢》，臺北：萬卷樓圖書公司，1994 年 9 月初版 3 刷。

陳滿銘《作文教學指導》，臺北：萬卷樓圖書公司，1997 年 10 月初版 2 刷。

陳滿銘《章法學新裁》，臺北：萬卷樓圖書公司，2001 年 1 月初版。

陳滿銘主編《新式寫作教學導論》，臺北：萬卷樓圖書公司，2007 年 3 月初版。

彭冉齡《普通心理學》，北京：北京師範大學出版社，2001 年

5 月 2 版。

童慶炳《中國古代心理詩學與美學》，臺北：萬卷樓圖書公司，1994 年 8 月初版。

黃永武《字句鍛鍊法》，臺北：洪範書店，1986 年 11 月五版。

黃永武《詩與美》，臺北：洪範書店，1987 年 12 月 4 版。

黃淑貞《篇章對比與調和結構論》，臺北：萬卷樓圖書公司，2005 年 6 月初版。

黃淑貞《辭章章法四大律研究》，臺北：文津出版社，2007 年 1 月初版。

黃慶萱《修辭學》，臺北：三民書局，2002 年 10 月增訂 3 版 1 刷。

黃錦鋐《國文教學法》，臺北：三民書局，1997 年 7 月初版。

楊辛、甘霖《美學原理》，臺北：曉園出版社，1991 年 5 月第 1 版第 1 刷。

溫世仁等《孔子說》，臺北：明日工作室，2003 年 5 月初版 1 刷。

葉嘉瑩《我的詩詞道路》，臺北：桂冠圖書公司，2000 年 2 月初版 1 刷。

熊彼得著、汪洪法譯《經濟發展理論》，臺北：三民書局，1959 年。

齊如山著、張大夏繪《國劇圖譜》，臺北：幼獅文化事業公司，1981 年 6 月再版。

劉月美《中國京劇衣箱》，上海：上海辭書出版社，2002 年 12 月第 1 版第 1 刷。

劉熙載《藝概》，臺北：金楓出版社，1998 年 7 月革新 1 版。

劉勰操《寫作方法一百例》，臺北：萬卷樓圖書公司，1993 年
　　4 月初版 4 刷。

潘麗珠《國語文教學活動設計》，臺北：萬卷樓圖書公司，
　　2001 年 9 月初版。

蔣伯潛《中學國文教學法》，臺北：泰順書局，1972 年 5 月
　　再版。

蔡宗陽《修辭學探微》，臺北：文史哲出版社，2001 年 4 月
　　初版。

賴聲川《賴聲川的創意學》，臺北：天下雜誌股份有限公司，
　　2006 年 7 月第 1 版第 2 次印行。

鞠原著、辛炎庭譯《國劇臉譜集成》，臺北：淑馨出版社，
　　1988 年 9 月初版。

豐子愷《豐子愷論藝術》，臺北：丹青圖書公司，1989 年再版。

羅青《從徐志摩到余光中》，臺北：爾雅出版社，1988 年 7 月
　　20 日 11 印。

羅貫中撰、毛宗崗批、饒彬校注《三國演義》，臺北：三民書
　　局，2001 年初版 15 刷。

二、學位論文（依姓氏筆劃排序）

吳雪華《臺北縣市國民小學教師創新教學能力與教學效能關係
　　之研究》，臺北：臺北市立教育大學國民教育研究所，
　　2006 年。

劉慧梅《數位學習融入創新教學之設計與應用——以 Hyper-
　　book 系統與國小數學領域為例》，臺北：國立台北師範學
　　院教育傳播與科技研究所，2004 年。

史美奐《國中教師創新教學專業能力之研究──以臺北市國民
　　中學為例》臺北：國立臺灣師範大學教育研究所，2003 年。

三、期刊、期刊論文（依姓氏筆劃排序）

《大師輕鬆讀 208・發明大王不必是天才》，大師文化，2006
　　年 12 月。

《商業周刊 1012・愈寫愈聰明》，商業周刊，2007 年。

王希杰〈章法學門外閑談〉，臺北：《國文天地》18 卷 5 期，
　　2002 年 10 月。

陳滿銘〈淺論意象系統〉，臺北：《國文天地》21 卷 5 期，
　　2005 年 10 月。

陳滿銘〈語文能力與辭章研究──以「多」、「二」、「一
　　（０）」的螺旋結構作考察〉，臺灣師範大學：《國文學
　　報》第三十六期，2004 年 12 月。

陳滿銘〈語文能力與辭章研究〉，臺灣師大：《國文學報》，
　　2004 年 12 月。

陳滿銘〈論章法與情意的關係〉，臺北：《國文天地》17 卷 6
　　期，2001 年 11 月。

四、網址

1.　行政院衛生署國民健康局菸害防制專區
　　http://health99.doh.gov.tw/tobacco/index.htm

2.　蓋菸有你的
　　http://www.nosmoking.com.tw/

3.　國立台灣藝術教育館

http://www.arte.gov.tw/index-main.htm

4. 網路展書讀（三國演義全文）

http://cls.hs.yzu.edu.tw/

5. 台灣傳統戲曲戲劇欣賞系列

http://www.arte.gov.tw/traditionalopera/default.htm

6. 人文藝術表演藝術網

http://arts.edu.tw/performance/index.html

7. 〈三國演義中「空城計」的表現藝術〉

http://www.jingjuok.com/liyuan/plays/htm3/shikongzhan.htm

8. 故宮數位典藏「東坡在黃州」

http://www.npm.gov.tw/dm2001/B/subject_single_play_03.htm

9. 故宮數位典藏「書畫菁華」

http://www.npm.gov.tw/dm2001/B/exhibition/calligraphy/b08

222_adv.htm

10. 時空之旅——蘇軾

http://cls.admin.yzu.edu.tw/su_shih/su_song/share/chi.htm

11. 國科會數位博物館「搜文解字」

http://cls.admin.yzu.edu.tw/swjz/openwin2.html

國家圖書館出版品預行編目資料

遇見天籟：國語文創新教學設計 ／黃淑貞著. --

初版. -- 臺北市：萬卷樓, 2009.02

面； 公分

參考書目；面

ISBN 978－957－739－643－3 (平裝)

1.漢語教學 2.教學活動設計

802.03 98000336

遇見天籟
─國語文創新教學設計

著　　　者：黃淑貞

發　行　人：陳滿銘

出　版　者：萬卷樓圖書股份有限公司

臺北市羅斯福路二段 41 號 6 樓之 3

電話(02)23216565・23952992

傳真(02)23944113

劃撥帳號 15624015

出版登記證：新聞局局版臺業字第 5655 號

網　　　址：http://www.wanjuan.com.tw

E－mail：wanjuan@tpts5.seed.net.tw

承印廠商：晟齊實業有限公司

定　　　價：320 元

出版日期：2009 年 09 月初版

ISBN 978－957－739－643－3